TU NE DIRAS JAMAIS RIEN

Pola KINSKI

TU NE DIRAS
JAMAIS RIEN

*Traduit de l'allemand
Par Peter Hirsch*

Titre original : *Kindermund*
Insel Verlag Berlin, 2013

*Tous droits de traduction, d'adaptation
et de reproduction réservés pour tous pays par Insel Verlag Berlin.*

© Éditions Michel Lafon, 2013 pour la traduction française.
7-13, boulevard Paul-Émile-Victor – Île de la Jatte
92521 Neuilly-sur-Seine Cedex

www.michel-lafon.com

« N'essayez même pas de toucher à mon vélo, saletés de pigeons ! Mon beau vélo ! Mon vélo tout neuf ! » Babbo – c'est ainsi que j'appelle mon père dorénavant – me l'a offert pour mon anniversaire. J'ai six ans. « Dégagez ! Vous cochonnez toute la terrasse, c'est chez moi. »

Habillée pour sortir, en manteau, bottes blanches à lacets et béret basque, je me tiens dans la cuisine, à côté de la porte-fenêtre du balcon, et je regarde à travers la vitre embuée. Maman fait de la soupe. De mes doigts, j'essuie la vapeur sur une partie de la vitre afin de surveiller les nuées de pigeons qui en veulent à mon vélo. Le brouillard nappe la terrasse, on dirait du coton. Mais je les vois parfaitement, mes ennemis : ils sont gras et inhabituellement appliqués à donner des coups de bec. Quelle répugnante manière de se déplacer, quelle démarche saccadée et hachée ! Je pose mes mains sur les oreilles, je ne veux plus entendre leurs roucoulements. Maman est encore en train de préparer la soupe. La vapeur se répand. Je commence à transpirer.

Depuis le décès de la sœur de maman, la séparation de mes grands-parents et le divorce de mes parents, je vis avec ma mère chez Felizian, son père. J'ai peur de sa haute silhouette décharnée, j'ai peur lorsqu'il s'approche en traînant les pieds, j'ai peur lorsqu'il me regarde de haut, les yeux brûlants de colère, et qu'il pointe son doigt sur moi. Mon grand-père est un homme âgé qui continue d'exercer comme médecin et qui écrit des opéras dramatiques. Malheureusement, il boit beaucoup. Bien que maman l'assiste au cabinet et veille à la bonne marche du foyer, il n'est pas évident de faire régner l'harmonie.

Un matin où les patients se pressent dans le couloir, je vais dans le cabinet pour y chercher mon grand-père. Il est derrière la porte et tremble de tout son corps. Il ingurgite le contenu d'une bouteille à grandes lampées. Une odeur forte se répand, je me pince le nez et retourne en courant d'où je viens.

Dans l'appartement, à côté de la salle d'examen, il y a une chambre à coucher pour maman et moi, une pour mon grand-père, une cuisine, une salle de bains, des toilettes et un long couloir étroit parcouru d'un bout à l'autre par un tapis dont la forme dessine une flèche rouge.

Il pleut souvent en ce début d'année. Dehors, tout est gris et glissant. Cependant, je m'exerce au vélo tous les jours. La couleur rouge du cadeau de Babbo étincelle de mille feux. J'en essuie la laque avec amour. Il est mouillé par la pluie, je le frotte à l'aide de ma robe jusqu'à ce qu'il brille. La robe est sale et froissée. Maman va me disputer, mais ça m'est égal. Je m'assieds sur la selle et démarre doucement, gardant une main sur la rambarde du grand balcon. Je me mets en colère lorsque je roule sur les fientes de pigeons qui laissent des traces blanches sur les pneus.

De temps à autre, je marque une pause et observe un chat sur le toit d'en face, qui se dandine avec délice contre la cheminée. Il me regarde sans sourciller. Ça m'amuse de lui tirer la langue. Puis, courroucé, il fait demi-tour, s'en va et ne m'adresse plus le moindre regard malgré mes cris, mes sifflements et mes appels. Le toit de goudron effrité ondule au-dessus d'une maison en ruine. À certains endroits, il gonfle, à d'autres il forme un cratère, comme un ulcère, d'où poussent des plantes. Les bords ont l'air d'avoir été rongés, mais la gouttière est toujours là. Il y a des trous dans le mur de brique. Certaines sont tombées et gisent en morceaux dans la cour, mais personne ne s'en soucie. Au-dessus de la porte condamnée par des planches, on peut encore lire l'écriture souillée d'un nom. Quelques lettres manquent. Il m'arrive de demander à maman ce qu'il y avait jadis à cet endroit, mais elle se contente de hausser les épaules.

Lorsque maman m'appelle, je pose mon vélo de telle manière qu'il ne puisse toucher, pour rien au monde, la rambarde rouillée.

Depuis un certain temps, Babbo est à Vienne pour chercher du travail. Il réapparaît toujours sans crier gare, avec un cadeau, et me prend dans ses bras. Cette nuit-là, des éclairs zèbrent le ciel et le tonnerre gronde. Soudain, le voici sur le seuil de la porte avec une poupée noire. Il me dit qu'elle vient directement d'Afrique. Je le crois. Elle sent le soleil et le désert. Elle sent l'Afrique. Ou bien il m'envoie un coursier qui me remet de bien mystérieux paquets. J'en arrache le papier et le carton avec convoitise et me jette sur leur contenu : poupées, animaux de chiffon, une robe, des chaussures éternellement trop petites. Une fois, c'est une vache en velours verdâtre, brodée de pampilles qui la font scintiller. Directement sortie d'un conte oriental – je le remarque du premier coup d'œil. Cette vache, je la caresse tant, la presse tant contre moi, je l'aime tellement que rapidement les éclats de verre viennent tous à manquer, sa peau de velours en devient abrasée et pleine de trous.

Aujourd'hui, je sais qu'il passe bientôt me chercher. Je l'admire : il est grand, il est important – chacun se plie à ses désirs. Nous circulons dans des voitures desquelles sautent des gens pour nous en ouvrir les portières. Il m'achète des habits somptueux, nous fréquentons des restaurants chics. Et il a le pouvoir de m'emmener partout. Je suis sa princesse. Mais, de temps en temps, ça me met un peu mal à l'aise. Il peut ouvrir si grands ses yeux d'un bleu polaire que beaucoup de blanc en ressort, et il ne cesse de faire de grands moulinets de bras. De sa large bouche sortent des caresses suaves ou des bruits forts et douloureux.

En réalité, je ne suis pas contente de le voir. Pourquoi dois-je le suivre partout, à la foire, dans les magasins de jouets, chez le tailleur, à l'hôtel ou au restaurant ?

La porte s'ouvre violemment, Babbo tombe à genoux devant moi, m'enlace de ses bras puissants et me serre contre lui. Son odeur de parfum mêlé à la cigarette m'écœure, je peine à respirer. « Ma chérie, ma petite poupée, mon petit ange », souffle-t-il. Puis il couvre mes yeux, mes joues et ma bouche d'innombrables baisers humides. De ma manche, j'essuie mon visage en catimini. Il prend ma main, la serre fermement dans sa pogne et nous sortons. Je lance à maman un regard suppliant, mais elle ne pipe mot et regarde les pigeons par la fenêtre. Pourquoi l'a-t-elle laissé rentrer ? J'ai l'impression que la pointe de mes pieds n'effleure qu'à peine le sol.

Il me conduit jusqu'à une voiture rouge. Aujourd'hui, nous retournons chez Obletter, le magasin de jouets, le paradis des enfants munichois. J'y suis saluée par tous mes amis : poupées, nains, fées, bêtes sauvages, une princesse, le roi. Je passe rapidement devant sorcières et diablotins. Je les connais tous par cœur depuis nos précédentes visites. Et, la nuit, lorsque je suis allongée dans mon lit, n'osant ni bouger ni parler, saisie d'effroi, ils chantent et jouent de la musique si fort, ils font tant de vacarme que je n'entends même plus mon grand-père ivre.

Mon père cherche un lion en peluche à m'offrir. Je le tiens tendrement dans mes bras. Il est si grand que je ne peux voir où je mets les pieds.

Souvent, je prie Babbo de m'emmener au vieux manège du Jardin anglais. C'est un manège fermé, ceint de planches grises défraîchies. Je m'appuie contre le bois chaud, je glisse pas à pas autour de sa structure ronde pour y découvrir un interstice. À travers cette minuscule fente, je peux voir dans le noir : les yeux embrasés des chevaux qui se cabrent. Le cygne solitaire à qui sa dame manque tant. Je surprends les oies en train de cacarder. Les girafes qui les dépassent tous – raison pour laquelle elles sont si vaniteuses. Les cochons rieurs, l'autruche si nerveuse, le carrosse orné d'une couronne sur son toit, et, bien entendu, la conque blanche semi-ouverte qui dissimule son secret. Je respire goulûment, au plus profond de moi-même, l'odeur de la teinture à bois.

Avec un peu de chance, le manège est ouvert. Le son de l'orgue de barbarie me fait hâter le pas. Blottie contre le cou d'un animal ou raide comme un piquet sur le siège du cocher, je brûle d'impatience qu'enfin nous démarrions. Parfois, je suis au fond d'une conque, tirée à toute vitesse sur les flots par huit poissons au bleu scintillant. Très vite, je ne réalise plus quand finit un tour de carrousel et quand commence le suivant. Tant et si bien que le soir est déjà tombé lorsqu'il me faut descendre, en trébuchant, l'escalier qui mène à l'extérieur.

Malheureusement, aujourd'hui mon père a très faim et nous troquons mes tours de manège contre un restaurant chinois chic. Afin de dissimuler ma déception, je regarde avec attention par la vitre de la voiture.

Nous entrons dans un monde inconnu : le tintement de clochettes en argent arrive de loin. Le tapis est d'un rouge éclatant. Des hommes distingués nous mènent à une petite table, nichée dans un coin. La lumière jaune est fatiguée. Comme s'ils étaient transparents, comme des esprits, les serveurs bourdonnent autour de nous, nous effleurent, reviennent en voltigeant et se donnent tout le mal du monde pour que nous ne manquions de rien. Un chef, au sourire figé, nous prépare, à même la table, les recettes les plus savoureuses. Ça fait de la vapeur, ça grésille. Un jet de flamme monte même jusqu'au plafond. La poêle brûle, il fait décrire des tourbillons dans les airs à son contenu et le réceptionne. Sous nos yeux s'accumule une multitude de plats et de saladiers. L'odeur est peu commune, mais agréable. Je ne parviens pas à manger tant cela est excitant ! L'air crépite, l'ambiance est tendue comme toujours en présence de Babbo. Lui aussi pioche dans son assiette. Je le regarde en coin. Sa manière de se vautrer contraste avec l'expression de son visage : ses yeux pétillent, il a l'air traqué, comme s'il était en fuite. Ses vêtements ne s'accommodent pas davantage avec ses manières : un costume sombre, impeccable, pas la moindre poussière, une chemise blanche avec un très haut col, de très longues manches desquelles sortent ses doigts nerveux. Je regarde ses mains avec plaisir, je les trouve belles. Lorsqu'il les bouge, les pierres précieuses de ses boutons de manchette étincellent comme des étoiles.

Soudain, un serveur surgit devant moi et s'incline profondément. Ses doigts commencent à jouer avec un mouchoir de soie. Ils entament ensuite une paisible danse qui se transforme en ronde endiablée. Ses mains disparaissent et réapparaissent si lestement que j'ai du mal à suivre leur mouvement. Je me lève d'un bond pour applaudir. Le magicien me caresse tendrement la tête. C'est alors que Babbo se dresse comme un serpent et siffle : « N'y touchez pas ! » L'homme sursaute, le sourire disparaît de son visage qui s'assombrit. De colère, j'arrache le lion à sa chaise, j'enfonce profondément mes doigts dans son corps tendre, mes larmes coulent sur sa fourrure. Babbo me prend la main et nous quittons le restaurant.

Sur le chemin du retour, Babbo ne pipe mot. Le visage fermé, il regarde résolument la route devant lui, la mâchoire crispée, comme s'il avait mordu dans un pépin de citron. Ses lèvres charnues sont plissées par la colère. Je me bascule en arrière et commence à compter les mailles de mon collant. Sur son front, une veine bleue apparaît. Soudain, je l'entends bouillonner, rire. Je le regarde, soulagée, mais ne vois que ce masque de pierre. Il n'a fait que se racler la gorge. Déçue, je m'enfonce plus profondément dans le siège, honteuse. Ma main transpire sous ses doigts. Il la tient si fermement que j'ai l'impression qu'elle se fond dans la sienne. Même en manœuvrant, il ne la relâche pas. Le fourmillement dans mes doigts devient insupportable. Je veux m'arracher de son étreinte et sauter de la voiture, mais je n'ose pas.

Nous sommes arrivés. Il me porte hors de la voiture, me porte dans l'immeuble, me porte à l'étage, m'embrasse un nombre incalculable de fois et me promet de revenir bientôt me chercher. Puis il disparaît, comme s'il n'avait jamais été là. J'ouvre la porte, l'appartement est sombre, je me dirige vers la cuisine éclairée. Maman est assise à table, le menton appuyé dans une main. Ses épaisses boucles brunes recouvrent son visage, elle ne me remarque pas. N'a-t-elle pas entendu la clef dans la serrure ? Dort-elle ? Avec précaution, je ramène une mèche de ses cheveux en arrière, elle ne tient pas et retombe. J'escalade la chaise face à elle et tape des deux poings sur la table. Verres, assiettes et couverts s'entrechoquent. Des plis parcourent la nappe aux motifs floraux. « Je suis rentrée ! » Maman sursaute. Je tire la nappe pour en enlever les plis.

« Parle-moi d'autrefois, de Babbo, de toi et de moi, s'il te plaît ! »

Ma mère se redresse, elle me regarde rapidement dans les yeux, puis son regard glisse au-dessus de ma tête. Je me retourne pour voir qui se tient derrière moi. Il n'y a que le mur.

Ma mère a rencontré mon père à dix-neuf ans. D'une nature rêveuse, elle étudiait le chant lyrique et la peinture. Un soir, avec son amie Therese, décoratrice de son état, elle s'est déguisée pour le bal du carnaval de la Münchner Boheme. Parmi tous les masques, maman a croisé le regard brûlant d'un jeune acteur. Cette nuit-là, elle l'a emmené chez elle, dans sa famille, et l'a caché dans sa chambre. Comme il grelottait, elle s'est glissée dans la chambre de Resa, la gouvernante, elle lui a dérobé sa couverture et l'a étendue sur son amant. Saisie par le froid, Resa s'est réveillée et a titubé à travers l'appartement à la recherche de sa couverture. En découvrant l'étranger, elle lui a repris ce qui lui appartenait. Maman n'avait cure que son amant fût découvert tant elle était déjà éprise de lui.

Maman vivait avec ses parents, cinq frères et sœurs, Resa et plusieurs chiens dans un vieil appartement de huit pièces situé dans le quartier chic de Herzogpark, à Munich. À l'époque, son père avait beaucoup de patients, il gagnait beaucoup d'argent.

Les amoureux ne pouvaient plus se séparer. Les parents de maman voyaient tout cela d'un mauvais œil.

Klaus se retrouvait souvent pieds nus devant la porte, toujours vêtu de la même chemise – quand bien même, elle était propre. Il avait faim, il réclamait souvent de l'argent. Jour après jour, il devenait de plus en plus ombrageux, tourmenté par le chômage. Après avoir participé à une audition infructueuse à Munich, il est parti pour Berlin où il a écumé les théâtres à la recherche d'un rôle. À cette époque, maman était en proie à de cruelles nausées. Pendant un certain temps, elle est parvenue à cacher à sa famille son ventre qui gonflait. Et lorsque les larges pull-overs d'homme ne lui furent plus d'aucun secours, elle n'eut d'autre choix que de révéler sa grossesse à ses parents horrifiés. Elle avait le sentiment d'être incomprise, et son bien-aimé lui manquait. Il la convainquit alors de le rejoindre à Berlin. Elle le suivit, et, quelques semaines plus tard, ils se marièrent. Il avait établi domicile sous des combles qu'on ne pouvait fermer à clef. Au début, il la laissait seule au milieu du bric-à-brac, des toiles d'araignées et des esprits. Il ne dormit qu'une seule nuit avec elle. Cette nuit-là, il poussa un tas d'objets devant la porte, de crainte d'être assassiné. Maman se sentait délaissée et avait peur. Elle était atrocement malheureuse. Consumée par la honte, elle cacha pendant longtemps à sa famille à quel point ça allait mal. Ses parents, ses frères et sœurs lisaient le désespoir maternel entre les lignes des lettres qu'elle leur écrivait. Sa sœur Inge, âgée de dix-huit ans, une jeune femme sauvage et entêtée, qui n'avait peur de rien ni de personne, résolut de partir pour Berlin afin de rester auprès de maman. Un jour, Inge ne supporta plus davantage les grossièretés constantes et les accès de colère de son beau-frère. Dévorée par la colère, elle se jeta sur lui et le roua de coups jusqu'à ce qu'il en tombât. Elle dut lui en imposer puisqu'il ne se défendit pas. Inge comptait parmi les rares personnes qu'il respectait.

Puis maman fut prise de douleurs. Ils ont erré tous les trois dans la nuit à la recherche d'un hôpital. Ils avaient l'air si jeunes ! Comme des enfants qui se seraient égarés. Une patrouille de police s'arrêta et leur demanda ce qu'ils faisaient dans la rue, à leur âge et à cette heure. « On a encore le droit d'accoucher quand on veut ! » répondit maman, l'air pincé. Les policiers n'en crurent pas un mot et suivirent ces trois-là en roulant au pas jusqu'à la clinique. Maman sombra alors d'épuisement. À son réveil, elle entendit Klaus tempêter et crier. Infirmières et médecins le firent embarquer par la police et maman dut changer d'hôpital. Pendant l'accouchement, il téléphona, et, hurlant dans le combiné, il demanda pourquoi sa femme criait ainsi.

C'était une fille. Klaus arriva rapidement, souleva l'enfant dans les airs comme un ostensoir. Il l'appela Pola, en référence à *Crime et châtiment* de Dostoïevski.

Vivre avec un bébé dans un grenier, sans porte qui fermât à clef, sans meubles, sans avoir préparé quoi que ce soit pour le nouveau-né, leur rendit la vie à Berlin tout à fait insupportable. Huit jours après ma naissance, ma mère forma un creux profond dans l'un des oreillers, m'y installa et revint avec sa sœur et moi-même à Munich, dans sa famille. Pendant ce temps, Klaus fulminait à Berlin. Il ne supportait pas d'avoir été délaissé. Peu de temps après, il se tenait devant l'appartement de ses beaux-parents et priait qu'on l'y laissât rentrer.

Par une belle journée ensoleillée, on m'installa dans une poussette blanche qui datait d'un autre temps, et on me fit faire une promenade au Jardin anglais. Klaus trouva ce véhicule si incroyablement affreux qu'il cueillit toutes les pâquerettes des pelouses pour les piquer dans l'osier du berceau, transformant ainsi la poussette en un parterre de fleurs ambulant.

À cette époque, mon père avait un ami, Thomas Harlan, le cinéaste et romancier, avec qui il passait beaucoup de temps. Un jour, Thomas l'a ramené chez mes grands-parents hurlant comme un beau diable. Il avait une profonde blessure sur sa jambe gauche. Du sang en coulait. Ils avaient loué un hors-bord sur le lac Starnberger sans avoir la moindre idée de la manière de le manœuvrer. Ils en perdirent très rapidement le contrôle si bien que le bateau fonça à toute allure sur les flots. Pris de panique, ils ont sauté à l'eau. Mais la jambe de mon père heurta l'hélice. Thomas tira son ami sur le rivage, enroula chemise et pantalon autour de la plaie et conduisit mon père au cabinet de mon grand-père à Munich.

Mon grand-père nettoya, recousit et pansa sa plaie. Klaus fut alité et soigné par maman. Il gisait comme un cygne agonisant ; les yeux clos, il gémissait et geignait, se laissait nourrir et servir. À peine alla-t-il mieux qu'il se leva, s'habilla, clopina jusqu'à la porte et passa toutes ses journées à l'extérieur.

Ma famille possédait une maison dans un coin de forêt aux allures de parc, près de Munich, et y passait beaucoup de temps, surtout l'été. Agbar, le dogue, Seppl, le teckel à poil dur et moi-même les accompagnions. La maison était en bois noir verni, un fronton sculpté ornait superbement le toit. De petites chambres et de nombreux lits pour accueillir toute la famille et les invités étaient répartis sur deux étages. J'avais alors trois ans. J'aimais cette maison, le feu dans la cheminée, et, plus que tout, j'aimais me rouler nue dans l'herbe avec les chiens. Un jour, maman ne me trouva ni dans la maison ni dans le jardin. De la niche sortaient trois têtes : celle du dogue, celle du teckel et la mienne, riant aux éclats.

Souvent, maman et Inge se cachaient derrière les arbres pendant nos promenades en forêt, gloussaient et riaient de me voir errer la mine désespérée à leur recherche. Lorsque je n'avais même plus la force de pleurer et que je me roulais en boule sur le sol, alors seulement, elles réapparaissaient.

Il arrivait qu'Inge disparût de longues heures dans la forêt avec son violon, les seuls moments où elle pouvait enfin répéter au calme. Au loin, on entendait la musique. Elle partait de plus en plus longtemps. Parfois, elle ne rentrait que le lendemain et ne disait rien, se contentant de rester là, les yeux fermés. Comme si elle voulait n'être vue de personne. Un jour, j'appris qu'Inge était morte.

J'ai sauté de ma chaise, j'ai glissé le long de la table, les épaules contre son bord, jusqu'à atteindre, de mes doigts, les genoux de maman.

« Pourquoi Inge est morte ? »

Maman n'a pas réagi à ma question, elle ne faisait que fixer le mur. Je sentais qu'elle pleurait, mais je ne voyais aucune larme. Puis elle dit :

« Je ne sais pas. Personne ne le sait.

— Que s'est-il passé ? » ai-je insisté.

Après le décès de la sœur de maman, la famille s'est disloquée. Mes grands-parents se sont séparés, les frères et sœurs éparpillés à tout vent. Le plus jeune fils, de dix-huit ans environ, resta chez sa mère. Ils louèrent un appartement de deux pièces à Schwabing. Maman a déménagé avec son père et moi dans cet appartement ancien qui faisait également office de cabinet médical.

Ça me plaît d'habiter avec maman dans le cabinet médical de mon grand-père. C'est dorénavant ma maison. Et puis beaucoup de gens viennent chez nous pour y être soignés. Bien souvent, je reste silencieusement assise dans un coin à écouter les histoires qu'ils se racontent : à propos de leurs maladies, de leurs souffrances. À propos des quatre-vingts ans du beau-père dans la salle communale de Schrebergarten, des quatre-vingt-dix invités présents, depuis la cousine éloignée de Regensburg jusqu'à l'arrière-petit-fils du Canada. À propos de la honte éprouvée parce que certains fermiers ont laissé pourrir leurs jardins qui sont devenus de vraies porcheries. Et ce nouveau venu, cet être bizarre. Il paraîtrait qu'il n'a pas de femme, murmure-t-on. De chez lui ne viennent que des voix d'hommes. Tel voisin s'est déjà glissé dans l'obscurité le long du jardin, mais il n'y avait rien à voir ni à comprendre. Sera-t-il longtemps toléré par le voisinage ? Sans parler de tout ce qu'il y avait à manger : jambonneaux, cochons de lait, boulettes, choucroute. Il y avait surtout de la viande, beaucoup de viande ! Qui s'est séparé de qui ? On parlait de cette Polonaise blonde qui avait fait, il y a peu, un mariage heureux et qui trompait déjà son mari avec un de ses collègues. Mais personne ne devait le savoir. On parlait aussi du petit-fils d'Untel qui était si précoce et qui marchait presque à dix mois, alors que sa mère pouvait à peine se déplacer à cause de ses jambes bandées, ce qu'elle aurait pourtant dû faire pour soulager sa thrombose. Les écouter est aussi passionnant que de lire un conte.

Mais ce que je préfère, c'est de dormir dans la même chambre que maman. Les lits sont disposés de telle sorte que nous nous trouvons presque tête contre tête. C'est main dans la main que nous nous endormons. De toute la nuit, je ne lâche pas la main de maman.

Nous vivons à trois grâce aux honoraires de grand-père. C'est pour cette raison que maman doit s'occuper de la bonne marche du cabinet médical et du foyer. Je suis souvent seule. Mais faire du vélo sur la terrasse me procure beaucoup de plaisir. Ou alors j'erre dans notre quartier, livrée à moi-même. À peine suis-je dans la rue que j'ai faim. Mais comme je n'ai pas d'argent, je laisse des notes dans les magasins. Maman a clairement signifié au boulanger et au boucher qu'elle n'honorerait plus mes dettes. Je continue pourtant de me faire servir, affirmant qu'elle paiera. Dans la boulangerie, ça sent le miel et les amandes. La femme du boulanger semble être tombée dans une cuve pleine de farine. Hormis ses yeux bleu clair cerclés de rouge, elle est toute blanche. Elle sourit timidement, l'air triste, tandis qu'elle emballe un bretzel dans une serviette et qu'elle me le tend par-dessus le comptoir. « Tiens, je te l'offre. Savoure-le », dit-elle de sa voix chaude. C'est pour ça que je l'aime.

Chez le boucher, je dois souvent faire la queue ; il a beaucoup de clients. Il y fait froid, je gèle. Je n'aime pas l'odeur de viande. J'enfonce mon nez dans le tissu de ma manche. Les dames qui me précèdent ne cessent de commander : encore du boudin, une part de cervelas, trois cents grammes de fromage d'Italie, du jambon, de la viande de porc... « Ça a dû être un cochon bien gras, comme maman », claironne une voix dans la boutique. Je me retourne. Un petit garçon montre du doigt le mur derrière le comptoir. De longues et grosses saucisses pendent à une rangée de crochets. Soudain, voix et bruits s'assourdissent. Les vendeuses qui coupaient les saucisses en cancanant avec les ménagères, qui manipulaient les tranches de jambon en les claquant pour les emballer, disparaissent derrière le comptoir. On n'entend plus que des gloussements contenus alors que les échines tressaillent devant moi. Mes yeux se posent sur la mère du garçon. Elle est grande, grosse, son visage est rouge comme une pivoine. Je regarde le garçonnet, nous ne comprenons pas ce qu'il y a de si drôle. Sa mère a vraiment l'air d'une truie. Les cheveux du garçonnet, blonds comme les blés, me plaisent. Il ne m'accorde pas plus d'attention. La situation redevient peu à peu normale. Les vendeuses refont surface, l'une d'elles essuie les larmes de ses joues, une autre se recoiffe. Le visage de la mère du jeune garçon est toujours aussi rouge. La vente reprend. Je fais quelques pas en avant et m'approche du comptoir. La bouchère y trône, imposante comme une colonne. Lorsqu'elle me reconnaît, elle prend une saucisse viennoise dans un tas, penche son corps massif vers moi et me fait un large sourire mielleux : « Alors, c'est maman qui paie ? » La saucisse est plantée entre ses doigts luisants de graisse. Malgré mon haut-le-cœur, je la prends. La bouche de la patronne est immense et charnue. Elle me rappelle les limaces que j'écrase lorsque je cours pieds nus dans l'herbe. J'en ai la chair de poule. Chaque fois, j'imagine que je plante une aiguille dans ses lèvres rebondies. Elles éclatent et l'intérieur en jaillit comme d'une plaie. Je me précipite hors du magasin et file jusque dans notre cour, à la maison en ruine. Les fenêtres ressemblent à des puits béants. Seuls quelques bris de verre pointus demeurent fichés dans leurs cadres en bois. Des morceaux de carreaux crissent sous mes chaussures. J'épie dans l'obscurité par l'encadrement d'une fenêtre. Pas un bruit. Je pose alors ma saucisse sur le rebord de celle-ci puis me glisse dans le bâtiment. Très prudemment, pour ne pas me couper. Pendant un instant, je ne fais pas le moindre bruit, j'arrête de respirer, écoute derechef le silence. Rien ! Je respire et savoure l'odeur putride de caveau et de murs humides. L'escalier qui mène aux niveaux supérieurs est en partie détruit. Je dois sauter au-dessus de nombre de marches manquantes. Mon but : une grande pièce vide du second étage. Ils y ont laissé une chaise. L'osier du siège en est gonflé d'humidité, il lui manque un pied. Les restes d'un tapis, des bouteilles vides et une myriade de mégots jonchent le sol. Je viens souvent ici. La première fois, j'ai tiré la chaise jusqu'à la fenêtre. Depuis, elle n'a plus bougé. Je m'en rends compte parce que sur le sol, autour de la chaise, il y a des traces de peinture blanche. Je m'assieds. La vannerie craque, des bouts de peinture tombent par terre. Je mords dans la saucisse. Elle est si savoureuse que je l'enfourne en entier dans ma bouche. Puis c'est au tour du bretzel. Je ferme les yeux et pense au goût du lait froid. Avec, ça n'en serait que meilleur ! De cet emplacement, je peux observer notre terrasse, juste en face. Je vois les portes vitrées qui ouvrent sur les chambres. Dans un coin, la table ronde en fer et les chaises abandonnées, rouillées. Des pigeons sautillent dessus. Ils chient sur le plateau de la table et les chaises. C'est pour cette raison que je ne m'y assieds jamais. La seule parure de la table est un grand pot rond où pousse de la ciboulette. Lorsque maman en coupe trop, elle prend la forme d'un hérisson. Ces horribles pigeons sautent, s'agitent et picorent comme à l'accoutumée. Mon vélo illumine tout. À travers la fenêtre, je vois maman dans la cuisine. Elle va et vient. Parfois, j'ai l'impression qu'elle me voit. Mais c'est mon imagination. La grande fenêtre, tout en haut du mur, à côté de la porte de la cuisine, fait peur à maman. Elle craint qu'une nuit un assassin ne gagne la terrasse depuis l'escalier, de là ne se glisse dans la chambre et ne nous tue tous. Lorsque je suis couchée, j'ai peur également. Alors je refuse de m'endormir : je dois rester éveillée au cas où viendrait le voleur. Que je dorme et qu'il me tue, alors je ne ressentirais rien : et ça, je le refuse. Personne ne sait où je suis, personne ne sait où se trouve ma cachette. L'obscurité de ce lieu ne m'effraie pas.

Je me vois en train de faire du vélo sur la terrasse. Élégante, droite comme une artiste de cirque, les bras en croix. Comme si je n'avais jamais rien fait d'autre. Je roule sur les pigeons : ça crisse lorsque je les écrase. Beaucoup gisent, déjà broyés, sur le béton. Çà et là, encore et encore. Je dois tous les supprimer. Tous ! Ce n'est qu'une fois le dernier à terre, tremblotant, que je peux reposer mon vélo contre la rambarde avec satisfaction. Maman bondit hors de la cuisine et me gifle. Mais je ne ressens pas son coup. Assise sur la chaise en osier, je souris.

Le chat du toit est de nouveau là. Ces derniers temps, on le voit plus fréquemment. Il se tient dans l'encadrement d'une porte, avec grâce et superbe. Peut-être vient-il de loin, alléché par l'odeur de la saucisse. Sa fourrure est d'un gris argenté. Aujourd'hui, je veux le caresser à tout prix. J'essaie de me déplacer à sa manière, je me coule doucement vers lui. Il me fixe de ses yeux bleu clair. À peine ai-je tendu la main que le voici parti. Je me lance à sa poursuite, je dévale l'escalier et traverse la cour jusqu'à un haut mur. Il prend son élan, bondit dessus et me jette un regard provocateur. Je grimpe sur une poubelle, et, usant de toutes mes forces, je parviens à me hisser sur le mur. Mais déjà le chat m'attend derrière la cour, sur le toit d'un garage. Lorsque je saute du mur, ma cheville se tord. Un éclair blanc, une douleur aiguë me traverse le corps. Des larmes montent, mais je les retiens ; je dois poursuivre. Je peux grimper sur l'échelle en fer posée contre le mur du garage. Lorsque j'arrive à son sommet, le chat a de nouveau disparu. Il me sourit, l'air narquois, installé sur le toit d'une voiture. Je le suis dans des cours inconnues en escaladant des caisses, des poubelles, des murs. Il attend toujours que je sois sur le point de le toucher avant de détaler. Il m'entraîne de plus en plus loin de la maison. Jamais encore je ne suis venue ici. Mais je veux savoir où il habite, s'il appartient à quelqu'un. Au bout d'un moment, d'épuisement, je me laisse tomber à terre. Lorsque l'animal réalise que je n'en puis plus, il veut arrêter. Le jeu est fini. Il saute sur un rebord de fenêtre d'où il me regarde avec pitié. Il se frotte contre la fenêtre. Elle est sale, mais on distingue un visage parfaitement inerte qui me regarde fixement puis sourit. Je suis prise de panique. Je m'enfuis en courant, me prends les pieds dans des obstacles, j'escalade des murs, cherche le chemin du retour, et me perds.

À la vue des lumières de la rue, je réalise qu'il fait nuit. Je me sens plus en sécurité parmi les passants, mais ne peux m'empêcher de me retourner pour voir si le chat est sur mes talons. Lorsque je ressens la chaleur de l'appartement, la gifle de maman ne me fait rien ; je suis même contente de devoir aller au lit sur-le-champ.

Cette nuit-là, je rêve du visage. Je veux m'enfuir, mais mes pieds restent collés au sol, je ne peux bouger. Je brise le carreau de la fenêtre, tape des poings sur ce visage grimaçant, tape et tape encore. Il ne fait pas mine de bouger. Il se rit de moi, me nargue. Son rire résonne dans ma tête qui est devenue un hall immense. Des deux mains, je me bouche les oreilles.

Le rire se transforme en beuglements. Je sursaute et saisis la fourchette cachée sous mon oreiller. D'un bond, me voici hors du lit. Je tourne deux fois la clef de la porte dans la serrure. De l'autre côté, mon grand-père fait du tapage. Il n'est pas seul. Un ami lui donne la réplique. Les voix des deux hommes tonnent à travers le mur. Ils rotent, hennissent, balbutient des choses inintelligibles. Manifestement, ils s'amusent. Leur bonne humeur pourrait bien se transformer. Je tiens la fourchette à deux mains devant mon visage. Depuis qu'il arrive à mon grand-père de ramener un ami la nuit lorsqu'il est ivre, je ne dors plus sans cette arme. Soudain, les voix changent ; le ton devient mauvais, il se fait dur. Des bruits sourds comme des corps qui tombent, des coups contre les meubles, des bouteilles qui se brisent. Je ne bouge plus de là, paralysée. Une porte claque au rez-de-chaussée. J'entends un étranglement. Puis le silence. Je me fais du souci pour grand-père. J'espère qu'il n'est pas en train de mourir. Je n'ose pas aller voir. Je préfère me glisser sous la couverture de maman, me serrer contre son dos. Je me concentre sur sa respiration, j'essaie de suivre les mouvements de sa poitrine qui se lève et s'abaisse. Pendant son sommeil, elle me repousse. Je regagne tristement ma couche, je m'enroule dans la couverture comme un lombric. Ma grand-mère me manque. Elle m'aime, je le sais. Après nos promenades au Jardin anglais, il nous arrive de lui rendre visite. On m'y propose des assiettes pleines de tartines à la marmelade et d'oranges pelées qui ont l'air de fleurs d'oranger. Je me sens bien chez ma grand-mère ; je plonge alors dans mon monde de jeux. Les nombreux tiroirs de la vieille armoire de ferme servent de petits lits pour mes poupées que je prépare en nouant des écharpes. Ça m'occupe des heures durant, jusqu'à ce que maman m'appelle pour rentrer. Ou que son frère m'emmène faire des courses. Il s'appelle Tommy, il a vingt ans ; c'est une future vedette de chansons populaires. Je le vénère sans retenue bien qu'il s'amuse souvent à me torturer. Il veut toujours utiliser l'ascenseur alors que l'appartement se trouve au premier étage. À peine les portes se sont-elles fermées et que la cabine a commencé son ascension qu'elle se bloque d'un coup, à chaque fois. À travers la porte de verre, je ne perçois que des murs gris. Je me retourne : partout, des murs gris impeccables. L'ampoule du plafond ne rend qu'une lumière blafarde. « Jamais nous ne sortirons d'ici », se plaint mon oncle. L'angoisse m'envahit de la tête aux pieds. L'endroit se fait de plus en plus étroit, l'air épais est suffocant. Nerveusement, j'essaie d'aspirer tout ce qu'il reste d'air. Mais plus j'emplis mes poumons, moins je peux respirer. Morte de peur, j'enlace les jambes de mon oncle. Il me sourit, appuie sur le bouton et nous poursuivons notre ascension comme si de rien n'était.

Lorsque nous sortons de l'ascenseur, mes habits trempés de sueur me collent à la peau et je tremble comme une feuille. « Un seul mot à qui que ce soit et la prochaine fois, je t'enferme toute la nuit dans l'ascenseur ! » me menace-t-il.

Je suis si heureuse d'être enfin couchée au fond de mon lit. L'épuisement se répand en moi comme de l'huile chaude. Je m'endors.

Babbo vit toujours à Vienne. Il veut absolument se faire engager au Burgtheater. Mais on ne lui signe aucun contrat. Il se dispute alors avec tout le monde, crie, hurle, vocifère. Nous ressentons sa colère dans les courriers qu'il écrit à maman – tous les jours ! Les lettres en sont noires, violentes et ont l'air d'avoir été gravées dans le papier ; partout, des points d'exclamation, des passages entiers soulignés pour mettre en exergue ce qu'elle doit, coûte que coûte, faire pour lui. « Tu dois y arriver sans quoi je mourrai ! Tu dois, tu dois, tu dois ! » Il n'y a que des réclamations dans ses lettres. Et moi, l'enfant saint, le plus grand bien de la terre, il m'embrasse des milliers de fois. À chaque fois, je retourne la feuille, je ferme les yeux, je caresse le papier du bout des doigts afin de sentir si les mots l'ont traversé. À certains endroits, il y a des trous tant sa colère est passée dans son écriture.

On sonne. Je me rue sur la porte parce que j'attends un cadeau de Babbo. Mais le facteur ne me donne qu'une seule lettre. Déçue, je ferme la porte d'un coup de pied afin qu'elle claque violemment. Maman sursaute à l'autre bout de l'appartement. Je cours vers elle et lui tends l'enveloppe. Même le nom et l'adresse sont soulignés plusieurs fois. Maman ouvre le pli avec excitation et m'en fait la lecture à voix haute, comme à l'accoutumée.

Mon ange !!!!!!!!!!!!!!!! Ces ordures du Burgtheater ne veulent toujours pas me faire de contrat ! Des criminels nazis !!!!!! Tu dois aller pour moi au Residenztheater voir O. W. Fischer. Tu dois la convaincre !!! Lui dire que je suis un génie. Je suis un génie !!!!!!!!! Je suis le messie qui va redonner au théâtre ses lettres de noblesse !!!!!!! Fais-le sur-le-champ, vas-y tout de suite !!!!!!!!! Tu dois faire ça pour moi !!!!! Et embrasse le petit ange de ma part, dis-lui que je lui offrirai la terre entière lorsque ces idiots, ces analphabètes, ces crétins reconnaîtront enfin que je suis le plus grand et qu'ils me feront un contrat.

Maman lit et relit la lettre comme si les lignes avaient encore quelque chose à lui confier qu'elle aurait manqué. J'ai l'impression qu'il s'agit de vie ou de mort. De sa vie ou de sa mort. Je cours sur la terrasse et chasse les pigeons de mon vélo.

Au Residenztheater, on recherche une fillette pour le rôle de l'enfant dans la pièce de Pagnol, *La Fille du puisatier*. Therese, l'amie de maman qui travaille là comme décoratrice, me présente au metteur en scène qui m'engage sur-le-champ. On me donne une robe magnifique cousue et parée de nombreux froufrous, dentelles qui se superposent sur différentes couches de tissu. Je dois même porter un chapeau de paille avec un ruban de reps. J'ai l'impression d'être une princesse. La pièce est jouée tous les soirs. Il est tard quand je rentre à la maison avec maman.

Les acteurs me traitent comme une poupée, me portent d'une loge à l'autre. On m'assied devant des tables de maquillage, on me coiffe, on me tourne devant le miroir. On tire mon costume, on me chatouille et on ricane avec moi. Je me sens incroyablement importante et en deviens même impertinente.

Un soir, je me glisse sur scène, passe devant tous les acteurs et parade sur le devant de la scène. Tandis que la pièce continue derrière moi, je raconte mon histoire au public : « Lorsque mon papa et ma maman sont tous les deux au lit, ils veulent se débarrasser de moi et m'envoient hors de la maison. J'erre dans les rues, me fais donner un bretzel par le boulanger, une petite saucisse par le boucher et leur dis que maman les paiera plus tard. » Le public explose alors de rire. J'aurais volontiers continué à parler, mais le régisseur me tire sans ménagement de la scène. Pendant une autre représentation, le rideau tombe soudainement parce que j'ai appuyé sur tous les boutons du tableau électrique alors qu'on ne faisait pas attention à moi.

Ce soir, c'est malheureusement la dernière. Pendant les applaudissements, je crâne en faisant la révérence qu'on m'a apprise, mais je tire toute grande la langue. Puis je lâche les mains qui me tiennent à droite et à gauche, je fais demi-tour et tâtonne dans l'obscurité. Des pans de tissu qui tombent me cinglent le visage. Je suis terrifiée, je pense à des chauves-souris. Je m'assieds sur une caisse, dans un coin. Les acteurs quittent la scène un par un alors que les applaudissements s'amenuisent. On n'entend plus que des claquements de mains isolés et le bruit des spectateurs qui quittent le théâtre. En une seconde, toute vie a disparu. Puis je remarque la lumière d'un projecteur que je suis. Pourquoi dois-je quitter ce lieu où je me sens comme chez moi ?

Je suis abruptement tirée de ma tristesse. Le théâtre est inondé d'une lumière vive, tous les projecteurs sont braqués sur la scène. Des ouvriers sortent de tous les côtés, tirent des câbles, poussent des meubles, froissent le décor. La voix sévère de maman me fait sursauter. La magie s'est évaporée. Je me dépêche de la rejoindre. « Où étais-tu ? fait-elle, on te cherche partout ! Hâte-toi ! Change-toi ! Tout le monde veut rentrer. » Mais la costumière est loin d'être aussi méchante. Elle retire délicatement ma robe. Au moment de partir, elle me presse contre sa gorge généreuse et me fait un câlin : « Tu vas me manquer, mon enfant ! » Puis elle me donne un baiser sur chaque joue. Tous les acteurs viennent à moi, m'enlacent, certains pleurent. J'ignore si je dois pleurer également.

Je ne sais pas combien d'argent j'ai gagné. Maman n'en parle pas. Mais je remarque qu'elle achète des produits de meilleure qualité depuis peu. Souvent, elle prépare des fruits et des légumes. Ce n'est pas le cas habituellement. Les affaires de mon grand-père se portent mal, les patients se font de plus en plus rares.

Un jour, pendant cette période d'abondance, je trouve un sachet de papier marron sur la table de la cuisine. Je m'approche du paquet et le regarde. Je le soulève et respire ce qu'il y a dedans. Pas d'odeur. Je suis curieuse et perce le papier. Une boule brillante, rouge sombre, en tombe. J'ai déjà vu ces fruits chez le primeur, mais je ne les ai encore jamais goûtés. Je suis prise de l'envie, que dis-je, de la tentation d'en goûter un. Je le porte à la bouche, en arrache la queue, et, ne sachant comment m'y prendre, le suce d'abord comme un bonbon avant de l'avaler tout rond. Puis j'en prends un autre, et encore un autre. Je cache enfin le sachet de papier. Lorsque maman demande où sont passées les cerises, je hausse les épaules.

« Et où sont les noyaux ?

— Mangés. »

Maman hoche la tête. Étrangement, je n'ai ni maux de ventre ni appendicite.

Grand-père Felizian est aussi mon pédiatre ; c'est donc lui qui m'administre tous mes vaccins. Les jours qui précèdent ces vaccinations sont bien moroses. La piqûre à venir me plonge dans une telle panique que je n'éprouve plus aucune joie. Lorsque c'est l'heure et qu'on me conduit à son cabinet, il me semble que je vais être exécutée. Je dois me déshabiller et m'allonger sur la table d'examen. Raide comme un piquet, les bras serrés le long du corps, allongée sur le dos, j'attends en tremblant que sonne mon heure. Mon cœur bat et cogne violemment. Je louche sur l'immense seringue que lève grand-père au-dessus de moi, l'air impassible – je grelotte et transpire en même temps. La peur coule dans mes veines à la manière d'un venin qui se répand et me paralyse. Grand-père presse la seringue, une goutte en coule. Mon monstrueux bourreau se penche sur moi, place ma jambe de côté et enfonce l'aiguillon dans ma cuisse. Tout devient noir. J'arrête de respirer, j'enfonce mes ongles dans ma chair. Puis c'est fini, grand-père quitte la pièce en vacillant. Il laisse derrière lui des effluves de produits désinfectants et de bière. Des larmes roulent sur mes joues. Elles me picotent. La lumière du néon tombe du plafond, froide et sans vie. Je médite ma vengeance. À côté de ma tête, la table couverte d'instruments était autrefois laquée de blanc. Aujourd'hui, la surface en est jaunie, en certains endroits, gondolée. Pleine de colère, je passe mes doigts sous la laque, les uns après les autres, jusqu'à ce qu'elle cède. Les horribles taches de rouille se font plus grandes. Un peu plus après chaque piqûre. Lorsque je bouge les jambes, elles collent au revêtement caoutchouteux – ça me dégoute. D'un bond, me voici sur mes deux pieds. Je rassemble mes vêtements et me précipite dans la salle de bains.

Vivre avec grand-père offre de nombreuses distractions. À côté de son travail au cabinet, maman prend des cours de chant. Elle a une voix magnifique et on lui prédit une belle carrière de chanteuse d'opéra. Je trépigne d'impatience avant ses cours, je suis toujours invitée à l'accompagner. La cage d'escalier se remplit alors de notes et de mélodies. Nous n'avons pas à sonner, la porte est juste poussée. Mme Miaceck joue du piano. Les boucles de ses cheveux sautillent sur son visage, toutes les rondeurs de son corps battent le rythme. Chez Mme Miaceck, tout est rond. Son visage, ses yeux, son nez, sa bouche, les boucles de ses cheveux, ses bras… Je ne l'ai jamais vue ailleurs qu'assise sur le tabouret du piano. Peut-être même y dort-elle. Lorsque retentit la voix de maman, tout devient lumineux. Elle est une lanterne radieuse. J'ose à peine respirer. Il arrive que son chant me fasse pleurer. Lorsque la leçon touche à sa fin, je ne parviens plus à rester assise, je m'agite sur la chaise, je ne peux plus attendre le discret signe de tête de la professeure. Alors je bondis, je me plante à côté du piano à queue et, avec le plus grand sérieux, je chante en chœur avec maman.

Une fois la leçon terminée, nous n'avons pas envie de regagner la maison. Nous musardons dans le Jardin anglais, montons les nombreuses marches qui conduisent en haut de la tour chinoise et comptons les gens qui arpentent les allées de gravier en dessous de nous. J'attends sur la rive du lac Kleinhesseloher qu'apparaisse un bateau, qu'il glisse sans un bruit sur les flots avant de disparaître par un passage secret entre les branches tombantes des saules japonais. Dissimulées par les buissons, il y a de petites clairières. On y trouve des statues de pierre solitaires. De belles femmes, des éphèbes et des angelots. J'aime passer la main sur leur peau marmoréenne. Nous nous asseyons toujours sur les imposants bancs de pierre de la presqu'île : maman d'un côté, moi de l'autre. Nous jouons à *Qui es-tu ?*. L'une de nous apostrophe l'autre, puis engage la discussion. Lorsque les histoires que nous nous racontons deviennent trop confuses, nous nous décidons à poursuivre notre balade. L'été, je tente de convaincre maman de me conduire au manège. Je n'y arrive que rarement tant les tours sont chers. Du coup, elle m'offre deux boules de crème glacée chez le glacier. J'en demande toujours une au *torroncino*, une sorte de nougat, l'autre au citron, dans une coupe en biscuit. Je ne prends pas le temps de les savourer, je les ingurgite précipitamment, comme si je mourais de faim. Je suis alors déçue ; elles ne sont plus qu'un souvenir. Sans compter les maux de ventre. Qu'importe ! Je fais toujours la même chose.

En automne, maman et moi jouons souvent à un autre jeu. Nous déambulons bras dessus, bras dessous dans les allées et sur la pelouse, et nous donnons de grands coups de pied dans l'épaisse couche de feuilles mortes qui la recouvre. Il arrive que ça sente très mauvais – cela veut dire que nous nous sommes laissé avoir par une déjection canine dissimulée par les feuilles. Ce n'est pas grave, nous nettoyons nos chaussures en les frottant contre une pierre. Que nous trouvions un tas de feuilles suffisamment gros, alors nous sautons dedans, les prenons à pleines brassées pour les jeter dans les airs et regarder tomber sur nous cette pluie multicolore. Je ferme les yeux et imagine que je suis la fillette du conte de Grimm, *Les Talents d'étoiles.* Celle qui parvient à attraper le plus de feuilles a gagné. Nous jubilons, rions et nous laissons tomber à bout de souffle sur ce matelas moelleux comme de la neige. Je regarde le ciel à travers la cime des arbres. Je suis heureuse. Après avoir repris notre respiration, nous nous relevons, encore fatiguées d'avoir tant ri. J'enlève la terre et les feuilles du manteau de maman. Elle s'assied ensuite sur un banc afin que j'ôte les petites branches de ses cheveux. En de tels moments, nous sommes très proches l'une de l'autre.

Aujourd'hui, maman est de bonne humeur. En passant devant la fromagerie, elle me demande si je veux une brioche au fromage blanc et du babeurre. La laiterie est une petite cabane faite de planches de bois dont l'unique ouverture est entièrement occupée par la laitière. On ne voit pas sa tête tant elle est grande. Elle doit se pencher pour parler et laisser apparaître son visage souriant. « Une brioche au fromage blanc et un verre de babeurre ! » dis-je en posant sur le comptoir l'argent que m'a donné maman. Elle acquiesce en faisant tinter les pièces dans le creux de sa main. Puis son visage disparaît de nouveau. Elle se tourne vers l'intérieur et je ne vois plus que son large dos s'agiter. Apparaissent ensuite une poitrine corpulente et deux mains qui poussent vers moi un verre de lait et une assiette en carton sur laquelle est posée une tranche de pain de campagne, recouverte d'une épaisse couche de fromage blanc odoriférant, parsemée de ciboulette hachée. Alléchée, j'attrape la tartine pour en engloutir la moitié d'une seule bouchée. Je ferme les yeux et sens le fromage blanc frais sur mes lèvres, le bout de mon nez, le menton. Maman gronde que je dois me maîtriser un peu, mais je ne peux faire autrement que d'engloutir l'autre moitié.

Il me revient alors qu'un jour, maman et moi avions dû rentrer dans le cabanon à cause d'une averse. D'autres firent de même et me pressèrent, pauvre enfant, contre le corps massif de la laitière. Ça n'avait pas été désagréable, elle était tendre et chaude. Une main imposante venue d'au-dessus m'avait mis dans la bouche des tranches de pain. Dehors tonnait l'orage – j'étais trempée comme une soupe, mais sauvée et nourrie. Jusqu'à aujourd'hui, les brioches au fromage blanc de cette dame sont le meilleur souvenir de toute ma vie.

Pour regagner la maison, nous empruntons l'Agnesstrasse. Wolfgang, l'amant éconduit de ma mère, y occupe un appartement dont il est le propriétaire. La nuit tombe, mais nous n'avons pas envie de rentrer tout de suite chez grand-père. Maman me dit qu'elle doit à tout prix s'entretenir avec Wolfgang à propos de la rentrée scolaire. Sa solitude l'a conduit à se comporter maladroitement avec autrui. Lorsqu'il veut me dire bonjour avec tendresse, il me serre si brutalement dans ses bras que ça me fait mal. Comme si un ours me frappait de la patte. Mais je ne lui en veux pas. Parce que je l'apprécie, je l'ai surnommé Onxganx. Bien qu'il soit plus âgé que maman et qu'elle ne cesse de l'éconduire, il continue de l'aimer passionnément. Onxganx a fait un bel héritage, il vit entouré d'antiquités.

Grand, maigre et voûté, il nous attend déjà sur le seuil de la porte alors que nous atteignons le haut de l'escalier. D'une main, il tient le cordon de son pantalon de pyjama afin qu'il ne glisse pas sur ses hanches. Le pantalon est bien trop court. Ses jambes pâles laissent apparaître des veines bleues. Ses pieds sont enfoncés dans des pantoufles. De l'autre main, il s'appuie sur le pommeau argenté d'une canne. Un bec courbé d'oiseau et le regard plein de colère passent à travers ses doigts décharnés. Lorsqu'il nous voit, un large sourire illumine son visage : « Quel plaisir de vous voir ! »

Onxganx apprécie que nous lui rendions visite. La joie qu'il en éprouve semble le faire se redresser, il a l'air d'oublier toutes ses douleurs et infirmités. Il boite dans le couloir et nous le suivons dans son antre. Une forte odeur d'urine et de nourriture moisie flotte dans l'appartement et me prend à la gorge. Je me pince le nez et me dépêche de passer devant les poubelles qui dégueulent. Le couloir ouvre sur une sorte de séjour. Onxganx trône dans son lit, droit comme un I, plusieurs coussins placés sous son dos. Il nous regarde avec espoir. Il a fait construire par un ébéniste les nombreuses étagères qui entourent le lit, toutes surchargées de livres jusqu'au plafond. Il passe nuit et jour dans cette pièce d'où il règne en maître sur cet univers, tourne-disque et téléphone à portée de main. Toute la nuit, il s'enivre d'opéras nasillards sur des 33 tours. Ou alors il téléphone sans s'arrêter aux rares personnes à qui il accorde sa confiance. Il les pousse à parler, il est curieux, leur pose des questions. Il s'immisce ainsi dans leur quotidien et profite d'une vie qu'il n'a pas.

Une fois habituée à l'odeur, je respire de nouveau. La pièce est encombrée de meubles : armoires, fauteuils et tables de toutes les tailles. Des tours de livres, de disques et de journaux jaillissent du sol – un mur qui l'encercle et le protège. De lourds lustres, au verre devenu opaque, tombent du plafond. Toutes les peintures sont éparpillées sur le plancher. Personne n'est là pour les accrocher. Des choses du quotidien telles que le ménage lui sont indifférentes. Il vit grâce à l'aide des autres, à une visite, à une lettre, à de longues conversations.

Ma mère pousse un fauteuil contre le lit d'Onxganx et ils commencent à chuchoter. Ça a l'air important. Ils ralentissent leur débit de paroles à des endroits inattendus, lient des phrases avec d'autres et prononcent étrangement les mots. Sans doute pour que je ne saisisse pas de quoi il retourne. Ma curiosité me permet cependant de comprendre certaines bribes : robe de dentelle, couturière, cartable… Puis, lassée d'épier, je me tourne vers les livres. Onxganx m'a autorisée à les feuilleter. Des deux mains, j'attrape sur l'étagère un livre d'art aux lettres dorées. Il est immense, lourd et me fait presque chuter. Je regarde le trou sur la pile et découvre une seconde rangée de livres, tout aussi poussiéreuse que la première. Si j'avais la taille du Petit Poucet, je m'y glisserais et pataugerais dans la poussière. Avec un sac de vivres, j'y resterais plusieurs jours afin de pouvoir tout explorer. Je trouverais un coin confortable où me lover pour dormir, un petit trou fait de moutons de poussière, entre deux volumes.

La voix de maman me tire de mes pensées. Enfin, nous rentrons à la maison ! Onxganx se recroqueville, je l'enlace fugacement. Lorsque je suis arrivée à la porte, je me retourne une dernière fois pour voir ses yeux tristes. Je me dépêche de dévaler l'escalier. Maman est déjà dans la rue. Elle se hâte, la nuit est tombée. Je fais deux pas lorsqu'elle n'en fait qu'un seul.

Lorsque nous arrivons dans l'appartement, tout est sens dessus dessous. Les frères de ma mère, deux grands gaillards, tirent grand-père dans le corridor jusqu'à son lit dans la chambre et le couchent grossièrement. Il ne reste pas allongé, se démène et gagne la porte d'entrée.

Ses fils le reprennent et le jettent derechef sur le lit. Ce manège sordide se répète jusqu'à ce que grand-père, à bout de force, abandonne la partie.

À peine ont-ils laissé grand-père que je me dirige vers lui sur la pointe des pieds. La chambre n'est éclairée que par la lampe de chevet. Il gît, perdu parmi des montagnes de coussins et de couvertures qui menacent de l'ensevelir. Il fait froid. Je m'approche à tâtons. Grand-père a l'air fragile. Son corps maigre s'arc-boute au-dessus d'un coussin comme pour l'enlacer. Ses yeux sont clos. Peut-être ne les rouvrira-t-il jamais plus… Sa bouche forme un arc saillant. On dirait qu'il va pleurer. Sa peau est blanche comme de la cire, son dos et ses bras sont couverts de taches hépatiques. J'entreprends de les compter : les grandes, les petites, celles qui font une bosse, celles qui sont planes. Certaines sont esseulées, d'autres en groupe. Arrivée à vingt, je recommence de zéro – je ne sais pas compter au-delà. Une ceinture sort du drap. Grand-père dort toujours sur son pantalon plié soigneusement. Maman dit que ça lui évite de le repasser. Mais, aujourd'hui, ce n'était certainement pas voulu. Je touche son front avec attention. Il est mouillé. Il soupire faiblement. Je sors de la pièce et cours sur la terrasse, donne un coup de pied au tapis mouvant que forment les pigeons. Ils s'envolent dans tous les sens, mais reviennent sur-le-champ. Je sens la haine monter en moi. Je saute de nouveau au milieu de ce tas grouillant, et, comme si j'y étais contrainte, je saute de plus en plus rapidement, de plus en plus fort dans la merde glissante jusqu'à ne plus rien ressentir.

Je suis si excitée que je ne parviens pas à dormir. C'est aujourd'hui mon premier jour d'école. Avant même que le jour ne se lève, je passe la robe de dentelle blanche et noue autour de ma taille le ruban de soie bleu clair. Puis je cours dans le cabinet médical pour me poster devant la si mystérieuse armoire à pharmacie. J'appuie mon visage contre les vitres. Je suis fascinée par les petites fioles et les boîtes énigmatiques. Elles doivent renfermer des substances dangereuses puisque l'armoire est toujours fermée à double tour et que la clef est attachée sur le trousseau de maman. Mais, pour l'heure, seule mon apparence m'intéresse. Les portes vitrées de l'armoire servent aussi de miroir. Je tourne sur moi-même pour faire virevolter ma robe et mes cheveux longs jusqu'aux hanches, je me trouve superbe. L'étoffe et l'argent pour la couturière ont été donnés par Onxganx. Comme il me considère comme sa propre fille, il a également rempli mon cartable de sucreries et de stylos multicolores.

Je porte ce trésor avec attention jusqu'à la salle de classe où flottent des odeurs de papier, de craie, de bois et d'encre. Des cheveux roux en broussaille émergent au-dessus du tas d'élèves qui papotent. C'est la maîtresse. Elle a l'air drôle et me rappelle le bouffon en bois du magasin de jouets. Son nez et sa bouche sont particulièrement proéminents, ses dents grandes, et elle ne cesse de rire.

Une fillette avec de grandes nattes noires dépasse les autres. Raide sur sa chaise, elle me regarde. On dirait Blanche-Neige ! Elle a de grands yeux sombres et m'observe avec tant d'insistance que je prends cela pour une invitation et que je vais m'asseoir à ses côtés. Elle s'appelle Frimetta et déjà je la porte dans mon cœur.

Lorsque tous les élèves ont pris place, la maîtresse demande à chacun de réciter une comptine ou quelques vers. Je lève le doigt aussi haut que je peux. Je chante *La Truite* de Franz Schubert et récite *Le Poème du crépuscule* de Gottfried Keller. Puis je me lève, et, empreinte du sérieux et de la fierté d'une chanteuse, je chante le lied du début à la fin. À peine la dernière note a-t-elle retenti que je récite avec beaucoup de lyrisme toutes les strophes du poème. Ce faisant, je ne quitte pas la maîtresse des yeux. Plus tard, elle expliquera à maman, dont elle deviendra l'amie, qu'elle avait dû se tourner vers la fenêtre pour ne pas exploser de rire.

J'aime cette dame, l'école, et, plus que tout, j'aime Frimetta. Elle devient rapidement ma meilleure amie. Le plus beau souvenir, ce sont ces après-midi que je passe chez elle. Tout y est seigneurial. Jamais encore je n'ai vu de si hautes pièces. Les plafonds sont décorés de guirlandes de fleurs, d'oiseaux et de raisins. Les fenêtres étroites montent presque en haut des murs. Je compte six carreaux par battant. Les épais rideaux ne sont toujours fermés qu'à moitié. Je les trouve trop grands, ils traînent sur le sol. Partout des meubles imposants, comme des animaux de marbre. Ils me font peur. Mais je suis fascinée par les nombreux sofas. Il y en a contre tous les murs et même au milieu de la pièce. Les parents de Frimetta tiennent un magasin dans le centre-ville de Munich, et, lorsqu'ils travaillent, l'appartement devient notre terrain de jeux. Nous faisons des tentes de Bédouins avec des couvertures, nous nous enroulons dans de nombreuses couches de chiffons colorés, masquons nos visages et nos cheveux sous des châles de soie. Nous devenons des princesses orientales qui célèbrent un mariage avec des princes du désert. Et lorsque nos époux doivent se battre contre des ennemis, nous devons prendre la fuite sur des chameaux à travers le Sahara afin d'échapper aux tyrans qui veulent nous kidnapper et tuer nos enfants. Ou alors, nous fermons les volets et éteignons toutes les lumières. Nous nous déplaçons alors lentement main dans la main, prudemment, mettant un pied devant l'autre dans l'obscurité, sans un bruit.

Il n'y a qu'un endroit de l'appartement qui nous soit strictement interdit : l'imposante armoire du salon. Sa largeur occupe le mur entier. Ses deux portes ornées de sculptures en bois sont ouvertes la plupart du temps. Mais il n'y a rien dedans. Ni vêtements, ni chaussures, ni chapeaux. Pas même un casier ou une tringle. Elle est tout à fait vide et on en voit le fond en bois mal raboté. C'est peut-être parce qu'elle a une grande valeur que nous ne pouvons nous en approcher. Des cordes rouges invisibles sont tendues autour d'elle, comme dans un musée. C'est ainsi que je ne me déplace dans cette pièce qu'avec une grande vénération et en me tenant loin de l'armoire. Parfois, il me semble entendre à l'intérieur un murmure ou un chuchotement – mais je n'ose en faire part à Frimetta...

Aujourd'hui, nous sommes absorbées depuis longtemps dans notre jeu, nous avons perdu toute notion du temps et oublié de rallumer la moindre lampe. Dehors, la nuit est tombée, mais à l'intérieur, dans notre monde, nous voyons encore comme en plein jour tant la journée s'est étirée de manière imperceptible.

Il est temps pour moi de regagner la maison. Frimetta veut aller dans la cuisine m'emballer une part de ce pain d'épice que j'aime tant. Je l'attends dans le corridor. La porte du salon est ouverte, de temps en temps les phares d'une voiture en éclairent le sol et les murs. Soudain, je respire une odeur d'église et voici que j'entends de nouveau les voix sortir de l'armoire, plus fort qu'à l'accoutumée. Je me dirige en direction du bruit et remarque que le panneau arrière est légèrement entrebâillé. Derrière, il y a manifestement une autre pièce qu'on ne peut atteindre par le couloir. Curieuse, j'avance encore. Des mains apparaissent dans la lumière, parfois un bras ou une épaule. Les mains arrangent précautionneusement des objets sur une table qui se métamorphose sous mes yeux en un tableau festif. Au milieu se trouve un chandelier. Sept bougies sont allumées. Je suis si captivée par cette vision que je ne prête plus attention à mon amie.

« Tu dois t'en aller tout de suite ! » dit Frimetta brusquement. Je sursaute, je me sens fautive. Je la regarde avec incertitude. Ses yeux étincellent. Elle me donne le paquet sans un mot et me pousse vers la sortie.

Ce que j'ai vu dans l'armoire m'accompagne jusqu'à la maison.

Je trouve maman dans son bain. Nos regards se croisent dans le miroir. Jamais encore je ne l'ai vue ainsi : la bouche rouge carmin, les joues luisant d'un blanc porcelaine, les yeux maquillés. Son expression est différente, elle prend plaisir à se regarder et fait à peine attention à moi. La sonnette nous interrompt : rapide, énergique, impatiente. Le nouveau venu fredonne. Au bout du couloir apparaît un homme aux cheveux blonds et au sourire radieux. Il fond sur maman, lui tend un bouquet de fleurs tout en continuant à papoter. « Bonjour, Gisi ! » fait-il. Horrifiée, je disparais derrière maman et j'observe ce personnage si différent de nous : si frais, si allègre, si gai et plein de vie.

Maman semble connaître cet homme, elle le salue en retour. Ils s'embrassent rapidement sur les lèvres. J'en reste bouche bée. Je ne réponds pas à son *bonjour*, et m'en vais. L'homme continue de jacasser encore comme si personne ne lui avait appris les bonnes manières.

Maman remplit une assiette de viande et de pâtes puis la pose sur la table devant moi. Elle me dit en passant qu'elle sera de sortie avec Heinrich ce soir. Je me mets alors à pleurer, crier, trépigner et la supplie de rester. Ça ne sert à rien. La porte claque. Je me retrouve seule. Ce gars s'appelle donc Heinrich ! Quel affreux prénom ! À cause de lui, maman m'abandonne ! Je le déteste !

Bien que je sois terriblement triste, je manigance un plan diabolique : j'enfourne un bout de viande, le mâche jusqu'à ce qu'il ne soit plus qu'un amas répugnant de bouillie et l'introduis dans le poste de radio par une ouverture sur sa face arrière. Je ne cesse qu'une fois l'assiette vide. On verra bien ce qu'il va se passer…

Hors de question que j'aille au lit. Je resterai assise ici à attendre le retour de maman. J'entonne des chansons, raconte une histoire à haute voix. Je passe mon temps à aller à la porte d'entrée, je la regarde me narguer, veux forcer la clef à tourner. Puis je retourne m'asseoir. J'ai mal aux fesses. Je balance mes jambes et compte les coups de talon que je donne contre les pieds de la chaise. Je suis si fatiguée que je n'y parviens même plus. Ce gars ne doit pas l'emporter !

Le bruit d'une clef dans la serrure me réveille. Je me précipite sur la porte. Malheureusement, ce n'est que mon grand-père qui titube : « Mon petit ange ! Tu n'es pas encore couchée ? » Il agite dangereusement ses longs bras. Je file sur le tapis rouge avec l'impression que grand-père me poursuit à grands pas. Une fois dans la chambre, je me laisse tomber sur le sol, me glisse sous le lit et me recroqueville contre le mur afin qu'il ne puisse m'atteindre. Ses bras ne sont tout de même pas si longs ! Mais il ne vient pas. Au lieu de cela, de forts jurons, puis la porte qui se referme. J'épie, l'oreille aux aguets. Silence. Il est reparti.

Je rampe prudemment hors de ma cachette. La porte de la chambre n'est que poussée. Je glisse le pied dans l'ouverture puis me faufile dans le corridor. Des effluves d'alcool se répandent. J'agite la tête de dégoût et de froid. Je suis terriblement fatiguée. Mais en aucun cas je ne m'endormirai de nouveau. Ce Heinrich ne doit pas l'emporter !

Il me revient que maman a racheté des cerises. Le sachet dans les bras, je me poste à l'autre extrémité du couloir et le dépose entre mes jambes. Je plonge ma main profondément dans le tas de fruits. Les cerises sont rebondies et tendres à la fois. J'en prends une et la laisse tomber dans ma bouche. Elle est sucrée. Entre-temps, j'ai appris que le noyau ne devait pas s'avaler, je le crache donc en direction de la porte. Il tombe devant moi sur le tapis. Pas assez loin, malheureusement. Je suce une autre cerise, la mords, fais rouler de ma langue le noyau à mes lèvres, le crache. Pas mieux. La fois d'après, je me lève, inspire un grand coup, gonfle mes joues, crache. Le noyau atterrit mollement sur le sol. Résignée, je m'accroupis contre le mur et plonge la tête dans le sachet. Des billes bien grasses, d'un rouge sombre !

J'en prends une entre le pouce et l'index, puis la presse jusqu'à ce qu'elle se crevasse. Une goutte roule sur mon ongle, j'appuie plus fort. Un liquide rouge coule de l'ouverture, je suis son chemin, l'observe tomber sur mon genou et y laisser une tache rouge. Tout doucement, j'amène mon genou à la bouche et j'aspire le jus laissé sur ma peau. La cerise dans ma main n'est pas belle à voir. Je la lance contre le mur. Elle y reste accrochée, puis tombe. La trace sur la tapisserie est couleur sang. Maman ne sera pas contente ! Mais c'est elle la responsable – pourquoi donc me laisse-t-elle seule si longtemps à cause de ce Heinrich ? Qu'attend-elle de lui ?

J'attrape la cerise la plus grosse du paquet et l'écrase dans mon poing. De fins filets courent entre mes doigts, le long de ma main, gouttent sur mes cuisses, se perdent dans un léger duvet, se séparent, tracent de nouveaux chemins, s'infiltrent dans ma peau.

J'écrase les cerises les unes après les autres, me barbouille le visage de leur jus, en tartine mes bras et mes jambes, lance les fruits en l'air ou contre le mur. Des restes de cerise à l'apparence de morceaux de viande jonchent le tapis. Sur la tapisserie, du jus de cerise séché. Maman l'aura bien cherché ! Elle sera très en colère, mais, pour le moment, ça m'est égal.

Ce Heinrich vient régulièrement. La plupart du temps, il disparaît avec maman dans la chambre à coucher – maman glousse et pousse des petits cris. Il doit la chatouiller. Tandis que j'attends qu'ils ressortent enfin, je fais les cent pas sur le tapis rouge comme un fauve en cage. Puis la porte s'ouvre et maman passe devant moi, toujours gloussant au bras de Heinrich. Ils me remarquent à peine.

Soudain, tout s'accélère : un jour, maman annonce qu'elle va épouser Heinrich et qu'ils iront vivre ensemble dans un nouvel appartement. Si j'entends bien ce qu'elle dit, je ne parviens pas cependant à réaliser ce que ça signifie.

Les airs de l'orgue remplissent l'église, les voix angéliques montent dans les aigus. Leur sonorité claire m'est désagréable. Les mariés s'agenouillent devant l'autel. Les boucles de maman tombent sur le col de son tailleur blanc. Elle a paré sa coiffure de petites fleurs, ses joues sont roses. À ses côtés, Heinrich étincelle dans son costume.

Je suis assise entre des adultes bruyants au premier rang et j'ai honte. Honte devant les quelques-uns que je connais et les nombreux que n'ai encore jamais vus. Honte de ma petite jupe aux couleurs passées d'avoir été lavée des centaines de fois. Mes mains sont posées sur mes genoux afin de dissimuler les reprises de mes collants. Quant à mes bottes à lacets offertes par Babbo, leur bout est gris bien que maman les enduise toujours de cirage blanc. J'examine à la dérobée les chaussures des gens qui m'entourent. Elles brillent dans la lueur des chandelles. Les convives se sont mis sur leur trente et un comme s'il y avait un prix à remporter. Il y a même, sur les têtes de quelques dames, des chapeaux ornés de plumes ou de fleurs factices.

L'orgue se tait. Sa dernière note reste longtemps en suspens. La voix du prêtre résonne – comme si quelqu'un lui pinçait le nez. Il parle de Notre-Père, de Jésus, du Saint-Esprit. De fidélité, « jusqu'à ce que la mort vous sépare ! ». J'observe les visages heureux autour de moi. De temps à autre, un mouchoir disparaît sous un chapeau.

Mon regard reste longtemps fixé sur le visage de maman. Puis je sors un crayon noir et un papier enroulé de ma poche. Deux choses dont je ne me sépare jamais, au cas où je doive chasser l'ennui. Je dépose le papier sur un de mes genoux qui me sert ainsi de pupitre et entreprends de dessiner maman. Je mets tout mon amour dans ce visage qui doit ressembler à celui d'un ange. Puis c'est au tour de Heinrich. Je l'affuble d'un nez crochu et d'un menton de sorcière à grosses pustules d'où sortent d'innombrables aiguillons. Je le dessine le plus moche que je peux. Tout le monde doit voir que je ne peux le supporter. Satisfaite de mon travail, je range le papier et le crayon.

Enfin la cérémonie est finie. Les mariés sortent de l'église au milieu de la haie d'honneur formée par les invités qui applaudissent à tout rompre. Ils leur adressent leurs plus beaux sourires. Maman ne me voit pas. Je remonte prestement la file des convives sur le point de sortir ; je veux aller jusqu'à maman et la serrer dans mes bras.

Devant l'église, on lance du riz et des fleurs. Je glisse ma main dans celle de maman. Une foule de gens entoure les mariés. Les flashes crépitent. Je me cache aussitôt derrière maman. Le photographe sautille çà et là, s'agenouille, s'accroupit et demande aux mariés et aux convives de sourire. Lorsqu'il dirige son objectif sur moi, je ferme les yeux. Je ne veux pas être vue. De personne. Personne ne m'a demandé si j'avais envie d'être ici. Si je voulais que maman épouse ce Heinrich. Si je voulais déménager dans un nouvel appartement, aller dans une autre école, avec des élèves inconnus et de nouveaux professeurs.

Tous les trois nous déménageons dans un nouvel appartement – un trois-pièces, salle de bains, cuisine : propre et froid. Les murs sont si blancs que ça fait mal aux yeux. J'ai tout perdu ! Frimetta, ma meilleure amie, le monde enchanté où nous seules pouvions rentrer, ma maîtresse qui me faisait tant rire. Plus de grand-père au visage assombri par des nuages d'orage, ce grand-père qui pointait sur moi son index : « Mon petit ange, attention, il y a des claques qui se perdent ! » Je pense même à ses beuglements – ceux qui me tiraient de mes rêves, la nuit – avec nostalgie et à ce moment de frayeur, lorsque sa main s'approchait de moi pour la piqûre. Mais ce qui me manque le plus, ce sont nos lits où nous dormions maman et moi, tête contre tête, en nous tenant la main. J'ai encore le gout du bretzel frais que me tendait la boulangère lorsque je passais le nez dans son magasin au cours de mes pérégrinations dans le quartier. Je me rappelle même avec plaisir les pigeons répugnants et la terrasse recouverte de fientes – la manière dont je sautais au milieu d'eux, remplie de haine, la manière dont ils s'éparpillaient dans les airs, battant lamentablement des ailes.

Maintenant, je suis allongée, fiévreuse, dans un lit en fer bien trop grand, je serre ma poupée contre moi et suis forcée de sourire au photographe ; Heinrich veut immortaliser ce premier jour dans le nouvel appartement. Par la fenêtre, je regarde passer des nuages.

La nouvelle école est formée d'un grand bloc austère. Murs peints en jaune, sol en linoléum marron. Ça sent la cire mêlée à la transpiration d'innombrables élèves. La maîtresse a des cheveux courts, un visage peu amène et elle est très sévère.

Je me lève toujours très tôt. Dehors, il fait encore nuit. Je suis torturée par la crainte de la maîtresse et le sentiment de n'être bonne à rien. Je suis désespérée. Souvent, je frappe à la porte de la chambre en pleurnichant : « Je n'arrive pas à faire la boucle du T ! » Pas de réponse. Je baisse la poignée. La porte est fermée à clef. Prise de panique, je cours à travers l'appartement jusqu'au balcon d'où j'implore la pitié de maman à travers la porte vitrée. J'ai de la suite dans les idées.

Heinrich est professeur de langues dans un lycée de jeunes filles. Il n'a pas de voiture, il se déplace à vélo par conviction. L'école est à vingt kilomètres en dehors de Munich. Il doit partir très tôt afin d'arriver peu avant 8 heures dans la cour où il descend élégamment de bicyclette. Les lycéennes s'amassent soi-disant à la fenêtre, sifflent et hurlent. On dit que c'est un professeur très apprécié. C'est lui qui le dit.

Je suis contente qu'il doive partir bien avant moi de la maison. Ainsi, je peux profiter de maman quelques minutes supplémentaires. La plupart du temps, nous ne parlons que de considérations pragmatiques : « As-tu songé à ton goûter ? », « As-tu fait tes devoirs ? », « Vas-y ! Tu vas être en retard ! », « Descends la poubelle ».

Sur le chemin de l'école, je dois traverser un champ avec des moutons. Chaque matin, j'adresse des signes de la main à maman pendant très longtemps, jusqu'à ce que le balcon et sa silhouette disparaissent derrière les arbres et les autres immeubles.

Un beau jour, je ne peux me résoudre à cesser de lui faire des signes, tant et si bien que je trébuche et tombe dans un buisson d'orties. Mes jambes nues me brûlent. Cet accident providentiel me ramène à la maison : maintenant, elle devra me consoler ! Enfin une journée en tête à tête avec elle. Je me rue dans l'escalier jusqu'au quatrième étage. Je donne libre cours à ma douleur tandis que je me tiens devant elle et lui montre les marques sur mes jambes. Elle ne veut rien entendre de mon désespoir et me renvoie sur-le-champ. Je la regarde, décontenancée, puis trotte le long des édifices repoussants qui jalonnent le chemin de l'école.

Un après-midi d'été sur le balcon. J'ai recouvert le sol de coussins et de couvertures. Mes poupons somnolent court vêtus à l'ombre d'un parasol tandis que je veille sur leur sommeil. La chaleur de la pierre traverse mon corps, je me sens bien. Au lointain, une tondeuse pétarade, un avion trace dans le ciel des lignes claires. Elles se font plus larges, cotonneuses, se confondent dans l'azur. J'ai dans la main une petite boîte métallique que je caresse tendrement dont j'ouvre doucement le couvercle. Comme s'il s'agissait de bijoux, j'en tire chaque feutre de couleur, l'un après l'autre, et les fais tourner entre mes doigts. Comme leur odeur est agréable ! Comme ils brillent dans le soleil ! Je suis si absorbée dans cette contemplation que je sursaute à la voix aiguë de ma mère : « D'où viennent-ils ? »

Tout mon corps s'embrase, j'ai des sueurs froides. Sans même la regarder, je bégaie que je les ai dérobés. Elle m'ordonne de rapporter les feutres d'où ils viennent. Je la regarde, incrédule. Je constate alors que son ventre est de toute évidence plus rebondi. Sa mine me dit que je n'ai pas le choix.

Sur le chemin du supermarché, j'ai l'impression d'aller à ma propre exécution. Il me semble que je fais deux pas en arrière pour un pas en avant. Je parviens à peine à avancer. Le grand magasin est relativement vide. Courbée sous le poids de la honte, je me glisse jusqu'au rayon papeterie. La boîte pèse lourd dans ma culotte. Mon regard se détourne sur la droite, vers le rayon charcuterie. Une grosse dame fait la causette à la vendeuse. Sur ma gauche, quelques personnes poussant des Caddies, lisant les étiquettes et jaugeant la nourriture dans les rayons. Les gens sont affairés. Allez ! En avant ! Je n'y arrive pas… Mains et bras pendent endormis le long de mon corps, comme s'ils ne m'appartenaient plus. Ils ne m'obéissent pas. Je prends un nouvel élan : droite, gauche, droite, gauche… Maintenant ! Le courage m'a quitté. Que se passera-t-il si je n'y parviens pas ? Maman va me chercher, elle va venir ici, me montrer du doigt et m'accuser devant tous ces gens d'avoir volé la boîte de feutres. Puis la police viendra, me passera les menottes, me conduira hors d'ici pour me jeter en prison. Et maman qui restera plantée là, sans un mot, ou souriant, hochant la tête et disant : « Ça te fera du bien, un petit moment derrière les barreaux. » Une fois par jour, on m'apportera de l'eau et du pain, le reste du temps, je resterai seule dans la cellule, parmi les rats et les araignées. Ma peur augmente jusqu'à ce que je n'en puisse plus. Je passe la main sous ma jupe, saisis la boîte, la sors et la jette dans le rayon. Je cesse de respirer, je suis à l'affût, concentrée sur cette voix qui tonne au-dessus de ma tête et n'ose ni me retourner ni même bouger. Mais rien ne se produit, le commerce continue de bourdonner, les caisses crépitent. Les bruits n'ont pas changé. Réussi ! Personne n'a rien vu. Les battements de mon cœur résonnent à tout va, comme amplifiés par des haut-parleurs. Tout le monde doit l'entendre. Pourtant, personne ne me regarde, personne ne fait attention à moi. Légère comme une plume, je me dirige vers la maison.

Je sors poupées et couvertures du balcon et me fais toute petite devant maman et Heinrich. Le soir venu, impossible d'engloutir la moindre bouchée, ma gorge est nouée. Je pousse le pain et la charcuterie dans mon assiette, dans un coin, puis dans un autre. La tension monte jusqu'à ce que Heinrich quitte enfin la cuisine. Il doit encore corriger des copies. Elle ne m'a pas dénoncée !

Quoi qu'il en soit, j'ai un mauvais point pour la fête de Saint-Nicolas. Maman se lève de table, me fait une caresse fugace et dessine au crayon noir un cercle gros comme une cerise sur la feuille accrochée au mur derrière la porte de la cuisine qui tient les comptes de mes bêtises. Puis elle le noircit complètement. Je sens tout le dévouement qu'elle met à grossir ce point. Il luit comme du lard. Saint Nicolas m'inspire une crainte silencieuse. À la fin de l'année, il viendra relever mes mauvaises actions. Chaque année, nos proches se réunissent pour les fêtes dans l'appartement de ma tante Rotraud. Pour nous, enfants, c'est le jugement dernier. On est d'abord déclaré coupable ou innocent, puis le verdict tombe. Des semaines auparavant, mon cousin Gaston et moi-même sommes rongés par des douleurs intestinales.

Une photo a immortalisé une telle cérémonie : j'ai six ans, Gaston en a trois. Saint Nicolas se penche, vêtu de sa robe rouge, nous menaçant du doigt, pauvres enfants grelottants. Je me tiens raide comme un soldat de plomb, les mains jointes au ciel et osant un regard humble vers le haut. La bouche hurlante de Gaston déchire tout son visage.

Lorsqu'un jour, bien plus tard, j'ai regardé cette photo, j'ai reconnu le visage rond de ma tante Rotraud à travers la barbe postiche. Gaston a hurlé devant sa propre mère pour avoir la vie sauve.

Le ventre de ma mère est maintenant devenu si gros que je me fais vraiment du souci pour elle. Il paraît qu'un ballon de baudruche peut éclater d'un coup si on l'étire trop. J'imagine qu'il fait pfff, qu'un petit homme en sort, salue et disparaît. Maman regarde son corps, l'air incrédule, et se demande où est passé son ventre. Son mari rentre dans la pièce, il regarde ce qu'il s'est passé, enfourche son vélo et s'en va pour toujours. Maintenant qu'ils sont tous partis, maman et moi vivons de nouveau ensemble, comme jadis. Nous dormons dans la même chambre, tête contre tête, ma main serrée dans la sienne. Avoir maman pour moi toute seule est mon seul souhait au monde.

Le ventre maternel continue de grossir. Un soir, elle est prise de douleurs soudaines, et, peu après, la voici qui part en taxi. Je me poste à la fenêtre et prie le bon Dieu de ne pas me l'enlever. Il faut qu'elle revienne !

Lors du petit déjeuner, Heinrich m'informe que j'ai dorénavant un petit frère. Sitôt après l'école, je me rends à l'hôpital en tramway. J'espère pouvoir le voir.

Maman gît épuisée sur des coussins, les bras sur la couverture. Elle a l'air très heureuse, bien qu'un peu pâlotte. Je ne tiens pas en place dans cette chambre, je dois absolument voir mon petit frère ! Une infirmière me prend par la main et me conduit à travers d'interminables couloirs sans fenêtres jusqu'à une vitre devant laquelle est tiré un épais rideau. Je dois attendre ici. Je surmonte mon impatience en montant et descendant le couloir en sautillant, ou en levant une jambe à la manière d'une ballerine puis, les yeux fermés, j'essaie de garder l'équilibre le plus longtemps possible. Lorsque tout cela devient trop ennuyeux, je commence à compter : les boutons sur les blouses des médecins qui passent parfois devant moi sans m'accorder la moindre attention, les pieds du chariot à repas, les encadrements de porte, les meneaux des fenêtres. Un, trois, cinq, sept... deux, quatre, six, huit... J'ai peu à peu l'impression d'avoir été oubliée. Puis le rideau s'ouvre soudainement, comme si le ciel se déchirait, et je vois un minuscule visage rouge. C'est donc mon frère ? L'infirmière berce le balluchon et me sourit d'un air malicieux. Peut-être s'amuse-t-elle de l'horrible expression qui se dessine sur mon visage. C'est à mon tour de rire et de pleurer en même temps. Honteuse, je fais volte-face, je cours dans le couloir en essayant de reprendre une attitude correcte. Nul ne doit savoir que j'ai peur de mon frère, que j'ai peur qu'il me chipe maman.

Deux jours plus tard, de retour de l'hôpital, je dois acheter du lait chez le boulanger. En ce moment, Heinrich et moi vivons seuls dans l'appartement. Nous dînons ensemble tous les soirs ; il se donne du mal pour m'être agréable, me demande comment ça se passe à l'école et s'il peut m'aider. Heinrich se gratte beaucoup la tête. Parfois, il souhaite que je le coiffe. Je n'y tiens pas vraiment, mais j'accomplis minutieusement cette tâche. Il fait de petits tas avec les pellicules qui tombent sur la table. Ça m'écœure.

Aujourd'hui, il n'est pas à la maison et je peux organiser ma soirée comme je l'entends. Je pose la bouteille de lait sur la table de la cuisine et la monnaie à côté. Puis je me prépare une assiette de petits pains garnis, de fruits et de toutes ces choses délicieuses qu'on ne me donne pas en temps normal. Avant de commencer à manger, je m'allonge dans la baignoire. L'eau chaude m'enveloppe. Me sécher en vitesse, enfiler mon pyjama, sauter au lit, savourer mon festin et lire l'histoire d'Eric, le jeune Norvégien.

Je n'entends pas Heinrich rentrer à la maison ni dans ma chambre. D'un coup, quelque chose de lourd s'affaisse sur mon lit. Je crie tant il m'a fait peur. Heinrich me regarde pendant longtemps. Un sentiment gênant m'envahit. « Combien a coûté le lait ? » demande-t-il. Je pressens un danger.

« 1 mark, dis-je.

– Tu mens ! 90 pfennigs. » Je sens que je rougis. « Tu as dérobé 10 pfennigs et menti ! »

Il arrache la couverture et m'ordonne de baisser mon pantalon. Puis je vois la balayette qu'il lève bien haut et avec laquelle il me frappe à plusieurs reprises. La douleur me fait pleurer, mais je ne fais pas un bruit. Autant me mordre la langue ! Satisfait, il quitte la pièce, je l'entends siffler joyeusement dans la salle de bains. Je reste nue et mortifiée, j'imagine que je suis morte. Maman et tous les autres seraient rassemblés autour de mon cercueil et me pleureraient dans le cimetière. Ils regretteraient d'avoir été si distants avec moi et d'avoir causé ma perte. Puis je tire la couverture au-dessus de ma tête. Au moins, être mort, ça ne fait pas mal !

Aujourd'hui, maman et mon petit frère rentrent à la maison. Je me lève de bonne heure, contrôle le pèse-bébé, la table à langer, les petites vestes et chemises préparées par maman avant qu'elle ne parte à l'hôpital. Des semaines durant, j'ai économisé chaque pfennig de mon argent de poche et acheté hier dans un magasin d'articles pour bébé un bavoir en dentelle. La vendeuse l'a précautionneusement emballé dans du papier de soie et a noué un cordon bleu clair autour du paquet. Je pose mon cadeau sur un coussin dans le lit de bébé.

Dans la cuisine, Heinrich essaie désespérément de remédier au désordre, mais il ne fait qu'empirer les choses. Puis il doit partir, maman l'attend déjà. Il est en retard, comme d'habitude. La chemise ouverte, il passe devant moi. Ses cheveux volent, il radote en lui-même, commente chacun de ses faits et gestes et bondit hors de l'appartement. Je fais la vaisselle, l'essuie, range du mieux que je peux. Puis je me poste à la fenêtre et n'y bouge plus à moins que je ne doive à tout prix aller aux toilettes. Mais la peur de rater leur arrivée l'emporte sur tout le reste. D'excitation et parce que ma vessie me tourmente, je saute d'une jambe sur l'autre. Enfin, les voici ! Le taxi approche. Heinrich et le chauffeur en ouvrent les portes. Maman sort de la voiture, elle serre un bouquet de fleurs contre sa poitrine. Elle a l'air changée. Aucun regard dans ma direction. Je saute, dégringole les escaliers à sa rencontre, je veux l'enlacer, toucher mon petit frère. Maman m'évite. Elle garde sa main sur la petite tête comme si elle devait protéger le bébé. « Laisse-moi d'abord arriver avec le bébé ! » Déçue, je trotte à ses côtés dans l'escalier. Je m'étais fait une tout autre idée de nos retrouvailles.

Au cours des semaines et des mois qui suivent, je ne vois que très peu maman. J'ai le sentiment qu'elle m'évite. Parfois, lorsque la porte de sa chambre est ouverte, je la vois donner le sein au bébé, le couvrant de baisers, pressant sa joue contre la sienne. Vis-à-vis de moi, elle est froide et distante. Cependant, elle me prie régulièrement d'être heureuse et reconnaissante envers Heinrich de m'avoir acceptée avec eux. Elle ajoute que ça n'allait pas de soi. La nuit, dans mon lit, je joue toujours au même jeu : suis-je bien ici ou n'est-ce qu'un songe ? Suis-je ou ne suis-je pas ? Que je meure à l'instant, que je disparaisse, alors personne ne s'en rendrait compte.

Je paie mon loyer grâce à mes rôles dans de nombreux films. *Lorsque j'étais un petit campagnard* a été tourné dans les alpages d'après une nouvelle de Peter Rosegger. J'ai eu le droit de manquer l'école et de partir en Autriche avec ma grand-mère et toute l'équipe du film. Jamais je ne vois l'argent. Personne ne m'a ouvert un compte en banque. J'ignore ce que font maman et Heinrich de mes cachets.

Nous mangeons toujours à quatre dans la cuisine alors qu'il y a dans la salle à manger une table pour huit couverts. Maman, Heinrich, mon petit frère dans sa chaise haute et moi-même sommes assis autour de la table. Ils rient, bavardent, plaisantent ensemble. Aucune place ne m'est laissée. C'est pour ça que, trois fois par jour, je dois tirer la planche du plan de travail au-dessus de la poubelle, pour y poser mon assiette et m'asseoir sur le tabouret à trois pieds. Ce que je mange n'a aucun goût. Je tourne le dos au reste de la famille et n'ai pour seule compagnie que le mur. C'est devenu normal, je ne connais rien d'autre.

C'est une chaude fin d'après-midi d'été que je savoure à la piscine en plein air avec mon amie Michaela. Vautrées dans l'herbe et étendues sur nos couvertures, nous faisons des messes basses sur les gens qui passent. De temps à autre, prenant notre courage à deux mains, nous sautons du plongeoir de trois mètres. Le kiosque exerce un grand attrait : des hordes d'enfants y attendent leurs saucisses grillées ou leurs frites. Nous faisons la queue pour y acheter une glace. Ça ne dure pas longtemps, la file d'attente pour les glaces est moins longue que celle pour les frites.

Nous n'arrêtons pas de croiser un inconnu. Il est vieux, ses cheveux gris tombent jusqu'à ses épaules. Vêtu d'un string violet, il exhibe son corps brûlé par des années de bains de soleil. Le nombril au milieu de son ventre ridé est décoré d'une fleur rose d'hibiscus. Son comportement est pour le moins suspect. Il fait le coq devant nous et nous adresse des clins d'œil. Nous faisons demi-tour. Ça semble lui plaire. Il s'approche, nous parle, se fait insistant. Nous marchons sur la pelouse, vers nos serviettes près des buissons. Il nous suit. Si nous faisons volte-face, il disparaît derrière un arbre.

Nous sommes mal à l'aise. Notre journée de baignade est fichue. Nous rassemblons nos affaires et sommes sur le point de partir lorsqu'une annonce stridente résonne dans les haut-parleurs : « Pola est attendue à la caisse ! » Une fois l'effroi passé, je suis la voix mécanique comme si j'étais téléguidée. J'en ai oublié mon amie et l'inconnu. Soudain, me voici face à mon père. Il m'enlace fougueusement, me prend par le bras et me fait monter dans une limousine avec chauffeur. J'ai honte d'être ainsi traitée devant tous les autres enfants et n'ose regarder par la fenêtre.

Dans la voiture, il me comble des éloges habituels : « Mon petit ange ! Ma petite chérie ! Ma petite poupée ! Je suis de passage à Munich, je vais passer du temps avec toi ! » Il exige que j'enfile une tenue élégante pour aller manger avec son agent. Nous allons donc à la maison. Ma mère me donne mon aube de communion et le manteau blanc assorti. Personne ne me demande si je veux enfiler ce vêtement et m'en aller avec mon père. Avant même d'avoir pu y réfléchir, je me trouve de nouveau dans la voiture, à côté de Babbo, et nous repartons.

Au restaurant, je m'ennuie. L'enthousiasme de Babbo et de son agent concernant la fulgurante carrière de mon père, la perspective de nombreux projets de films, tout cela ne m'intéresse guère. Absorbée dans mes pensées, je me demande si maman préfère mon petit frère et si elle pense à moi en cet instant. D'une voix flûtée, son agent donne son avis sur le menu – « De loin la meilleure chose que j'aie jamais mangée ! » –, puis elle me sourit : « Dis-moi, jeune fille, ça te dirait de devenir une star ? »

Je n'ai pas envie de lui répondre. De toute évidence, cette dame a perdu de vue que, depuis longtemps, je paie mon loyer et ma nourriture grâce à mes cachets. Babbo passe sa main sur mon visage comme si j'étais un bichon et sourit, l'air absent. L'agent retourne à sa coupe de glace et je continue de penser au bonheur de partir loin d'ici avec maman. Juste elle et moi.

Soudain, les cris de mon père me tirent de mes pensées, me voici poussée dans la rue alors que j'essaie de comprendre ce qu'il s'est passé. Il glapit, hurle, couvre le gérant et les serveurs des pires insultes. Manifestement, quelque chose ne devait pas être à son goût. Son agent devient terriblement pressée, elle prend congé théâtralement et s'évapore dès le début de soirée.

Mon père ne parvient pas à se calmer. Il m'explique à quel point ce sont des crétins, des trous du cul, des analphabètes. La veine sur son front ressort dangereusement. Pourvu qu'elle n'explose pas ! J'aimerais aller à la maison, mais il doit urgemment gagner son hôtel pour passer un appel. Il se conduit comme s'il s'agissait de vie ou de mort. Je préfère ne rien lui demander. La limousine vrombit dans la Maximilianstrasse. Comme si on les avait briquées pour une fête, vitrines et façades étincellent dans le soleil du soir. Le chauffeur freine devant un palace de verre. Au-dessus de la porte d'entrée, on peut lire en lettres dorées : Hotel Vier Jahreszeiten. Deux hommes en uniforme bleu foncé, qui pourraient avoir l'air de capitaines de navire si leur tête n'était pas surmontée d'un haut-de-forme, se pressent vers nous, ouvrent les portières de la voiture et s'inclinent profondément. Babbo ne permet pas qu'ils m'aident à sortir. Lui seul y est autorisé. Puis il prend dans sa poche une liasse de billets qu'il dépose dans leurs mains tendues. Les chapeaux se soulèvent.

Je suis perdue dans ce grand hall d'hôtel. Des gens sont vautrés dans les nombreux fauteuils et canapés

– ils me donnent l'impression d'être incapables d'entreprendre quoi que ce soit et qu'ils préféreraient se trouver ailleurs. L'ascenseur nous mène en haut. J'observe le très jeune liftier dans son uniforme rouge. Son chapeau en forme de boîte de camembert lui confère un air ridicule. Malgré le cordon doré qui passe sous son menton, il a glissé sur son œil gauche. Le nez en l'air, il fixe avec prétention les boutons devant lui comme si l'ascenseur ne pouvait se déplacer que par son entremise. Il ne m'adresse aucun regard. Ce n'est que lorsque je passe devant lui qu'il me fait un clin d'œil sous son couvre-chef.

Babbo ouvre la porte : un salon de conte de fées. Les rideaux vert océan sont tirés, ne laissant qu'une seule fente à travers laquelle les rayons du soleil s'infiltrent. Dans cette pièce, tout brille et étincelle de mille feux. Les tableaux au mur, le bois des meubles, les poignées de porte et de fenêtre, même les interrupteurs et les prises de courant. Partout, des valises ouvertes. Vêtements, serviettes, chaussures sont dispersés sur le sol. Les vases semblent sur le point de se fendre tant ils sont remplis de lilas et de roses. Leur parfum lourd est pénétrant, il m'écœure. Babbo me montre ses trésors, il me laisse toucher à tout. Puis il me prend délicatement par la main et me conduit au lit, haut comme un trône, au milieu du salon. Le court chemin est pénible, mes pieds s'enlisent dans le doux tapis comme dans de la boue. Babbo se laisse tomber sur une montagne de coussins sans me lâcher. Il me presse davantage contre lui, pose ma main sur son pantalon. Je sens quelque chose de dur. Je retire ma main, j'ai la nausée. Il m'embrasse sur l'oreille, respire ma gorge, il respire vite, il est excité. J'ai un étrange sentiment. Lentement, bouton après bouton, il ouvre mon aube, en fait glisser les bretelles sur mes épaules. Légère comme du papier, elle tombe sur le sol, sans un bruit. Il ne cesse de me regarder. Le visage éploré, il fait glisser ma culotte qui tombe sur ma jupe, un amas de tissu blanc qui recouvre mes pieds. Je suis nue devant lui. Ses lèvres tremblent, son souffle chaud passe sur ma peau, il me tire sur le lit. J'ai froid. J'ai peur. J'essaie de me dérober, mais il me tient avec une poigne d'acier. Sa langue court sur ma poitrine, sur mon ventre, il écarte mes cuisses de sa tête. J'ouvre la bouche, je crie : aucun son ne sort de ma gorge. Sa langue se fait de plus en plus insistante, brutale, ça fait mal, je suis figée. Sa respiration devient plus forte, il gémit. Je me sens mal. Un rideau noir. Tout est silencieux. Mon corps ne ressent plus rien ; je suis morte. Je sombre dans l'océan à travers un miroir. En qualité de cadette des filles du roi des océans, je suis la route des poissons bleus, je veux percer à jour le secret des conques. Je nage très vite avec ma queue de sirène. Mes longs cheveux traînent sur le fond de l'océan.

Je suis ramenée à la vraie vie lorsqu'on me remet ma culotte, ma robe et qu'on me passe mon manteau. Aujourd'hui, je porte l'aube blanche de ma communion, signe de pureté.

Il me pousse vers la porte, marque un arrêt, caresse mes épaules – ses mains sont lourdes. Je me sens plus petite encore sous ce poids. Il cherche mon regard et le soutient. Il me fait jurer de n'en parler à personne, sinon il irait en prison. « Tu entends ce que je te dis ! Jamais ! » ordonne-t-il. On me secoue. De très loin me parvient le son de sa voix, mais je ne l'écoute pas. On me pousse dans l'ascenseur puis dans la voiture qui attend. Comme si on rembobinait le film.

Une fois à la maison, je ne dis pas un mot ni ne réponds à quiconque. Je ne peux pas. Je sombre dans mon lit, dans le sommeil, je tombe dans un puits putride, je tombe, je tombe...

Sur le quai, Pola est étendue. Morte. À ses côtés, Pola est agenouillée, elle se penche sur l'autre Pola, très près de son visage, préoccupée. Pola passe devant elles, elle les regarde calmement et gravement avant de disparaître.

Le lendemain matin, c'est en vain qu'on tente de me réveiller pour l'école. Le jour suivant, ça ne va pas mieux. On se demande si je suis réellement malade. Ce n'est que tard dans la nuit que je recouvre mes esprits. J'essaie de réaliser où je suis. Prudemment, j'ouvre les yeux. Tout autour de moi a l'air étranger, irréel. Comme si j'étais dans une bulle de verre. Puis je me résous à poser les pieds sur le sol et à me lever. Je prends sous le bras l'aube et le manteau qui sont restés devant le lit. Je guette par l'entrebâillement de la porte afin de m'assurer que personne ne passe dans le couloir. Discrète comme une ombre, je vais dans la salle de bains et m'y enferme. Je dois faire vite. Je prends des ciseaux à ongles dans un tiroir, m'agenouille sur le carrelage froid et commence à piquer dans le tas d'habits. Pleine de rage, toujours plus désespérée, je pique encore et encore, je ne suis que haine. Ce n'est que lorsque j'ai sous les yeux un enche-vêtrement de fils et de lambeaux d'étoffe que j'arrête. Le signe de la pureté ne m'appartient plus.

Quelqu'un frappe violemment à la porte. Prise de panique, je rassemble les haillons, les emballe dans une serviette, noue l'ensemble en un gros paquet et crie que je suis bientôt prête. J'ouvre la serrure lorsque les pas s'éloignent, appuie sur la poignée et regarde si la voie est libre. Serrant le paquet contre ma poitrine, je me glisse dans la chambre et le fourre dans mon cartable. Puis je me rallonge.

Le lendemain, je quitte l'appartement plus tôt que d'habitude. Je monte dans le bus qui passe devant l'école, j'y reste assise lorsque nous arrivons et vais ainsi jusqu'au terminus. C'est la première fois que je vais là-bas. Un ensemble de hauts immeubles verts, lilas, jaunes, bleus et roses se dresse devant moi. Les couleurs en sont pâles. Pour compter les étages jusqu'au douzième, je dois basculer la tête en arrière. Mon regard glisse sur les fenêtres identiques à la manière d'un ascenseur et reste accroché au gros numéro inscrit sur chacun des immeubles. Sous celui-là se trouve l'entrée, une grande gueule béante. Devant, des rangées de poubelles. Presque toutes débordent de détritus qui jonchent le sol. Je cherche un container dont le couvercle soit fermé, sors les haillons de mon cartable et les enfouis dans le magma puant des ordures. Lorsque se rabat le couvercle, prise d'angoisse, je cours jusqu'à l'arrêt du bus. Cinq minutes avant le prochain départ. Les entrées d'immeubles crachent hommes, femmes et enfants qui se dirigent, tous vers moi comme des robots. Jamais encore je n'avais attendu de bus avec autant d'impatience. Enfin, il arrive et nous charge en direction de la ville. À la station Heilig Blut, je descends. Mon but : l'église de l'autre côté de la rue. Elle n'a pas l'air particulièrement accueillante avec ses façades grises et dépouillées et son clocher carré. Seules ses trois fenêtres brillent d'un bleu puissant. Je m'arc-boute de toutes mes forces contre la lourde porte de fer et me retrouve dans le froid, baignée d'odeurs d'encens et de cire. Pendant un moment, le silence me saisit. Au premier rang, un homme est agenouillé, absorbé dans ses prières. Je fais une brève révérence en direction de l'autel où, selon moi, doit se trouver Dieu, avant de me rendre au confessionnal sur ma gauche. Je regarde alentour, m'assure que personne ne me connaisse et rentre.

La pièce minuscule me protège comme une couverture. Je veux attendre ici que vienne le père Oberbauer. Même si ça doit durer toute la journée et la nuit suivante. Le prêtre nous dispense les cours de religion à l'école. C'est un homme bon. Il n'y a qu'à lui que je confierai mon secret. Je pousse légèrement de côté le rideau de la porte du confessionnal : Jésus est sur sa croix, la couronne d'épines lui rentre douloureusement dans la chair, sa tête tombe sur sa poitrine ensanglantée. L'image m'inspire de la crainte – tout comme les saints sur les murs. J'attends qu'un d'entre eux se mette à verser des larmes de sang. Une auréole scintille. Je laisse retomber le rideau.

Le père a dû ressentir que je l'attendais de toute urgence puisque le froufrou de son habit ne tarde pas. Une petite fenêtre s'ouvre dans la paroi devant moi, et, à travers le bois ajouré, je reconnais son regard qui ne me quitte pas : « Mon enfant, qu'est-ce qui t'amène ici ? Qu'as-tu sur le cœur ? Dis-moi comment t'aider. »

J'ouvre la bouche, mais une porte blindée se ferme implacablement dans ma gorge. Aucun mot ne trouve le moyen de sortir. Je n'y arrive pas. Je reste muette. La voix chaleureuse du père ne m'atteint plus. Je sors du confessionnal et m'en éloigne en courant.

Depuis cet instant, tout est oublié. Ce qu'il s'est passé dans l'hôtel n'existe plus. Il ne s'est rien passé.

La porte reste fermée. Tout est emprisonné dans mon âme. Sentiments et douleurs se mélangent comme des odeurs.

Même lors des prochaines confessions, je ne me souviendrai plus de ce qu'il s'est passé.

La Terre ne s'arrête pas de tourner. La vie continue comme si de rien n'était. Depuis que Babbo m'a tirée de la piscine et conduit à l'Hotel Vier Jahreszeiten, il téléphone souvent et veut me parler. Il me murmure à l'oreille que je suis exquise et que je lui manque beaucoup. Ses murmures sont menaçants et ce sentiment inconfortable ne disparaît qu'après avoir raccroché.

Souvent, lorsqu'il voyage, Babbo fait une escale à Munich pour me rendre visite. La plupart du temps, il m'apporte des poupées Käthe Kruse, des poupées de collection, et, une fois, une danseuse de flamenco d'Espagne. Elle porte une robe rouge à pois noirs dont les volants tombent jusqu'à ses pieds. Je la soulève pour voir si elle est nue dessous. Elle porte une culotte de dentelle. Il me rend toujours visite en coup de vent. Ce qu'il reste de Babbo, ce sont ces poupées auxquelles je m'attache.

Aujourd'hui, fatiguée, je rentre de l'école. Devant la porte de l'appartement, il y a un énorme paquet sur lequel mon nom est écrit en capitales. Je m'accroupis pour savoir ce qu'il contient et découvre deux roues rutilantes. Un nouveau vélo ! De Babbo ! Il faut que je l'essaie sans tarder ! En ouvrant la porte, je suis assaillie par une odeur répugnante. Il y a trois plats que je déteste par-dessus tout : le chou vert, le ragoût de cerf, la truite au bleu. Dans la cuisine sortent de l'eau frémissante une gueule de poisson et deux gros yeux blancs. Inutile de demander à maman si je peux sauter le repas et partir essayer mon nouveau vélo. Je m'assieds alors en vitesse, à ma place au-dessus de la poubelle, et attends l'assiette que maman pose devant moi. Je me penche au-dessus d'un bout de poisson, d'une pomme de terre et d'un peu de salade. J'aime la salade que fait maman, mais, aujourd'hui, rien n'a de saveur – je veux juste sortir ! J'écrase à l'aide de la fourchette le poisson et les pommes de terre et les pousse sous la salade.

Je mets un certain temps à extraire complètement le vélo de son emballage dont je remplis la poubelle de la cour. Le voici maintenant devant moi, dans toute sa splendeur. Mon papa me l'a envoyé par avion de Berlin ! « À 18 heures, tu dois être rentrée ! » crie ma mère tandis que je descends l'escalier. Mon nouveau vélo sur l'épaule me paraît aussi léger qu'une plume. Je n'ai que peu de temps pour en profiter, mais ça me semble une éternité. Je vole à travers les rues du quartier, et, lorsqu'à 18 heures je mets le pied à terre, j'ai l'impression d'avoir grandi un peu.

La plupart du temps, je vois mon amie Michaela chez elle. Elle a une chambre et un salon pour elle seule. Son lit est en bois doré et il a la forme d'une conque. Parfois, je m'enroule dans le couvre-lit et j'imagine que je suis une princesse. La mère de Michaela, une femme sèche, n'est guère ravie lorsqu'elle me découvre. Elle m'explique que la chambre de Michaela est meublée en style Empire. Que des antiquités ! Lorsqu'elle m'ouvre, elle m'examine toujours de haut en bas. J'ai honte parce que mes collants sont ravaudés. Puis elle rit : « Rentre donc, Michaela t'attend ! »

Souvent, mon amie me montre ses albums photo. Elle passe des vacances en famille à Saint-Tropez. Fièrement, elle me commente des photos de la villa, de la plage et de Pascal, son cousin. La voix de Michaela change lorsqu'elle parle de lui. Elle rougit. Sur les photos, on voit un jeune garçon de seize ans environ en maillot de bain et chapeau de paille. Une fois dans une chaise longue, une autre en train de jouer au ping-pong. Je ne sais qu'en penser. Je ne vois presque jamais le père de Michaela. Il est médecin et exerce un haut poste dans l'armée. Michaela est fille unique. Elle est très aimée et gâtée, je le sens.

Chez nous, il n'y a pas d'antiquités, mais des soirées autour du chant sont souvent organisées : Heinrich au piano, un violon et un alto accompagnent maman et un autre chanteur. Il n'est pas rare que la soirée se poursuive tard dans la nuit. Les voisins tapent alors au plafond avec des manches à balai.

Bien sûr, il y a aussi des invités lors de telles fêtes. Mon ancienne maîtresse, par exemple, que Heinrich surnomme l'« oiseau empaillé », et d'anciens amants de maman. Il y a aussi Onxganx. Il arrive toujours au milieu de l'après-midi et se tient courbé et lourdaud dans la minuscule cuisine tandis que maman prépare des plats froids pour la soirée. « J'ai apporté mon dîner ! » dit-il toujours en claquant sa serviette sur la table dont les accrocs et les rainures du cuir crasseux font penser à des cicatrices. Après en avoir déverrouillé les serrures, Onxganx l'ouvre avec fougue.

D'un coup, ça sent la marée et le beurre rance. Il en tire un paquet emballé dans du journal : « Du poisson ! » crie-t-il. Maman crie à son tour. Je me pince le nez et sors en courant de la cuisine.

Il se passe des jours entiers avant que l'odeur disparaisse, bien que maman laisse les fenêtres ouvertes nuit et jour. Puis elle jure qu'elle lui interdira, à l'avenir, d'apporter sa propre nourriture. Mais Onxganx ne se laisse pas faire.

Avant que ne commence la soirée, je ressens une tension identique à celle qui précède la distribution des cadeaux à Noël. Pleine d'espérance, je suis assise dans un fauteuil et observe Onxganx qui s'est laissé tomber sur le canapé. Ses yeux sont clos. Le piano commence, les voix s'élèvent. Un frisson me parcourt l'échine. Onxganx sourit. Comblé, il écoute les chants et la musique. C'est toujours le dernier à partir. Il ne commande un taxi qu'une fois tous les autres rentrés. Il peut vivre longtemps d'un tel événement.

Grand-père ne peut plus exercer en tant que médecin ni vivre seul. C'est pour cela qu'il habite de nouveau chez ma grand-mère qui s'occupe de lui. Alors qu'il se fait soigner par maman pour quelques jours, elle m'envoie dormir avec lui, arguant que je dois lui tenir compagnie tant il est seul. J'hésite, je reste assise au bord du lit en raison de l'odeur désagréable de cigarette qui se répand dans toute la chambre d'enfant où maman l'a installé. Mon frère dort alors avec maman et Heinrich, et moi sur le canapé du salon. Mon grand-père a le teint gris. Quelques-uns de ses doigts se sont colorés de jaune à cause de la cigarette. Il a de longs ongles bruns.

Bien que je trouve cela écœurant, je me glisse à ses côtés sous la couverture. Les oreillers et les draps sentent la bave et la sueur. Ma gorge se serre, mais je n'ose pas me lever. Soudain, je sens des mains sous la couette. Elles me cherchent. Des doigts décharnés m'attrapent, se glissent entre mes jambes. Je saute du lit et me rue dans la salle de bains, je me cache à côté de la machine à laver. Ce n'est qu'après un long moment, lorsqu'il n'y a plus aucun bruit, que j'ose aller voir maman pour lui demander si je peux me laver. Bien qu'elle s'en étonne, elle n'y voit pas d'inconvénient. Cela dure jusqu'à ce que la baignoire soit pleine à ras bord. J'y entre et mets la tête sous l'eau, ne laissant dépasser que mon nez d'une montagne de mousse.

Babbo donne une représentation au Deutsches Museum. Une soirée où il récite des monologues de Schiller, des poèmes de Baudelaire et de Rimbaud. Il a téléphoné hier et nous a priées d'y assister avec maman. Des billets nous attendent à la caisse.

Je me rends donc au Deutsches Museum en tramway avec maman. Nous nous installons dans les premiers rangs. Je suis très excitée, jamais encore je n'ai vu Babbo sur scène. Les lumières s'éteignent. Un projecteur est braqué sur Babbo qui fait son apparition devant le rideau de velours rouge vin. L'air est électrique. Babbo est debout, il ne pipe mot. Je regarde les grains de poussière au-dessus de ma tête. Babbo commence à parler. Des raclements de gorge contenus.

Babbo continue. « Être ou ne pas être… » Babbo fait silence. Les raclements de gorge et les toussotements sont de plus en plus forts. Son silence s'étire de manière insupportable, puis : « Les salauds du fond la ferment tout de suite ou je m'en vais et personne ne sera remboursé ! » Et, comme si de rien n'était, il poursuit : « Telle est la question. » Le public hurle, puis c'est de nouveau le silence. Je m'enfonce profondément dans mon fauteuil et j'ai honte à en mourir.

À l'issue de la représentation, maman et moi nous rendons dans les loges. Je baisse la tête, je ne veux être reconnue de personne. Nous frappons. Babbo ouvre la porte et se jette sur moi. Je suis collée contre sa poitrine. Il ferme la porte derrière nous. On frappe derechef. Une peinture à l'huile immense se trouve devant la porte. On y voit une tête aux yeux exorbités et aux lèvres charnues. Les couleurs sont criardes. Derrière la toile apparaît timidement un visage d'homme : « Monsieur Kinski, je suis votre plus grand admirateur ! Je vous ai immortalisé ! » Babbo s'écrie, comme s'il s'était assis sur un nœud de vipères : « C'est atroce ! Faites disparaître cet homme de ma vue ! Ce crétin ! Débarrassez-moi sur-le-champ de cette croûte de dilettante ! » Les vigiles sortent l'homme, le reconduisant à l'extérieur avec sa peinture.

Plus tard, nous sommes raccompagnés, à notre tour, par des vigiles vers l'entrée des artistes où les fans ont formé une haie d'honneur. Des mains tendent à Babbo stylos et photos. Des heures durant, ces gens ont attendu un autographe. Babbo me protège d'une main et, de l'autre, il éloigne ses fans comme s'il s'agissait d'insectes. Je suis poussée dans le cuir confortable des sièges d'une limousine aux vitres teintées. Maman est assise avec le chauffeur. Mon père s'assied à mes côtés sur la banquette arrière. La voiture démarre en trombe, laissant derrière elle les fans déçus. Babbo me tient fermement par le bras et je me sens incroyablement mal à l'aise.

Le scarabée a bien de la chance ! Il n'a pas à se débattre avec des exercices de mathématiques. Je suis assise dans ma chambre, à mon bureau, face à la fenêtre ouverte, et je suis des yeux l'insecte noir qui a toutes les peines du monde à grimper sur le cadre. Plus qu'un seul millimètre ! Non ! Il bascule en arrière et le voici sur le dos à agiter ses fines pattes en l'air. Je savoure d'abord sa maladresse avant de le remettre d'aplomb d'une pichenette. L'animal se frotte les pattes antérieures, se ressaisit et reprend sa route, escalade de nouveau, retombe sur le dos et implore les cieux. Ses vœux sont exaucés. Tout à l'heure, il marchait sur mes fractions, laissant derrière lui de minuscules taches. Je souffle sur le scarabée, il glisse sur le rebord de la fenêtre comme sur un toboggan et se retrouve bien loin de son objectif. Pourtant, il ne renonce pas. En avant, toujours en avant, infatigablement. Sa vie à lui n'est pas simple non plus. Le scarabée s'échine sur le cadre de la fenêtre, moi sur mes calculs. Pendant un moment, sa présence tombe à pic ; il chasse mon ennui en me déconcentrant de mes devoirs. Je me penche par-dessus le bureau, approche mon visage de lui, si proche que je pourrais n'en faire qu'une bouchée. Mais je ne veux pas le manger. Je le regarde. Il me regarde. Il agite ses antennes. Ce blindé brillant ! Écœurée, je me recule un peu. Que cherches-tu ici, stupide scarabée ? Un coup rapide contre la fenêtre et c'en est fini de toi. J'ai des démangeaisons dans les doigts. Je l'enferme en formant un L avec mon pouce et mon index. Aucune échappatoire pour le scarabée. Je claque la fenêtre. Adieu, scarabée ! Mon regard se perd dans les maisons d'en face : elles se dressent là, atones, sans vie. Des géraniums pendent dans leurs pots accrochés aux balcons individuels. Des marquises aux rayures brunes et blanches, des parasols, eux aussi beiges ou bruns. L'un d'eux est ouvert tandis que les autres sont remisés dans des coins. Des rideaux relevés, des orchidées et des plantes grasses aux fenêtres. Une dame fait son apparition, elle secoue un chiffon avant d'arranger les fleurs. Elle ferme les yeux et tend sa tête vers le soleil. Elle est sans doute heureuse de sa vie. Un bébé se met à pleurer, elle sourit puis disparaît. Impossible de me débarrasser de la comptine que j'ai en tête : *Catherine Cagnard a le cul d'un canard, le ventre d'une vache. Et maintenant, c'est à ton tour...* J'en murmure les paroles. Le stylo bat la mesure comme une baguette d'orchestre.

Soudain, des bruits éclatent dans mon dos. Je me retourne et vois ma mère et Heinrich poussés à droite et à gauche de l'encadrement de la porte par une force invisible : mon père apparaît entre eux. Il m'embrasse sur la tête un nombre incalculable de fois, passe sa main dans mes cheveux, me serre contre lui. Un parfum pénétrant m'enveloppe. Je ne me défends pas. Figée, je laisse passer ces manifestations d'amour. Il me soulève et, tout en continuant de me couvrir de baisers sur les yeux et la bouche, m'annonce que je vais aller vivre à Berlin, chez lui, avec sa nouvelle femme et son enfant. Mon stylo-plume tombe sur le bureau, je cherche de l'aide, je regarde maman, puis Heinrich, puis maman de nouveau. Ils ne me regardent pas, aucune expression ne se lit sur leurs visages. Babbo m'emmène hors de la chambre, nous passons devant eux. Je cherche le regard de maman, je veux qu'elle me retienne, qu'elle lui interdise de me prendre. Rien. Elle est là, ne dit rien. Sans aucune volonté, je suis mon père hors de l'appartement. Sur le seuil, je me retourne une fois de plus vers maman. Elle a levé la tête, regarde au loin, loin derrière moi tandis qu'on me tire dans l'escalier puis à l'extérieur. L'air est frais. Je regarde une fois de plus notre immeuble, je souhaite voir le visage de maman à la fenêtre, je souhaite qu'elle se penche à la rambarde du balcon et m'appelle. Qu'elle coure derrière moi, dévale les quatre étages, crie, m'agrippe, m'arrache à lui. Rien. Je monte à bord du taxi, je me sens irréelle. Le chauffeur nous conduit à l'aéroport. Peu de temps après, je suis assise, ceinturée, l'avion fonce sur la piste, décolle, pointe tout droit vers le ciel tandis que le sol en dessous de nous devient oblique. Mes doigts s'enfoncent dans le siège, je me sens mal. Nous quittons Munich et je cherche à apercevoir notre maison. Maman est-elle au balcon ? Me regarde-t-elle ? Mes forces s'amenuisent, je ne peux dire un mot. Mon père n'a pas l'air dérangé par mon état. Il se tait et, de sa langue, il torture ma main.

Arrive ce moment où je ne supporte plus ses léchouilles entre mes doigts. J'ôte ma main de sa bouche et la mets entre mes jambes. J'ai peur de ce qu'il arrivera. M'enlacera-t-il ? Me secouera-t-il ? Me criera-t-il dessus ? Comme rien ne vient, j'ose un regard de côté sans bouger la tête. Il détourne le visage comme si je lui avais fait du tort, regarde par la fenêtre, souffre. Je ne sais que faire. Je réalise que je n'ai rien emporté avec moi : ni veste ni brosse à dents, rien. L'aéronef se prépare à atterrir, se pose à toute vitesse sur la piste, les freins crissent. J'ai peur et me mets à pleurer. Le visage avenant d'un steward coiffé d'une casquette, aux lèvres rouge carmin qui laissent entrevoir des rangées de dents blanches comme des perles, se penche au-dessus de moi et m'assure que tout va bien se passer. Entre-temps, mon père s'est déjà levé : « Ma petite poupée, nous voici à Berlin ! » s'enthousiasme-t-il en me tirant dans l'allée, puis en bas des escaliers, dans le bus, l'aérogare, et, enfin, dans un taxi. « Griegstrasse, 14 ! Grünewald ! » aboie-t-il au chauffeur. Nous sommes assis ensemble à l'arrière. Il ne cesse de me serrer contre lui, je peux sentir la chaleur de son corps. Dehors, la nuit tombe. Les lumières s'allument. Lorsque nous arrivons, la soirée est bien avancée. Une haute clôture de fer. Les flèches pointent vers le ciel. Elles menacent quiconque voudrait s'y aventurer : « Essaie seulement, c'est au péril de ta vie ! » De l'autre côté, un château de brique grise, aux fenêtres hautes comme des portes, mais nulle lumière, pas une seule, même pas une petite. Une maison hantée ? Où est sa femme ? Où est l'enfant ? Je ne les ai vus qu'une seule fois à Munich. Pour rien au monde, je ne veux rester seule avec lui, ici, dans cette sombre demeure ! Il lance une liasse de billets au chauffeur à travers la vitre, cherche les clefs dans sa poche, ne les trouve pas immédiatement, jure, puis ouvre le portail. Ça dure une éternité. Le chemin jusqu'à la maison n'est pas long. Un escalier de pierre conduit à la porte d'entrée, elle aussi très protégée. Elle ouvre sur le vide. Toujours pas de lumière. J'ai peur. Je veux ma maman. « Chut ! Pas de bruit ! Tu es la surprise ! » chuchote-t-il. Ça sent comme dans une église, comme dans un conte des *Mille et Une Nuits.* Je peine à respirer. Il me pousse devant lui. J'ai peur de faire un faux pas et de trébucher. Nous entrons dans une chambre. Babbo m'appuie contre un mur. Il est froid et humide. Je sens ses mains sous ma robe, ses doigts qui poussent ma culotte de côté. Sa langue. Je me sens mal. « Ma chère petite poupée ! Toi… je t'ai tant attendue ! » susurre-t-il. On entend des voix dans le lointain. Il se détache un instant de moi et se précipite à l'extérieur de la pièce. Lentement, mes yeux s'habituent à l'obscurité. Des fenêtres partout – elles montent jusqu'au plafond. Je vois mon reflet trouble dans un miroir dissimulé derrière la porte. Tous les murs sont des miroirs – le plafond également. Une galerie des glaces, parfaitement vide. Que fais-je donc ici ? Je veux retourner à Munich. La lumière se fait, la porte s'ouvre et me voici sous un projecteur face à ma belle-mère et à ma sœur. « Oh ! qu'elle est ravissante ! qu'elle est mignonne ! » piaillent-elles. Elles me regardent, bouche bée. J'ai honte, elles me touchent, caressent mes bras, mes joues. Lorsque je comprends qu'elles ne me veulent aucun mal, je me calme un peu.

Ma petite sœur tient absolument à me montrer toutes les pièces. La galerie des glaces est utilisée par mon père lorsqu'il répète. Une porte à double battant ouvre sur une salle à manger au milieu de laquelle trône une imposante table en chêne. Il y a également de nombreuses chambres, une salle de bains, une cuisine et quelques portes fermées. La lumière n'est presque jamais allumée ; elle provient indirectement d'on ne sait où.

Ma belle-mère dit qu'elle veut que l'enfant aille au lit et s'en va en trottinant. Je n'ose lever les yeux, je pense fort à maman, mais ça ne sert à rien. Il pose sa main sur mes épaules et me conduit à la table de la salle à manger. Il s'agenouille devant moi, me déshabille délicatement. Il remarque ma peur, hoche la tête, sourit, continue de me torturer. Des tréfonds de la maison me parviennent les notes presque inaudibles d'une berceuse. Qui chante pour moi ? Je pleure doucement, les larmes coulent sur mon visage. Puis je ne sens plus rien. Je ne reviens à moi que lorsqu'une main me ferme la bouche, lourde comme une porte de fer. J'ai dû crier. Mes jambes sont écartées. Sa langue se fraye un chemin entre mes cuisses. Je me défends de toutes mes forces, me débats comme une aliénée. Il s'écarte de moi : « Pourquoi ? Mais pourquoi ? C'est pourtant si doux. Laisse-toi faire ! »

« Une autre fois », murmuré-je. Mon père me porte dans une chambre, je suis nue, il me pose sur un lit, me borde. Je n'ai ni froid ni chaud – je n'éprouve plus rien. Dans le lointain, toujours la même mélodie. Je la fredonne en dormant.

Au cours des jours qui suivent à Berlin, il joue au chat et à la souris. Il danse constamment autour de moi, met à profit la moindre occasion de me caresser, de me serrer contre lui, de me tripoter. J'esquive lorsqu'il frôle mes fesses, comme par accident, en passant à côté de moi. Dès que je peux, je m'enfuis devant lui. Lorsque je l'entends, je me cache dans une niche, disparais derrière une porte, une commode ou entre deux buissons du jardin. Lorsqu'il s'approche, je ferme les yeux. Peut-être ainsi ne me voit-il pas ! Possible que ça fonctionne puisque alors il passe devant moi comme un prédateur lorsque je prie le bon Dieu.

Mon père sent bien que je l'évite. Ça le met hors de lui et il me poursuit d'autant plus de ses assiduités. Lorsqu'il parvient à mettre la main sur moi et que personne ne semble vouloir le déranger, il me torture particulièrement longtemps. Sa femme ne soupçonne rien, elle est tout à fait candide.

Lors de promenades, à Grünewald avec Biggi, sa femme, nous devons nous serrer contre lui comme si nous étions ses amantes tandis qu'il ne cesse de nous couvrir de baisers humides. Dès que je peux, je m'échappe de son étreinte et cours loin devant. Mon père commente alors, à haute voix : « Il faut toujours qu'elle fiche le camp ! »

De l'autre côté de Berlin, mon père m'achète les plus belles choses du monde dans les magasins les plus luxueux : une redingote couleur rouge cerise, une robe de soie rose et vert, une robe de velours bleu nuit, une multitude de chaussures telle que je peux, chaque jour, changer de paire, et autant de bérets et de chapeaux multicolores. Je suis fière. Jamais encore je n'avais eu de si beaux atours. Je ne cesse de me rendre dans la galerie des glaces. Je danse et m'admire sous toutes les coutures. Il arrive que mon père me ramène soudain à la réalité. Je ne l'entends pas rentrer. Il reste derrière moi, me regarde, sourit sans un mot, l'air absent.

La nuit, souvent, de grands cris me tirent de mon sommeil. Mon père hurle, ma belle-mère gémit, pleure. Je n'entends que des bribes de mots, le bruit de corps qui tombent sur le sol, des gémissements étouffés. Je saute alors du lit, tâtonne dans le noir. Je me cogne contre la commode, me recroqueville derrière et attends. Mon Dieu, faites que ça cesse ! Je ne parviens pas toujours à rester éveillée – je m'endors en position assise.

Ce que je préfère à Berlin, c'est lorsque nous allons au centre équestre. Kosak, le jeune étalon ténébreux au sang chaud, ne peut être chevauché que par mon père. Prinz, un hongre, appartient à Biggi. Nous y passons quelques heures quotidiennement et je suis à l'abri de mon père. Je ne suis pas à l'aise avec les chevaux ; mon père me porte sur le dos de Prinz et je n'ai qu'à me laisser faire. La peur s'en va, mais j'ignore si l'équitation me procure vraiment du plaisir. Mon père exige que je suive des cours à l'école d'équitation du Jardin anglais de Munich. Bien entendu, c'est lui qui paiera ! Il me fait faire une veste et un pantalon de cavalière à Berlin ainsi qu'une superbe paire de bottes sur mesure. Le cuir en est aussi tendre que celui de gants. Lorsque tout sera prêt, il me les fera envoyer à Munich. Pour l'heure, je n'emporte que la bombe.

En dormant, je sens quelque chose d'humide dans mon oreille. C'est mon père qui murmure : « Viens, mon petit ange, allons voir les chevaux ! » Je me retourne et m'assieds sur le lit. Dehors, il fait encore nuit. J'obéis tout de même et m'habille. Biggi et ma sœur dorment encore. Il ne veut y aller qu'avec moi. Je me sens mal en m'asseyant à ses côtés dans la voiture de sport. Il met les gaz et pose sa main sur mes cuisses. « Ma chère petite poupée, mon petit ange… » Le trajet jusqu'au centre équestre n'est pas bien long, mais la manière qu'a mon père de prendre les virages me provoque des haut-le-cœur. Lorsque nous arrivons, il est très excité. Il sort de la voiture, en fait le tour, ouvre l'autre portière, m'aide à descendre. « Viens ! Viens ! Dépêche-toi ! » Il se précipite en direction de l'écurie. J'essaie de suivre son pas. Les pâturages, les prairies. Des gouttes de rosée brillent sur les brins d'herbe. Il n'y a personne. Il accélère encore – exagérément. « Vite ! Vite ! » insiste-t-il fougueusement. Je me presse derrière lui. L'écart entre nous se creuse. Il se retourne, fonce sur moi, me prend par les épaules et me pousse dans un box. D'un seul geste, il en ouvre la porte. « Viens ! Viens donc ! Rentre ! » gueule-t-il. Prise de vertige, je m'exécute. Ce que dit mon père est parole d'évangile. « Il est à toi, ma petite poupée, sourit-il. Il s'appelle Löwe. Je te le ferai envoyer à Munich. » Devant moi, un cheval immense, à la robe brune, aux yeux sombres. Que vais-je bien faire d'un cheval ? Je ne sais que dire. Il me laisse seul, Dieu soit loué ! Maladroitement, je fais quelques pas vers l'animal. Je le caresse. Puis j'entends les hurlements paternels, j'en oublie Löwe et me rue dehors. Mon père a sorti Kosak de son box, il essaie de le monter, tire sur la bride. Kosak hennit piteusement. Il trébuche davantage qu'il ne marche. Sur son dos, une silhouette démoniaque. L'étalon a peur. Mon père lui assène de violents coups de talon dans les flancs. L'animal, trempé de sueur, mugit de douleur. Mon père frappe brutalement, sans retenue. Le cheval se cabre, éjecte son cavalier et court au loin comme si le diable était sur ses traces. Il érafle la porte d'un box, s'ouvre les flancs. Du sang jaillit sur le gravier. Mon père se débat à terre, jure, abreuve le cheval des insultes les plus grossières. De la mousse apparaît à la commissure de ses lèvres. Des curieux se sont attroupés. Ils chuchotent, ricanent, s'énervent. Que j'aimerais être invisible !

Aujourd'hui, je peux retourner à Munich. Enfin ! Pendant le vol, je ressasse mes pensées. Suis-je vraiment contente de rentrer ? De retrouver cet appartement étroit ? La froideur de maman et de Heinrich ? Si l'avion s'écrasait, me pleureraient-ils ? Au contraire, ils seraient enfin débarrassés de moi. Et Babbo ? Lui, il serait triste. Il m'aime infiniment, dit-il. Il souhaiterait m'avoir auprès de lui jour et nuit. Tout compte fait, je préférerais habiter avec lui.

Maman se tient dans l'entrée. Je me jette sur elle, m'agrippe à son cou, respire profondément son parfum qui m'a tant manqué. Elle se raidit, me repousse légèrement et dit : « Quelqu'un a appelé. Tu dois de nouveau jouer dans un film. Je ne sais pas vraiment de quoi il s'agit. Demain, ils viennent te chercher pour les répétitions. » Je jette un coup d'œil au paquet que j'ai porté tout en marchant dans le couloir. Le papier de soie est froissé, le nœud est de travers. Puis je le lui tends.

L'appartement et son atmosphère me semblent étrangers bien que rien n'ait changé. J'insiste pour que maman déballe son cadeau. C'est une nuisette de dentelle et la robe de chambre assortie. Je les ai achetées avec Babbo. Elle se regarde dans le miroir. Ça lui plaît.

Le réalisateur passe me prendre à la sortie de l'école. Le cameraman nous accompagne à l'Oktoberfest. Il me raconte le scénario : une fillette de onze ans rôde seule à la fête de la bière. Elle regarde avec envie les enfants qui tournoient dans les airs, sur le manège de chaises volantes, sur la grande roue d'où ils peuvent voir Munich. Ou elle louche, avec concupiscence, sur les filles et les garçons qui dévorent leurs barbes à papa. Cette fillette est reluquée par un homme d'un certain âge. Il s'approche d'elle et lui parle. D'abord, elle hésite. Sa mère l'a mise en garde : « Ne parle pas aux inconnus ! » Mais la tentation des cœurs en pain d'épice, des manèges et du grand huit l'emporte. Finalement, l'homme retient la fillette derrière une roulotte de forains…

Pendant les journées de tournage, je me sens bizarre. Je sais bien que cet homme est un acteur, mais tout de même : je me sens mal à l'aise. Surtout lorsqu'il pose sa main sur mes cuisses dans le train fantôme. Je me sens vaseuse. Et, derrière la roulotte, tandis qu'il ouvre les boutons de mon chemisier, je prends vraiment peur. Je m'enfuis en criant.

Le film a l'air très réel et authentique, dit-on, lorsque le tournage est fini. Il sera projeté dans les écoles pour mettre les enfants en garde. Comme d'habitude, je ne vois pas le moindre pfennig de mon cachet.

Les leçons d'équitation s'étirent mollement, les chevaux me sont étrangers. Lorsqu'un jour je touche la blessure purulente d'un cheval, je suis si dégoûtée que je quitte la leçon et l'école d'équitation. C'est en vain que j'attends Löwe à Munich où il n'arrivera jamais. Mon père prétexte une sorte de maladie. Je n'en crois pas un mot. Ce n'est pas bien grave, je n'ai envie ni de cheval ni d'équitation.

Lorsque maman et Heinrich sont de sortie, je dois veiller sur le sommeil de mon petit frère. Une demi-heure après leur départ, je vais le chercher dans son lit tandis qu'il dort et le dépose, dans le couloir, juste sous le plafonnier, sous sa lumière vive. J'aime le regarder se débattre, impuissant, et tenter de regagner sa chambre. Je lui coupe le chemin et l'accompagne jusqu'à mon lit. Il peut s'y étendre de tout son long. Maman m'a dit une fois qu'ils m'avaient trouvée blottie au bord du lit alors qu'il était allongé sur moi.

La nuit, je reste souvent éveillée, incapable de dormir. La scène avec Kosak ne me sort pas de la tête – mon père était comme fou. Pourquoi ? J'ai le sentiment que c'est ma faute, que j'en suis responsable.

Hormis mes poupées, mon vélo et quelques livres, je n'ai rien à moi dans cet appartement. Depuis la naissance de mon petit frère, nous nous partageons mon ancienne chambre. C'est-à-dire qu'elle est maintenant devenue sa chambre. J'y ai bien un endroit pour dormir, mais aucun rangement. Je fais mes devoirs sur son petit bureau.

Tous les soirs, je couche mes poupées avec moi. Elles sont allongées les unes à côté des autres sur mon oreiller. Ça ne me fait rien de ne pas avoir de place. L'essentiel, c'est qu'elles soient tout près de moi et que je puisse les sentir.

Depuis mon retour à Munich, maman est harcelée par les lettres de mon père. Il implore et supplie souvent, mais, la plupart du temps, il donne des ordres. Il grave ses exigences dans le papier : « Je ressens un amour insondable pour cette enfant, j'en deviens presque fou !

En tant que père, j'ai le droit de voir ma fille quand je veux. »

Je croule également sous les cartes postales qu'il m'adresse. Elles représentent presque toujours des peintures ou des photos de fillettes.

L'Infante de Velázquez, *La Danseuse* de Renoir, *Alice au pays des merveilles* : *Elles sont comme toi,* écrit-il, *je désire tellement te revoir, mon ange. L'amour que je te porte est infini. Ma chérie ! Tu dois me revenir sur-le-champ, pour toujours. J'exaucerai tous tes vœux. Je t'achèterai le monde entier.*

Il répète sans cesse les mêmes mots, comme s'il avait un moulin à prières. À mes yeux, chacune de ses cartes est un trésor. Je les lis et les relis, je savoure ses élans de tendresse. J'ai un père qui m'aime. Un sentiment de bonheur m'envahit. Mais je suis angoissée. J'ai peur aussi de ces déclarations d'amour. J'y vois une grande violence. Je ravale ce malaise aussitôt. Maman passe son temps à me dire que je dois être reconnaissante envers Heinrich d'avoir le droit de vivre avec eux, dans cet appartement.

Sans crier gare, mon père a déménagé à Rome. Il m'écrit : « Ma petite poupée, tu dois me rejoindre sur-le-champ ! Rome est la ville la plus prodigieuse de l'univers ! Nous vivons sur les collines. Par les fenêtres, nous apercevons le Vatican. Viens, ma chérie, viens vite ! »

À toute heure du jour et de la nuit, il téléphone à ma mère pour lui affirmer à quel point c'est important pour moi d'entretenir d'étroits contacts avec son père. Il s'extasie sur la ville, son appartement, me décrit le ciel et la mer... Je m'imagine à quel point ce doit être lumineux là-bas, où tout est nouveau. Sans nul doute, il m'achètera encore de nombreux habits et d'autres trésors. J'aime ce qu'il m'offre. Il suffit que je trouve beau un de ses objets personnels pour qu'il me le donne immédiatement. Il veut à tout prix que j'aille le voir ! C'est mon père ! Il m'aime !

C'est à mon tour de le désirer et je prie maman de me laisser partir. Peu de temps avant Noël, elle accepte. Mon père envoie le billet. Je dois encore passer le réveillon de Noël et les fêtes à Munich mais le 31 décembre, je m'envole pour Rome !

Je suis si excitée que j'ai déjà préparé ma valise une semaine avant le décollage. Je parcours des yeux le billet plusieurs fois par jour. J'ai peur de l'avion, mais je n'en laisse rien paraître de crainte que maman ne change d'avis.

La nuit précédant le départ, je rêve d'avions qui s'écrasent, chutant tout droit du ciel. Que se passerait-il si cela venait à arriver ? Si je devais ne plus jamais revoir maman ?

Vers 5 heures, je me lève, me douche et m'habille. La robe de velours bleue. Elle est un peu juste – tous les vêtements qu'il m'offre sont un peu justes. Maman a offert à la nièce de Heinrich tout ce que j'avais rapporté de Berlin. Sans mon avis. La peur de l'avion a disparu. Je pourrais exploser de joie, je fais les cent pas devant la chambre de maman.

Les minutes au bout desquelles je peux enfin frapper à sa porte pour la réveiller durent une éternité. Pourquoi maman est-elle si lente ? Pourquoi le moindre geste a-t-il l'air d'être au ralenti ? Est-ce intentionnel ? Pour m'agacer ? Ou n'est-ce que le fruit de mon imagination et de mon impatience à partir ?

Miez, l'amie de maman qui habite en face de chez nous, nous conduit à l'aéroport. Les adieux sont brefs. Dès que j'ai passé les contrôles, elles s'en vont. Je regarde si maman m'adresse un signe de la main, mais elle ne fait même pas mine de se retourner. À compter de maintenant, je dois continuer seule, embarquer seule, voler seule, m'écraser seule… N'importe quoi !

Les haut-parleurs font savoir que les passagers doivent attacher leurs ceintures. L'appareil prend son élan, décolle tandis que mes doigts se crispent et que je prie : « Dieu qui êtes au ciel, faites que je revoie maman ! » Une hôtesse, à la coiffure sophistiquée et surmontée d'un petit chapeau, éprouve de la compassion pour cette enfant seule en première classe, et elle m'arrange un séjour dans le cockpit. Je suis autorisée à m'asseoir derrière le pilote. Il m'explique à quoi servent toutes ces lumières et ces boutons. Je suis si fière que je ne parviens pas à entendre. Soudain, il me passe un casque. Les membres d'équipage se mettent à rire ; ils semblent avoir bien du plaisir en travaillant.

Pour l'atterrissage, je dois retourner à ma place. J'arrive dans l'aérogare parmi le flot de passagers. Tous ces gens bourdonnent autour de moi. Tous ont un but. Moi seule reste là, désemparée, guettant l'arrivée de mon père. Il avait pourtant dit qu'il viendrait me chercher ! Peut-être est-il en train de se quereller avec Biggi et qu'il m'a oubliée. Je le vois enfin, lui ne me voit pas. Il a l'air en colère. J'aimerais faire volte-face, déguerpir, me cacher aux toilettes. Il irait alors de comptoir en comptoir, demanderait où je suis passée, aboierait sur les employés parce qu'ils ne sauraient lui donner de réponse satisfaisante. Il serait en rage, courrait dans tous les sens, puis, au bout d'un moment, il s'en irait en hurlant fort. Je sortirais prudemment la tête, regarderais si la voie est libre puis me mettrais à courir, à courir encore. Loin de l'aéroport, à travers les champs, le sable, jusqu'à la mer. Je devrais effacer mes traces afin qu'il ne puisse me suivre. Il me trouverait n'importe où sur Terre. Voici qu'il m'aperçoit parmi la foule de passagers, je lui fais un signe, sa bouche se déchire en un sourire. Nous avançons l'un vers l'autre, lui à grandes enjambées, moi plus timidement. Il me prend dans ses bras, me couvre de baisers, de baisers, de baisers… Il caresse de nouveau mes cheveux. Je ne le supporte pas ! Il me saisit fermement par le bras, ne me laisse pas partir tandis qu'il empoigne ma valise de sa main libre.

Je peine à marcher tant il m'oppresse. Je ressens les regards des gens. Il ne fait aucun doute qu'ils nous observent tous. J'ai si honte ! Une fois dehors, il m'ouvre la porte de sa voiture de sport et m'embrasse à pleine bouche. Je monte et m'essuie discrètement les lèvres du revers de la main. Il prend place et nous partons pour Rome. Mon père tient encore ma main. Il regarde droit devant lui, me sourit de temps en temps, jure parfois. Il ne dit rien d'autre. En fait si. Il ne cesse de répéter cette phrase : « Je t'ai si ardemment désirée. »

Peu à peu, les maisons deviennent plus petites, il y a plus d'arbres. La voiture gravit les nombreux virages de la route puis passe un portail. Nous y sommes. Deux maisons blanches à plusieurs étages étincellent parmi une végétation luxuriante. Le hall d'entrée est tout de marbre brillant. Six étages avec ascenseur. J'espère que nous n'allons pas rester bloqués ! Je retiens mon souffle jusqu'à ce que s'ouvrent les portes. Ça sent le cuir, le parfum, l'argent et le luxe. Mon père ouvre la porte de l'appartement. Je le savais : des pièces inondées de soleil qui communiquent les unes avec les autres. Le sol couvert de tapis comme une plage de sable, le reflet argenté de la lumière, peu de meubles. Un banc, surtout, me marque, tapissé de vert océan, il a l'air incroyablement vieux. Quelques chaises de la même couleur, une table. Sur le sol, des images et des piles de livres. Je vais à la fenêtre. Mon père avait raison : le dôme du Vatican émerge de cet océan d'immeubles. J'imagine que je suis un oiseau haut perché dans un arbre.

Ma sœur et Biggi arrivent derrière moi. Tandis que nous nous réjouissons et rions, mon regard tombe sur ma valise. Elle est grande ouverte sur la table. Mon père est penché au-dessus, il en sort, de ses doigts fins, mes vêtements les uns après les autres et les lance derrière lui. Ce faisant, il grommelle des mots que je ne comprends pas, l'intonation de sa voix est mauvaise.

« Que fais-tu ? Ce sont mes affaires ! » Je tombe à genoux et rassemble les vêtements.

« Tout est hideux ! hurle-t-il. On va tout jeter ! » Je laisse chuter le tas d'habits. Des larmes coulent sur mes joues, je me précipite dans le couloir, cherche la salle de bains, claque la porte derrière moi et m'enferme à double tour. Je m'écroule à côté de la baignoire, je sanglote bruyamment, sans retenue. Je ne le veux pas, mais que puis-je faire contre ? Ça sort de moi. Je le déteste ! Pourquoi suis-je venue le voir ? Que fais-je ici ? Il est si méchant ! Il n'a pas le droit de jeter mes affaires. Si seulement j'avais de l'argent ! Alors je filerais sur-le-champ et retournerais à Munich en train. Derrière la porte, j'entends la voix charmeuse de mon père : « Ma chérie, ouvre ! Je vais t'acheter les plus beaux habits ! Ici, à Rome, il y a les meilleurs magasins et les plus chers au monde ! » Je ne me calme pas pour autant ni ne réponds. « Ma petite poupée ! Ouvre donc ! » Sa voix se fait menaçante. Je le laisse rentrer à contrecœur. Il s'assied sur le bord de la baignoire et me tire dans son giron. Sa langue trifouille dans mon oreille. Je veux m'échapper – il l'avait anticipé et ne me lâche pas. Prise de panique, je me cabre. Il sourit onctueusement, caresse mes jambes, passe entre mes cuisses, embrasse mon visage de sa bouche humide... Pourquoi suis-je venue ? Je veux partir ! Je veux retourner avec maman !

Mon père me libère. Il a décidé que nous devions à la hâte aller en ville pour y acheter des vêtements.

Il nous pousse devant lui comme un fermier le ferait avec ses poules, et, peu de temps après, nous nous serrons dans la petite voiture : Biggi, lui et moi sommes assis devant, ma sœur sur le strapontin. Le moteur démarre, nous filons en direction du centre-ville. Je n'ai aucunement envie de faire la paix avec lui. Je me détourne lorsqu'il se frotte à moi.

Le lèche-vitrines devient une vraie torture. Mon père me pousse d'une boutique à l'autre. Les vendeuses ont leurs lèvres crispées en un constant sourire de façade qui laissent voir leurs dents. Elles sont bronzées et très maquillées et se déplacent sur des talons aiguilles comme si elles étaient nées avec. Des montagnes de robes, de pantalons, de blouses, de tailleurs et de manteaux sont amoncelées devant moi. J'ai l'impression que tout ce que contiennent le magasin et l'entrepôt est rassemblé. Mon père cherche, trie et je dois m'habiller et me déshabiller un nombre incalculable de fois. La plupart des habits ne sont pas assez bien pour moi, il critique chaque vêtement. Sans compter qu'il trouve que tout est bien trop grand. Qu'une robe lui plaise, alors il appelle le couturier. Je ne dois plus bouger pendant une éternité, bras et jambes écartés, tandis qu'un jeune homme, ou une jeune femme, s'affaire autour de moi, en position accroupie, à la manière d'une araignée qui tisse sa toile. Je cesse de respirer le plus longtemps possible. Lorsque je n'en peux plus, je souffle un grand coup. Les épingles volent dans toutes les directions.

Au bout de plusieurs heures, je peux reprendre une position normale. Je n'ai aucune idée de ce qu'il a acheté. D'ailleurs, on ne me demande pas une seule fois mon avis. Peu importe, je veux juste partir d'ici. Mes jambes ne m'obéissent plus, je chancelle en quittant le magasin.

Le soir tombe déjà, mais la vie bat son plein. Des gens partout qui discutent en petits groupes, boivent des espressos en terrasse bien que ce soit l'hiver. Hommes, femmes et enfants dansent : c'est la Saint-Sylvestre. D'un coup, quelqu'un a allumé toutes les lumières de la ville. Je danserais et ferais volontiers la fête avec eux.

« Nous mangeons dans le restaurant préféré du pape », commente mon père en nous traînant à pied à travers la vieille ville. On entend des moteurs qui pétaradent, des rires. La ruelle s'ouvre devant nous sur une place avec des fontaines. Un groupe de jeunes gens apparaît sur la droite, traverse la place – peu de temps après, ils ont disparu derrière les maisons. On entend encore résonner leurs rires. Mon père s'arrête devant une maison dont le crépi est effrité à plusieurs endroits. Les strates du mur permettent de se rendre compte des siècles passés.

Un portier fait un signe de tête, nous ouvre avec entrain et souplesse pour nous séduire. Mon père le récompense avec des billets. Il fait une révérence profonde et hypocrite. Après que nous sommes passés devant lui, je me retourne : le voici de nouveau à sa place.

Arrivés dans le restaurant ! Le propriétaire fond sur mon père, les bras grands ouverts, la tête inclinée. Il montre les dents, ils tombent dans les bras l'un de l'autre, s'embrassent comme s'ils étaient proches. Tant de fausseté me rend malade. Leurs visages se tordent en d'affreuses grimaces, ils discutent en italien – en fait, mon père feint de parler couramment l'italien. Il cherche ses mots, la phrase est chaotique, il remplit les blancs avec de nombreux aaah. Un baratin vide de sens. J'ai mal aux jambes ; après ce marathon dans les boutiques, je ne peux plus tenir debout, j'ai faim. Voici que le type s'adresse à nous : « *O, che belle bambole !* » J'ai honte, je regarde autour de moi. Les têtes se penchent rapidement au-dessus des assiettes. Le propriétaire du restaurant a dû entendre mes supplications – il a enfin pitié et nous accompagne à travers la salle comme si nous étions la famille royale, entre les tables couvertes de plats.

Le brouhaha se fait plus faible, je me sens dévisagée. De nouveau, des regards se braquent sur moi : curieux, méfiants, blasés, dépréciatifs. Nous sommes conduits à une table dans un coin tranquille. Je m'effondre aussitôt sur ma chaise. Je suis maintenant en sécurité. Des chandeliers, dont certains sont plus grands que mon père, sont disposés devant la table. Des bougies blanches se consument sur leurs pieds. De la cire coule des chandeliers muraux. Les peintures des figures flétries et grotesques des papes nous observent. Mon regard glisse vers le plafond où des arcs se terminent en colonnes. Nous nous trouvons sous une voûte. Peut-être était-ce jadis une église. Il y fait froid. Mon père ne cesse de passer les doigts dans ses cheveux mi-longs. Ils doivent en être tout gras.

Bien entendu, il commande pour nous tous : « Le meilleur du monde », « Le plat préféré du pape ».

Je n'en peux plus, tant j'ai faim. Je hume dans la direction des odeurs et ne souhaite rien d'autre que des spaghettis au beurre et au parmesan.

Enfin, ça arrive ! Les serveurs viennent à nous, ils semblent danser sur un podium avec leurs grands tabliers blancs qui descendent jusqu'au sol. Les cheveux noirs, gominés, brillants. Au-dessus de leurs têtes voltigent plats et saladiers. Ils nous encerclent. Des tours d'assiettes viennent de toutes parts, pleines de crabes ou d'araignées – elles sont avancées sous nos nez, ça sent le poisson. Elles débordent de tentacules et de pinces, je suis prise de dégoût. Devant nous, on entasse encore et encore de nouvelles assiettes avec cette espèce d'araignée. Quant aux spaghettis au beurre, nulle trace à l'horizon. Mon estomac se tord de faim. Désespérée, je cherche quelque chose de plus engageant parmi ce festin. En vain ! L'air grave, mon père nous explique qu'il s'agit de homards et de langoustes. Il y a aussi des moules, des oursins, des écrevisses, des huîtres. On doit les manger vivantes. Il nous montre comment les ouvrir, enfonce une pince à à cet effet dans la coquille – ça fait un bruit bref et sec. On peut alors voir un magma flasque qu'il fait glisser dans son gosier grand ouvert. J'ai un haut-le-cœur.

Soudain, il met sous mon nez une cuillère remplie de petites billes grises et vitreuses. L'odeur de poisson est terrible. Je retiens mon souffle et jette un regard à mon père qui m'observe impatiemment. J'écarte mécaniquement les lèvres. « Ouvre la bouche ! » aboie-t-il. Je desserre un peu les dents. « Encore ! » Sa narine se met à trembler ; ça devient dangereux. J'obéis. Il pousse la cuillerée dans ma bouche. Mes joues se gonflent, je crains d'étouffer. « Avale ! C'est du caviar ! Le plus cher du monde ! » tonne Babbo. Ça m'est égal. Jamais encore je n'ai mangé quelque chose d'aussi répugnant. Les œufs crissent, impossible de les avaler ni de les recracher. Instinctivement, je prends un verre d'eau, en bois le plus possible. Mes joues se gonflent encore. En une gorgée, je parviens à tout avaler. Une goutte de sueur tombe sur la nappe. Pendant que je me remets lentement, mon père remplit toujours plus mon assiette avec des fruits de mer et autres mets gélatineux. Je sais qu'il me faut tenter quelque chose – hors de question que je mange tout ça. Lorsqu'il ne fait pas attention à moi, j'emballe une partie de ce qu'il y a dans mon assiette et la laisse discrètement tomber par terre depuis la serviette qui couvre mes genoux. Je fixe alors mon père en souriant et ne cesse de mâchonner du pain blanc afin qu'il croie que je mange des fruits de mer. De cette manière, je parviens à vider mon assiette. Soulagée, je m'incline en arrière. Malheureusement, mon père n'a pas bien compris et me ressert. Des larmes de désespoir me montent aux yeux – je les sèche rapidement afin qu'il ne remarque rien. Je dois donc tout reprendre de zéro : mâcher du pain, faire disparaître ce qu'il y a dans mon assiette, sourire et tout faire glisser jusqu'au sol. Je me sens tout de même assez peu à l'aise. Il y a, sous ma chaise, un tas conséquent de fruits de mer.

Je suis très absorbée par ma tâche, nous nous taisons et mangeons. Soudain, un coup sourd et brutal : mon père tape du poing sur la table. Les carapaces de crabe volent, les verres tintent. Il arrache la serviette de son cou et bondit comme s'il avait vu un rat. Sa chaise bascule, la veine de la colère se dessine sur son front. Peut-être va-t-elle exploser et mourra-t-il… Non ! On n'a pas le droit de penser ça. Je suis prise de remords – un court instant, seulement. Un tel cri déchire la salle que tout le monde laisse tomber couteaux, fourchettes et cuillères, que l'on renverse les bouteilles de vin. Puis le silence. Un silence angoissant. Menaçant. Les yeux de mon père sortent de leurs orbites, de la salive apparaît aux coins de ses lèvres. Je le regarde ; ses narines frémissent, sa lèvre supérieure tremble tant et plus. Ivre de colère, il sort des billets de sa poche. D'un geste du bras, il les éparpille devant lui comme s'il voulait rabaisser quelqu'un. Les coupures virevoltent tranquillement jusque dans les assiettes. Il nous ordonne de quitter sur-le-champ ce « bouge de merde ». Puis, toujours hurlant, il se cogne la hanche contre le rebord d'une table. Il jure, renâcle, fait de grands gestes avec les bras et gagne la sortie. D'un bond, nous nous levons à notre tour et le suivons. Nous savons que nous devons le suivre sur-le-champ. À la manière d'une famille de canards, nous claudiquons derrière vers la sortie du restaurant, sous les regards des convives, ces regards si nombreux, partout. Je suis cramoisie et bouillante de honte. Chaque pas est une torture. Les regards s'enfoncent douloureusement dans mon dos. Je voudrais tant disparaître sous terre. Une fois dehors, je me mets à trembler. J'ai si honte devant tous ces gens. Plus jamais je ne retournerai chez mon père ! Je préfère rester seule à Munich.

En gagnant la voiture et tout au long du trajet, mon père continue de brailler. Il file comme s'il était poursuivi par des assassins. Les mains jointes, les doigts crispés, je fais une prière : « Dieu tout-puissant, faites que nous n'ayons pas d'accident ! » Peu à peu, je comprends la raison de sa colère : un convive d'une table voisine nous a regardés plus qu'il n'aurait fallu.

À la maison, l'atmosphère se détend un peu : mon père arrache ses habits, marche dessus pour enfiler une robe de chambre et s'installer dans un fauteuil. Depuis que nous sommes rentrés, je suis restée sur place, les jambes serrées. J'ignore comment interpréter son attitude. Va-t-il bondir, me prendre, me secouer, crier que c'est ma faute si ce trou du cul nous a regardés ?

Que mon comportement a provoqué ce regard ? De la même manière qu'il a accusé Biggi, jadis, à Berlin, d'être montée intentionnellement les jambes écartées à bord d'un taxi afin d'attirer le regard de ce salopard de chauffeur sous sa minijupe. Je dois absolument faire pipi mais n'ose pas bouger. Soudain, c'est mouillé et chaud entre mes cuisses. Je pose mes mains sur ma culotte, pars m'engouffrer dans les toilettes et réussis, tout juste, à ne pas uriner sur le tapis.

Il n'a rien remarqué. Depuis la salle de bains, je peux entendre son rire d'animal hystérique. J'appuie sur la poignée et tends le cou dans la direction d'où provient le rire : tous trois sont amassés à l'une des hautes fenêtres mansardées et ricanent sur ce qu'il se passe dehors. Prise de curiosité, je m'approche. Mon père se retourne vers moi, pose son bras sur mes épaules, me serre contre le rebord de fenêtre : « Incroyable ! On n'a jamais vu ça ! Regarde donc ! » En dessous de nous, sur une grande terrasse, se tient une fête à l'occasion de la Saint-Sylvestre. Des hommes en smoking, des dames en tenue de soirée couleur bonbon tiennent des verres aux grands pieds fins. Hautes coiffes et tempes grisonnantes sont surmontées de chapeaux pointus en carton maintenus, sous le menton, par des élastiques. Quelques hommes, d'âge mûr, soufflent dans des langues de belle-mère qui s'étirent, émettent un sifflement minable et s'enroulent de nouveau. Toute l'assemblée a l'air ridicule et infantile. Nous sommes pliés de rire. Lorsqu'un des fêtards regarde en direction de notre fenêtre, nous nous baissons en un éclair derrière son rebord. Lorsque le danger est passé, nous nous redressons, millimètre par millimètre. La soirée touche à son point culminant. Les invités sont de plus en plus désinhibés, un monsieur trébuche contre une dame à moitié nue.

Minuit ! Le ciel s'embrase au-dessus de Rome. Des couleurs explosives illuminent le Vatican. Nous buvons le champagne. Ivre et fatiguée, je demande la permission de me coucher. Je m'enfouis profondément dans les coussins de mon lit. Maman me manque. Des fusées éclatent dans ma tête. J'ouvre les yeux, je peux voir les derniers éclats du feu d'artifice. Une ombre passe devant la fenêtre. Soudain, me voici tout à fait réveillée. L'ombre se dirige vers moi. Je me mords les lèvres – du sang chaud coule. L'ombre se courbe sur moi. Je veux crier. L'ombre pose sa main sur mon visage. C'est mon père. Je gémis : « Non ! Je t'en prie. La prochaine fois, je te le promets, oui, la prochaine fois. »

Chaque nuit, tandis que tout le monde dort, il se glisse contre moi sous la couverture. Je tremble de peur, il me dégoûte, je me dégoûte encore plus. Je veux mourir. À peine a-t-il quitté ma chambre que je cours aux toilettes, j'en soulève la lunette et vomis – je vomis toute ma bile. Je vomis jusqu'à en perdre connaissance. Je dois vomir ce péché de mes entrailles. Puis je me frotte à la brosse de haut en bas, encore et encore. Agenouillée dans la baignoire, les mains jointes, j'implore le bon Dieu de bien vouloir me pardonner.

Entourée de mes valises, j'attends mon père dans le couloir. Il ne va pas tarder à me conduire à l'aéroport. Biggi dort encore, ma sœur ne lâche pas mes mains : « Je ne veux pas que tu t'en ailles ! » Je la serre contre moi. Je suis pleine de bonheur en pensant à tous les vêtements dans mes bagages. Je les porterai et en profiterai à Munich. J'ai survécu à mon séjour romain. Dorénavant, la vie reprend.

Mon père enfonce une grosse liasse de billets dans ma poche : « Pour toi, mon ange ! » Il renvoie ma sœur dans sa chambre.

L'avion attend.

À Munich, tout me semble étroit et petit-bourgeois. L'appartement, les meubles, les repas. La froideur et la sévérité de maman. Heinrich qui parcourt l'appartement dans tous les sens, en pantalon de survêtement et en tricot de corps, et qui ne cesse de parler. Heinrich qui, le dimanche, ne se rend à la messe que pour les dix dernières minutes afin que le bon Dieu lui réserve une place au ciel. La seule chose que je supporte chez lui, c'est quand il joue du piano.

L'univers paternel me plaît bien davantage.

Maman doit se rendre à la réunion parents-professeurs. Les enseignants disent que je ne distingue pas le réel de l'imaginaire. Que je suis très douée, mais fainéante. Maman m'enferme alors tout un après-midi dans la chambre d'enfant. Je frappe des poings contre la porte. Elle quitte l'appartement.

Je ne supporte pas la vie à Munich, je deviens insolente et récalcitrante. La nuit, une fois couchée, j'imagine que je suis morte. Disparaître et ne jamais plus être visible.

Cours d'anglais, classe 3, collège. La dernière heure est une torture interminable. Je glisse sur ma chaise, me contorsionne dans tous les sens et regarde ma montre en permanence. L'aiguille des minutes semble ne pas tourner. Je déteste les montres. Ma grand-mère me l'a offerte. C'est pour ça qu'il m'arrive de la porter bien que je préférerais l'arracher de mon poignet, particulièrement aujourd'hui, tant regarder les aiguilles ne fait qu'empirer les choses. Le professeur n'est qu'une silhouette vide dont les contours s'évaporent. Sa voix me parvient de très loin. Un air printanier s'engouffre par une fenêtre ouverte. Il m'attire vers la chaleur. Mes pieds me démangent dans mes chaussures. Ils veulent également sortir. Dans quatre minutes et trente-six secondes, c'est la fin de la journée. Avec Michaela, nous allons aller manger une glace. C'est prévu. Michaela est ma meilleure amie depuis que maman a épousé Heinrich et que nous avons emménagé ici. Nous sommes inséparables. Et lorsqu'une journée se passe sans que nous puissions être ensemble, quelle qu'en soit la raison, nous nous écrivons des petits mots. Micha est aussi insolente et drôle que moi. Nous rigolons de tout et chacune est le tombeau des secrets de l'autre ; par exemple, les garçons que nous trouvons mignons et celui qui a souri à l'une de nous.

J'ai l'impression qu'on m'observe. Je tourne la tête et aperçois la mine ricaneuse de Micha à deux rangées de moi. Elle se dandine d'une fesse sur l'autre et regarde ostensiblement sa montre. L'envie de rire me titille la gorge. Je la ravale, ça ne marche pas ; je suis sur le point d'exploser. Pour penser à autre chose, je regarde intensément par la fenêtre, mais je croise le regard de Michaela. Elle fait une grimace. L'envie de rire devient insoutenable. Je n'en peux plus, j'éclate de rire. Je vois de nouveau le professeur. Petit et robuste, il se tourne vers moi : « Pola, tu resteras une demi-heure en retenue. » À mes oreilles, ça sonne comme une condamnation à mort. Des larmes tombent sur mon cahier dont l'encre des lettres s'effacent, ça m'est égal ! Je veux à tout prix partir d'ici et aller manger une glace. Je me redresse au son de la sonnerie – c'est la fin ! Les jeunes filles poussent des cris de joie, mettent leurs cartables sur leurs épaules, rangent les chaises. Elles se précipitent dehors. Il n'y a plus que le professeur et moi dans la classe – et Micha, toujours assise, qui déclare qu'elle veut rester avec moi. Je ris sous cape, sous mes larmes. C'est pour ça que je l'aime. Le professeur nous demande de traduire un chapitre et se glisse hors de la classe. Mon amie s'assied sur le banc à côté de moi. « Quel idiot ! Viens, on fait cette merde en un quart d'heure. » Nous travaillons comme des machines et avons très vite fini. Après avoir déposé nos copies sur son pupitre, nous courons à la porte, dévalons les escaliers jusqu'au portail. Nous nous sourions. Le glacier Cortina, de la Leopoldstrasse, à Schwabing, nous attend. Bras dessus, bras dessous, nous traversons la cour. Une courte pause pour délivrer mes pieds. Me voici pieds nus sur le gravier. Quels garçons sont encore là ? Quelles chipies vont la ramener et faire des histoires ? Mon corps est sous tension.

Un homme attire mon attention. Il fait les cent pas dans la rue devant le portail de l'école. Comme un lion en cage : de gauche à droite puis de droite à gauche. Il pousse devant lui une immense poussette bleu ciel. Elle ressemble à une bagnole américaine avec des garde-boue et du chrome partout. L'inconnu tire nerveusement sur une cigarette. On dirait qu'il la bouffe. Puis il tourne la tête dans notre direction. Son regard m'atteint de plein fouet ; il me prend à la gorge. Ce sentiment que toutes mes forces m'abandonnent. L'homme à la poussette bleu ciel est mon père ! « A-t-il déjà un nouvel enfant ? » dis-je à haute voix. Il me reconnaît, manque de tomber et fond sur moi. Micha me lâche, et, par mesure de sécurité, elle fait un pas de côté. Ses mains s'enfoncent dans mes épaules, il me tire à lui, m'écrase, m'embrasse jusqu'à ce que je ne puisse plus respirer. Je n'ai pas plus de volonté qu'une marionnette. Déception, joie, malaise, tension s'affrontent en moi. Mon amie s'éloigne davantage encore et s'évapore en marchant de travers, à la manière d'un crabe, jusqu'à la prochaine intersection. Lorsque mon père desserre l'étreinte de mes épaules, je tends le cou pour voir le bébé. Entre les rideaux de dentelle, je ne vois rien d'autre que des coussins et une couverture. Il n'y a personne. Je regarde d'un peu plus près, mais il n'y a rien. La poussette est vide. « Où est l'enfant ? » fais-je, décontenancée. Il ne réagit pas, mais dit : « Mon ange, c'est pour toi ! Pour tes poupées. J'ai cherché une voiture de poupée dans tout Munich. Elles étaient toutes hideuses. Alors je t'ai acheté cette fantastique poussette. La plus belle et la plus chère qu'il y ait. Elle vient d'Italie. Viens, ma chérie. Nous l'emmenons chez ta mère. J'y ai garé ma Jaguar. Demain matin, tu pars avec moi à Rome. » Il prend ma main, la pose sur la poignée, la serre fortement dans la sienne. Un adulte et un enfant, le cartable sur le dos, conduisent ensemble dans la rue une poussette, bleu clair, vide. Je baisse le menton. Je tire mes longs cheveux sur mon visage, comme un rideau. En aucun cas mes amis ne doivent me voir ! Je n'ose pas regarder alentour avant que nous ne soyons arrivés. L'impression qu'ils me dévisagent tous ne me quitte pas.

À la maison, il monte la poussette au quatrième étage, avec précaution, comme s'il s'agissait d'un objet sacré, et la dépose au milieu du couloir. Horrifiée, maman se met à crier qu'elle doit aller à la cave, qu'il n'y a pas de place dans l'appartement. Ça ne me fait rien – j'ignore de toutes les manières ce que je pourrais bien faire d'une poussette. Hors de question que j'emmène mes poupées se balader là-dedans. Je deviendrais la risée de tout Munich avec cette poussette bleu ciel aux allures de cylindrée américaine, emplie de poupées à la place d'un bébé.

Mon père boude. Étonnant qu'il ne hurle pas ni ne traite maman et son mari de petits-bourgeois. Non, il se comporte docilement et avec obéissance parce qu'il sait bien qu'il ne pourra m'emmener demain qu'en fonction de l'humeur maternelle. Maman fourre des vêtements dans un sac de voyage et me le tend. Je le prends automatiquement. « Vous pouvez passer la nuit chez ma sœur. Tante Rotraud vous a invités pour cette nuit. Ici, ça n'est pas possible. Il vaut mieux que vous partiez tout de suite, elle vous attend déjà. » Je la regarde, surprise. A-t-elle déjà tout prévu avec mon père ? Est-ce exact que je pars demain à Rome avec lui ? Maintenant ? Pendant l'année scolaire ? Pourquoi ne me demande-t-on jamais si je suis d'accord ? Pourquoi décident-ils de tout dans mon dos ? Ou bien n'ont-ils aucun pouvoir sur lui ?

Ma mère prend brièvement et succinctement congé avant de disparaître. Je reste debout un instant et regarde la porte close. Tout va si vite et je ne veux pas partir.

Je monte dans la voiture de Babbo. L'intérieur en est minuscule et étroit. Impossible d'étendre mes jambes. Les chauffeurs des autres voitures pourraient nous cracher sur la tête. J'ai l'impression d'être confinée dans une boîte à sardines.

Ma tante Rotraud apparaît sur le seuil de la porte, elle a un visage de pomme et une peau de pêche. Elle rit et roucoule en passant par toute la gamme. Je me suis toujours sentie bien dans son vieil appartement aux hauts plafonds, plein d'antiquités. Elle nous conduit fièrement dans la chambre qu'elle a préparée pour mon père et moi. À l'opposé du lit à baldaquin se trouve un lit de camp. Je ne veux pas dormir dans la même pièce que lui ! Des larmes de colère coulent sur mon visage. Tante Rotraud passe son bras autour de moi : « Mon cœur, qu'as-tu ? Le lit est trop petit ?

– Non. » Un goût amer se répand dans ma bouche. Le dégoût coule dans ma gorge et me retourne l'estomac. J'ai peur. Je m'enfuis. On m'appelle.

Après m'être passé le visage sous des quantités d'eau dans la salle de bains, je suis les voix qui viennent de la cuisine. Tous deux sont assis autour de la table dressée pour le souper, dans des nuages de fumée. Mon père rallume toujours sa cigarette avec la précédente. Tante Rotraud pose des tartines dans mon assiette. « Mon cœur, tu dois manger quelque chose ! Tu dois prendre des forces pour aller à Rome demain de bonne heure. » Le seul mot *Rome* me bloque la trachée. Je prends une bouchée et mâche longuement et minutieusement, mais ne peux avaler, comme si un couvercle obstruait ma gorge. Les aliments mâchés se décomposent en morceaux. Lorsqu'on me pose une question, je les pousse dans une joue, je souris obligeamment et tente de répondre clairement. Mon père essaie de persuader ma tante de lui prêter de l'argent. Je ne peux en écouter davantage. La fatigue l'emporte, la partie supérieure de mon corps glisse sur la table.

Tante Rotraud me réveille, passe son bras sous les miens et me porte au lit. En découvrant mes chaussettes sales, elle lâche un court cri aigu. Elle me borde dans une couverture : lourde et chaude. Chez elle, je me sens à l'abri.

Un goret suit ma trace, s'approche, me bascule sur le flanc, tombe sur moi, m'arrache des morceaux de peau. Des mains entre mes cuisses, des doigts qui s'enfoncent profondément en moi. Une langue qui bouche mes oreilles. Je repousse le porc de toutes mes forces, je saute du lit, je cours hors de la chambre, terrorisée, fonce dans le lit de ma tante. Elle se redresse d'un coup, réveillée en sursaut. Mes dents s'entrechoquent, je mords mes lèvres. Le sang a un goût de métal. Mon corps est secoué comme si j'étais fiévreuse. « Mon cœur ! Tu as fait un mauvais rêve. Dors avec moi. » Elle me serre contre sa poitrine généreuse.

Tout bien pensé, c'est chouette. Je ne dois pas aller à l'école, mais à Rome dans une impressionnante voiture. Mon père a ouvert la capote, le vent me coupe le souffle.

Voilà déjà un moment que nous avons franchi le col du Brenner. Nous passons devant un horrible accident, mais il ne lève pas le pied. Je ne sens plus ma main gauche, elle est engourdie – depuis des heures, il la serre dans la sienne comme dans un étau. Il ne fait pas mine de songer à la laisser. Heureusement que je retourne toujours chez maman. Je forme discrètement un poing crispé de la main qui me reste. Il ne doit rien remarquer.

Il commence lentement à faire vraiment chaud. Nous ne sommes plus loin de Rome. Entre-temps, il a posé sa main sur mon genou. Il arrive qu'il la remonte. J'ai soif, mais je préfère ne rien dire.

Ce n'est qu'une fois dans l'ascenseur qu'il me dit que nous ne serons que tous les deux dans l'appartement. Biggi et Nastassja sont parties pour Capri. Je sens mon sang chaud couler dans les veines. Je n'arrive plus à respirer ! Les portes s'ouvrent. L'appartement sent le muguet, le soleil printanier le rend encore plus beau. Le Vatican est là, paisible, le dôme de la basilique Saint-Pierre étincelle. Mon cou se raidit sous l'angoisse. J'ai des crampes d'estomac. C'est de pire en pire. Mon père me met un comprimé entre les lèvres, me tend un verre d'eau, m'observe. Je lui fais croire que je l'avale. Il se détourne, l'air satisfait, je recrache le comprimé amolli.

Le soir venu, je suis pliée de douleur. J'ai peur de mourir. Mon père me conduit à l'hôpital. Il craint que ça ne puisse être l'appendicite. Après des analyses minutieuses, je peux repartir : tout va bien ! Il me semble que je viens de naître, je veux dormir, dormir. Heureuse de ne pas mourir, je me love dans les coussins. Bien entendu, nous dormons dans le lit paternel.

Le couple princier du pays des rats célèbre son mariage. Il se tient en haut des escaliers du palace, fait des signes à son peuple. Ils sont tous venus. Ma mère, non plus, ne laisse pas passer cet événement. Elle pleure toujours lors de telles cérémonies. Je la découvre parmi la foule avec ses sœurs. La fiancée du rat glousse constamment. Son voile rose en caoutchouc liquide tombe sur les escaliers, s'enroule autour de moi, devient dur, je ne peux plus bouger.

Les mains de mon père m'entravent. Il s'appuie contre moi par-derrière, de plus en plus fort, passe un bras entre mes fesses vers devant. D'un coup, je l'éloigne : « Je ne veux pas. » Silence. Ça crisse. Le lit tangue. Il se lève. Son ombre glisse sur le mur, il est courbé. Maintenant, je vois sa silhouette à la fenêtre. Tout droit, les bras croisés, la tête en arrière : « Tu ne veux pas ? Qu'est-ce que ça signifie ?

— Je ne veux pas. Je ne veux pas, ça me fait mal.

— Es-tu sotte ! Ici, en Italie, partout dans le monde, c'est tout à fait normal ! Il n'y a que dans cette Allemagne petite-bourgeoise, où tu vis, qu'ils font des histoires ! Jamais de ta vie tu ne dois en parler, entends-tu ? Jamais ! À personne. »

J'acquiesce.

« Maintenant, arrête ton cirque ! Il n'y a rien de plus beau, mon petit ange !

— Non, non, je ne peux pas ! » crié-je.

Dans la lumière de la lune, je vois ses narines et sa lèvre supérieure trembler dangereusement. Je me tourne vers le mur, saisie de dégoût.

« Ah ! fous-moi donc la paix. Connasse ! Salope ! »

Il claque la porte. Je tressaille, je suis enfin seule. Je suis torturée par un sentiment de culpabilité : je l'ai déçu, je lui avais promis. Je pleure sans m'arrêter. Où est ma maman ? Pourquoi ne vient-elle pas me chercher ? Je ne veux plus vivre. Mon père ne réapparaît pas. Sans doute est-il dans un autre lit, à moins qu'il ne tourne en rond, qu'il ne parvienne à se calmer en fumant des centaines de cigarettes. Je ne dois m'endormir en aucun cas ! J'ai peur qu'il ne revienne. Je crains de ne plus me réveiller.

La chambre devient bleue, les premiers oiseaux gazouillent. Devant moi, le visage paternel, flou, vague. Il porte un costume blanc comme neige. Je sens des lèvres humides sur les miennes, une langue s'introduit. Son odeur me dégoûte. Un mélange de dentifrice, de tabac et de parfum me monte dans les narines. Je me sens mal. Je cours toute nue jusqu'à la salle de bains, mets la tête sous un filet d'eau, en remplis ma bouche, la fais couler sur mes cheveux. Toujours plus d'eau. La baignoire se remplit, je mets ma tête sous l'eau. Combien de temps peut-on tenir sans respirer ? Combien de temps avant de se noyer ?

« Es-tu devenue folle ? Que fais-tu là ? » J'entends mon père à travers l'eau. Il me sort de l'eau par les cheveux. « Qu'est-ce que ça signifie ? Je t'ai préparé des habits ! Ici, habille-toi. » Je prends les vêtements, en couvre ma poitrine et mon sexe, n'ose pas lui montrer.

« Je veux m'habiller toute seule ! » Haletant de colère, il quitte la salle de bains dont il claque la porte en faisant vibrer ses gonds et le lavabo.

Nous allons en rapido à Naples d'où nous prendrons le bateau pour Capri. Au cours du trajet en train, je suis assise en face de mon père. Je ne peux éviter ses regards vexés. Je me sens prisonnière, j'aimerais fuir. « Tu ne me refais plus jamais le coup d'hier ! » Sa voix me transperce. En acquiesçant, je me plie en deux.

Je marche au milieu d'un tas de bébés en plastique rose. Ils n'ont ni bras ni jambes. À chaque pas, ça craque. Je dois tous les mettre dans ma poussette bleu ciel, je dois les sauver de l'animal gigantesque qui va les détruire, les écraser. Sitôt la poussette pleine, elle se vide toute seule. La montagne de poupées est de plus en plus haute. Je dois me hâter, je bourre, je bourre. Une chemise blanche de bébé, bien trop étroite, me colle comme une seconde peau. L'animal se rapproche…

Le chemin à vélo pour aller à l'école n'est plus aussi simple qu'auparavant. Que je sois la proie d'une pensée qui me fait peur, alors je dois faire une pause, faire quelques mètres en arrière afin d'annuler cette pensée – sinon il se passera quelque chose de grave. C'est pour cela que j'arrive parfois très en retard à l'école.

Tous les soirs, je prends mes poupées dans mon lit. Je n'arrive pas à me décider où placer chacune d'elles. Lorsque je m'endors avec de telles pensées, j'ai de la chance.

Demain, je m'envole pour six semaines à Madrid. C'est mon père qui le veut, il y joue dans un film. Depuis des jours, je vais et viens dans l'appartement comme une poule.

« Je dois encore régler quelque chose d'important ! » fais-je à maman. Me voici dans la rue. Dans la pénombre, le vert de la prairie fait penser à du poison. Je sens l'herbe mouillée contre ma cheville. Le soleil du soir tombe sur le chapiteau du petit cirque qui s'installe là pour trois semaines, chaque année. Deux lamas, un lion édenté, une autruche. Toute la journée, ils parcourent les rues avec l'âne et font la quête pour acheter du fourrage pour l'hiver. À l'entrée, le clown déchire les billets, suspendu à une corde devant le chapiteau, à cinquante centimètres du sol. Un homme aux cheveux frisés mi-longs et aux bras tatoués pousse un bateau-balançoire. L'odeur de crottin et de sciure est pénétrante. Un enfant est assis sur l'un des trois poneys. Les animaux font leurs tours, sans entrain, conduits par une jeune femme languissante. Elle rêve sans doute du prince charmant qui l'enlèvera. Mon objectif : la plus petite grande roue du monde. Elle ne compte que trois nacelles. Même au plus haut, on peut ouvrir la portière et sauter à terre. Je la vois au loin. Ruben, seize ans, a pour tâche de mettre en route et d'arrêter la grande roue. La première fois que je l'ai vu, je suis tombée amoureuse de ses yeux verts. Ses épais sourcils noirs assombrissent son regard. J'ai longtemps tourné autour de la grande roue jusqu'à ce qu'il m'adresse la parole. Nous nous sommes déjà vus ici, au cirque, à plusieurs reprises. Pour l'heure, nous sommes assis ensemble sur une poutre. De temps en temps, nous nous caressons du bout des doigts le bras de l'autre et nous nous regardons confusément. Ou bien nous ne savons que dire et fixons nos pieds. Son léger bégaiement ne me dérange pas. La plupart du temps, je lui parle de l'école, des premiers de la classe et de mon professeur préféré. Il ne parle que du cirque. Et encore… quand il parle.

Nous savons tous deux que nous ne nous reverrons que dans un an. Lorsque je rentrerai de vacances, le cirque aura déménagé depuis belle lurette.

« Je n'ai pas beaucoup de temps. Demain, je prends l'avion.

– Ah. Oui, je sais. »

Il sourit, me tend un petit paquet, pose fugacement, mais fermement ses lèvres sur les miennes et s'enfuit en courant. D'excitation, j'en tombe presque de la poutre. Maintenant, plus l'ombre d'un doute : je suis amoureuse ! Il était temps. J'ai déjà treize ans.

De retour à la maison, je file dans ma chambre et ouvre lentement ma main. Du papier de soie rose collé avec du ruban adhésif. Millimètre par millimètre, je sors le cadeau de son écrin. Apparaissent alors deux photos d'identité de Ruben, l'une où il sourit, la seconde où il a l'air sérieux ainsi qu'une plaque d'argent portant son nom. Il devait la porter à une chaîne.

Ma mère m'appelle pour manger. Je range précipitamment mon trésor dans mon sac à bandoulière.

Maman, Heinrich et mon petit frère sont installés autour de la table. Je prends une assiette et une tasse dans le vaisselier, prends une tranche de pain dans la corbeille, aménage ma place au-dessus de la poubelle et pousse sous mes fesses le tabouret à trois pieds. Mon regard glisse de mon assiette sur cette sainte famille. Je croise brièvement les yeux froids de maman. En réalité, je n'ai pas faim ; je remets tout en place puis me retire pour aller me coucher. Le petit se jette sur moi, enlace mes jambes. Je le serre fort.

« Si tu continues à te chamailler continuellement avec Heinrich, tu iras à l'internat ! » me lance maman avec froideur et sans que rien ne m'y ait préparé. Il est 8 heures du matin, nous sommes dans le métro pour l'aéroport. Ma mère enlace fermement mon petit frère sur ses genoux. Une douleur aiguë me transperce l'estomac. Des larmes me montent aux yeux. Comme si je regardais à travers une fenêtre contre laquelle bat une pluie torrentielle, je la vois poser son menton sur la tête de mon petit frère et regarder en souriant par la fenêtre. Elle chantonne doucement.

Je suis en transe lorsque je m'installe dans l'avion, je change à Francfort et suis recrachée à Madrid. D'après mon père, j'ai l'air radieuse et ne transpire pas comme les autres passagers. Je prête à peine attention à Biggi et Nastja. Nous prenons le taxi pour l'hôtel. Tout est grand, majestueux, vieux, les bâtiments sont richement ornés. Des voitures klaxonnent – mon père jure. Le chauffeur n'est pas rassuré, il se retourne de peur à plusieurs reprises. Puis il s'arrête devant une tour : Torre de Madrid, un hôtel de trente-six étages. Je retiens mon souffle, autant que faire se peut, je prends une aspiration et recommence. Nastja ne lâche plus ma main depuis l'aéroport et Babbo me toise, un filet de salive autour de la bouche. Biggi sourit dans le vide.

Nous y sommes. Ce n'est pas une chambre d'hôtel mais une suite luxueuse, composée de différentes pièces qui donnent les unes dans les autres, de salles de bains, d'une cuisine. Ce qui fait office de salon, grand comme un hall de gare, s'étend sur différents niveaux et est ouvert sur tout un côté par une vitre donnant sur la ville et les montagnes. J'ai l'impression d'être sur le toit du monde. Pendant longtemps, je suis complètement captivée par cette vue et ne remarque pas que mon père a pris ma valise et qu'il fouille à l'intérieur, comme à l'accoutumée. Cette fois, j'ai bien réfléchi à ce que j'emportais et à ce que je voulais protéger de lui.

Le voici qui fouille maintenant dans mon sac à main, puis dans le porte-monnaie en crocodile qu'il m'a offert. Il en explore les moindres recoins, en tire les petites photos de Ruben et fait d'un ton ironique : « Qui est ce crétin ? Ça, je dois malheureusement le jeter ! » Il déchire les deux photos sous mes yeux, et, la mine écœurée, les jette avec la plaque d'argent dans la poubelle sous la table. Il savoure ce qu'il fait, l'air satisfait, presque content.

Je reste de marbre puis me rends, chancelante, aux toilettes, m'y enferme et fonds en larmes. Je reste longtemps à pleurnicher au-dessus de la cuvette et élabore ma vengeance dont je sais que, jamais, elle ne deviendra réalité.

La salle de flamenco n'est guère plus qu'une pièce étroite. Dans la pénombre, des tables et des divans. Ça sent le renfermé, c'est étouffant – il n'est pas aisé de respirer. Sur la scène éclairée, des guitaristes, un danseur et des danseuses. Un bruissement d'étoffes qui virevoltent, des couleurs, des tissus à pois, de la dentelle passent sous mes yeux. Le claquement des castagnettes et des talons sur le sol comme pour battre la terre. Je suis toujours triste et pas particulièrement intéressée par ce spectacle, mais je ne peux m'empêcher de rire sous cape avec ma sœur à la vue des danseurs aux visages distordus par les grimaces. Heureusement, mon père ne remarque rien – sinon, il crierait et nous traiterait de pedzouilles.

Plus tard, à l'hôtel, je rampe sous la table jusqu'à la corbeille à papier. La seule lumière provient de la cuisine, mais elle me suffit. J'ai vite remis la main sur la plaque en argent et tiens absolument à récupérer les restes des photos. Prudemment, pour ne pas faire de bruit, je vide le contenu de la poubelle sur le sol, l'étale et rassemble chaque morceau des photos. Je jette le reste. Des pas approchent... Les pieds de mon père passent devant la table et disparaissent dans la salle de bains. Il ne m'a pas vue. Je me hisse de dessous la table aussi vite que je le peux. Il revient, me voit, me sourit : « Tu es donc là, mon ange ! » Il me soulève, passe son bras lourd autour de mes épaules et m'entraîne dans la cuisine. Il ferme la porte.

À l'aube, j'écris une lettre à maman : c'est insupportable ici, je ne veux jamais plus retourner chez mon père !

Nous quittons l'hôtel autour de midi, je donne secrètement la lettre à la réception. Mon père a décidé que nous devions aller chez la tailleuse afin que bientôt j'aie l'air d'une petite danseuse de flamenco blonde. Et j'ai absolument besoin de nouvelles chaussures. Bien que je les trouve horribles et que je ne sache qu'en faire, il m'impose une batterie de sandales en cuir verni doré, argenté et noir. De retour à l'hôtel, il me torture pendant des heures : « Marche avec ! » Il pousse sur le côté du salon les sièges, le canapé et les tables et je me déplace avec raideur sur ces prothèses, sous le feu de ses rouspétances. Je ne fais rien comme il faut. Tout reprendre depuis le début jusqu'à ne plus sentir mes pieds et trébucher. Enfin, il me libère en grommelant qu'à mon âge, on doit savoir marcher avec de hauts talons ! Voilà ce dont il est convaincu.

J'essaie, à moitié endormie, de me réjouir de cette journée. Lors du petit déjeuner, mon père est tiré à quatre épingles. Il arbore une mine aigrie. Quel méfait ai-je donc encore commis ?

Le portier a rapporté ma lettre, me dit-il. Et comme il pensait qu'elle lui était adressée, il l'a ouverte et a découvert mes plaintes.

Telle une pécheresse, je me tiens devant lui et attends les injures et les menaces dont il va m'accabler. Un silence de plomb s'installe dans la pièce. Au lieu de hurler, il joue à la personne profondément blessée, meurtrie. Il m'ordonne de le consoler, de lui assurer à quel point je me trouve bien avec lui et de jurer que jamais plus je ne recommencerai. Ce n'est qu'avec hésitation qu'il abandonne sa pose de désespéré. Il me prie derechef d'emménager chez lui. La pensée de pouvoir être sa proie sans arrêt m'est insupportable. Comme tout ce qui l'entoure, je suis sa propriété. Il contrôle ma vie comme un dictateur. Ce que je porte, de la culotte à l'élastique qui noue mes cheveux, ce que j'achète ou ce que je possède, ce que je mange ou ce que je bois, ce que je lis. Ce que je fais, ma façon d'aborder l'existence, ce qu'il me faut penser des choses et des gens. Il décide qui doit me plaire ou non et m'assure que tous les hommes sont des crétins, hormis sir Laurence Olivier et quelques autres qui sont décédés. Je crois que ça le met hors de lui de ne pouvoir contrôler aussi les pensées.

Les cris stridents de ma belle-mère me réveillent au milieu de la nuit. Ma sœur est blottie contre moi, sous mon bras. La veille, elle s'est réfugiée auprès de moi à cause des querelles incessantes entre Biggi et mon père. Je saute du lit, chancelle dans le couloir. Que s'est-il passé ? La mère de Biggi est morte. Une estafette vient d'apporter le télégramme. Quelques heures plus tard, Biggi et ma sœur s'envolent pour Berlin.

Plus d'échappatoire. Toute la journée, mon père incarne le révolutionnaire dans *Le Docteur Jivago* qui se bat pour la liberté et les droits de l'homme, puis, le soir, il asservit son enfant. S'il est à l'extérieur, je n'ai pas le droit de quitter la suite sauf pour aller à la piscine sur le toit de l'hôtel. J'y passe des heures, dans un transat ou dans l'eau, je me laisse couler au fond du bassin et j'essaie de voir combien de temps ça dure pour se noyer. À son retour, j'essuie sa violence – toujours. La nuit, je vais dans les toilettes et m'enfonce les doigts dans la gorge jusqu'à vomir. J'ai ainsi le sentiment de me libérer d'une partie du péché. Malgré tout, le sentiment de la faute se fait plus fort ; pour Dieu, pour Biggi. L'angoisse d'être punie et de mourir augmente.

Après environ une semaine, Biggi et Nastja sont de retour et le tournage touche à sa fin. C'en est fini de l'époque du quartier de haute sécurité.

De Madrid, nous prenons l'avion pour Paris. Au lieu d'atterrir, l'avion décrit des cercles au-dessus de la ville. Les stewards disparaissent dans le cockpit. Je cherche la proximité de mon père, glisse ma main dans la sienne. Il me secoue et aboie : « Prends sur toi ! » En secret, je mets mes mains sous mes genoux et prie Dieu de bien vouloir nous ramener vivants. Je promets d'allumer un cierge dans la cuisine pour Le remercier. Peu après, nous atterrissons. Je me laisse un peu de temps pour le cierge, mais je ne l'oublie pas.

Mon père nous fait visiter Pigalle, le quartier chaud, et nous achète, à Biggi et à moi, des dessous coquins : des culottes de nylon rouges, noires, violet foncé – certaines fendues. Ou des triangles avec de simples bandes qui ne cachent que l'essentiel. À l'hôtel Napoléon, je passe les culottes les unes après les autres, je roule des hanches devant le miroir de ma chambre. La fenêtre est ouverte. Sur l'échafaudage de l'immeuble en face, il y a des ouvriers. Je danse la poitrine nue, continue à jouer des hanches, mais les ouvriers n'y prêtent pas attention. J'étire les bras, tourne sur moi-même de plus en plus vite, mes cheveux volent. Je suis dans un état d'ivresse.

Un sifflement strident me fait arrêter net. J'ose un regard vers l'échafaudage : les ouvriers, appuyés sur les étais, m'observent. Soudain, je suis prise d'une honte effroyable, je me baisse sous la fenêtre et ne veux plus jamais réapparaître. Les rires de ces types rendent la chose pire encore. À quatre pattes, je regagne mon lit et me coule sous la couverture. Plus tard, je m'enroule jusqu'au cou dans le drap et ferme la fenêtre, sans jeter un regard à l'extérieur.

Biggi, Nastja et moi sommes libres. Mon père tourne à Londres. Quel bonheur ! Savourer ses journées sans être constamment observée ni toisée. La Rolls et Paolo, le chauffeur, sont à notre disposition. J'ai le plus grand mal à attendre que l'avion s'immobilise enfin à l'aéroport de Rome. Je vais faire avec Biggi et Nastja tout ce dont j'ai envie. Enfin sortir quand et où nous voulons ! Nous déplacer comme nous le désirons, sans ses regards qui nous contrôlent. Ne plus avoir peur de ses colères. Ne plus avoir honte qu'il fasse scandale dans la rue, qu'il fulmine et hurle comme un singe.

Trois princesses se glisseront hors de la Rolls. Paolo, dans sa livrée, devra nous en ouvrir les portières. Nous irons de boutique en boutique, mangerons dans les restaurants où l'on ne servira ni crabes ni fruits de mer, mais des pizzas et des spaghettis. Puis, nous fréquenterons les gens les plus gais qui soient, nous rirons et danserons avec eux. Et notre chauffeur attendra que nous l'appelions pour nous reconduire à la maison.

J'ai les jambes en coton lorsque je rejoins Biggi et ma sœur. La Rolls est garée devant la sortie de l'aéroport, perturbant le trafic. Le chauffeur ne pense même pas à nous aider. Lorsque nous embarquons, il se contente d'esquisser un sourire puis démarre. Les gens doivent songer qu'il est le patron et nous, ses femmes. Qu'importe. L'essentiel est que nous soyons heureuses. Biggi veut me conduire en ville sans plus attendre pour m'acheter des vêtements, ainsi que le lui a ordonné Babbo – il lui a donné beaucoup d'argent.

C'est avec enthousiasme que je farfouille dans des montagnes d'habits et que je prends seulement ceux que je trouve beaux. Ma belle-mère tempère mes ardeurs, me rappelle mon père et ses colères lorsqu'un habit ne lui plaît pas. Mais, pour l'heure, je n'en ai que faire. Lorsque nous sommes de nouveau dans la rue, les lampadaires sont allumés. Bien entendu, nul chauffeur ne fond sur nous afin de prendre nos sacs et cartons. Nous portons nous-mêmes nos paquets en traversant la Piazza di Spagna où parade notre superbe voiture, toutes portes ouvertes. Le chauffeur – je ne le remarque que maintenant – ne porte, en fait, pas d'uniforme. Sa chemise blanche est ouverte jusqu'au nombril, entre les poils de son torse scintille une grande croix dorée suspendue à une chaîne. Étendu sur la banquette de cuir, une jambe repliée et l'autre qui pend nonchalamment à l'extérieur, il fume sous l'admiration des badauds. De toute évidence, il savoure le défilé des dames qui paradent devant le pare-brise. Nous laissons volontairement tomber, avec fracas, sacs et cabas sur le sol, devant sa portière. Il ouvre un œil fatigué puis est contraint de se lever. Avec désinvolture, il ouvre le coffre d'une main et y balance nos achats. L'autre main ne quitte pas sa poche. Je crois qu'il admire beaucoup mon père.

Le soleil vient de disparaître et l'on pourrait croire que toute l'Italie est sortie dans la rue pour se montrer.

Il y a des groupes de gens devant les bars, ils parlent de choses importantes et rient. Cette joie de vivre me rend joyeuse également. J'aimerais m'immerger dans cette insouciance ! Nous trouvons trois places libres dans un café et commandons les plus grosses coupes de glace de la carte. Des bruits de moteur crépitent dans la foule, les gens ne font pas mine de se pousser. Tout est si simple ! Soudain, ils ont tous disparu. Les cafés, les places sont vides comme s'il n'en avait jamais été autrement – un mirage ! La mamma a sonné le repas du soir.

Nous sommes toutes les trois les dernières. Les serveurs font s'entrechoquer les tasses et rassemblent les déchets. Ils sifflotent. Il est temps de rentrer. À peine sommes-nous à bord que Paolo claque les portières et démarre. Nous partons dans un crissement de pneus.

Biggi ouvre la porte. Derrière elle, Paolo et les sacs ; il ahane comme s'il en portait des tonnes. Ce ne sont que des sacs et une petite valise. Après les avoir posés dans le couloir en faisant de grands gestes et en soufflant bruyamment, il s'éclipse.

Sans Babbo, l'appartement est si calme et tranquille ! J'ôte mes chaussures en marchant, ma veste glisse sur mes épaules. Devant la salle de bains, je me débarrasse d'un seul mouvement de mon jean, de mon T-shirt, de mes collants et de ma culotte. Je prends plaisir à tout laisser sur place et à sauter dans la baignoire. Mon père crierait tellement ! Jusqu'à ce que je me tapisse sous la mousse de bain et que je me noie. Qu'il soit à Londres me procure une joie infinie.

Biggi m'appelle pour le dîner. Nous sommes installées dans le salon autour d'une table ovale, assises sur de petites chaises blanches tapissées d'une étoffe brillante. Biggi dit : « XVIIIe siècle. » Je ne saisis pas. Mais le repas est délicieux. Je ne peux m'arrêter ! Bien que ce ne soit que quelques banals toasts avec du jambon et du fromage. On mange avec les doigts. Des miettes tombent par terre. Boire bruyamment est également autorisé, de même que poser les coudes sur la table et parler la bouche pleine. Ma sœur et moi nous comportons de manière particulièrement impolie et en tirons beaucoup de plaisir.

Le téléphone sonne. Rien qu'à la manière de sonner, nous savons de qui il s'agit. Puis personne d'autre n'appelle ici. Il parle à chacune de nous, il veut savoir exactement où nous étions aujourd'hui, ce que nous avons fait, qui nous a vues, qui nous avons rencontré, ce que nous faisons là, à l'instant. Nous lui mentons toutes les trois. J'ai vite appris ce que je devais dire pour ne pas le mettre en colère et ce que je devais dissimuler à tout prix. J'en ai parfois mauvaise conscience, mais ça me passe vite.

L'emplacement de l'appartement paternel est magnifique : dans un grand parc avec une piscine et un court de tennis qui exerce sur moi une grande attraction. Un type aux cheveux blonds et longs jusqu'aux épaules y joue. Je me suis renseigné : il s'appelle Stelvio, il est acteur, il a vingt-sept ans et c'est le plus bel homme que j'aie jamais vu. Je dois absolument faire sa connaissance !

Je passe le plus clair de mon temps devant le miroir. Je ne cesse de me rendre sur le court de tennis dans des tenues différentes en espérant qu'*il* y soit. Sitôt que je le vois, je vais et viens comme si de rien n'était, non loin de lui, en balançant mes cheveux en arrière, et j'agis comme si j'avais mieux à faire que de lui accorder mon attention. Mais aucun de ses regards, de ses mouvements ne m'échappe. S'il s'adresse à une femme, je suis jalouse, j'ôte les rubans de mes cheveux et m'en vais, en colère, entre les buissons. Je suis certaine de mon effet, je sens qu'il me regarde.

Cet après-midi, je me suis habillée de manière particulièrement ostentatoire : minishort, chemisier rouge laissant apparaître mon ventre. J'ai relevé mes longs cheveux en une queue-de-cheval. Je porte des chaussures à talons aiguilles que m'a prêtées Biggi. Avec la plus grande concentration, je mets un pied devant l'autre en roulant des hanches. Il faut que j'aie l'air de marcher avec ces talons hauts depuis que je suis née. Je ne dois pas faire le moindre faux pas, pour rien au monde je ne dois trébucher ou fléchir. J'arrive sur place en marchant avec raideur. Le blond est dans la place. Il se tient nonchalamment au bar comme s'il m'attendait. Dès qu'il me voit, il me sourit et se dirige vers moi : « Salut ! Tu habites là ? Tu viens souvent sur le court ? Tu joues au tennis ? Non ? Veux-tu apprendre ? Tu veux boire un verre ? Je m'appelle Stelvio, et toi ? » Chacune de ses questions m'excite. Bien sûr que je veux boire quelque chose ! Et bien sûr qu'il doit m'apprendre le tennis ! C'est mon rêve ! Il commande un Coca et demande : « Quel âge as-tu ? »

Je lui mens et lui dis que j'ai seize ans, je sens le fard me monter au visage. En réalité, je n'en ai que quatorze. Sans que je l'aie voulu, mon chemisier glisse sur mon épaule. Son regard s'attarde un peu trop longtemps.

De toute évidence, je lui plais. Je savoure ce sentiment et commence un petit jeu.

« Je crois que je dois m'en aller.

— Reste un peu, s'il te plaît ! Je dois encore donner un cours de tennis. Mais veux-tu aller à la mer après ?

— Je ne sais pas encore si j'ai le temps, dis-je en minaudant.

— S'il te plaît ! Ça me ferait plaisir. Les couchers de soleil sont fantastiques dans le coin.

— Nous verrons.

— À 19 heures, ici ?

— Peut-être... »

Je jette un dernier coup d'œil par-dessus mon épaule dénudée et m'efforce de quitter le bar en roulant des hanches autant que je le peux.

À 19 heures précises, je suis au rendez-vous. Il y a devant moi une petite voiture de sport rouge. Stelvio me regarde d'un air radieux et m'ouvre la portière.

Je ne parviens pas à réaliser ! Je suis dans une voiture avec le plus bel homme de Rome et il m'emmène voir un coucher de soleil !

« Ça va te plaire. Nulle part on n'a de meilleure vue sur la mer. »

Je suis tellement excitée que je ne sais pas quoi dire.

« Tu es très belle », dit-il soudain en me regardant de côté. Ça me gêne. Pitié ! Que je ne devienne pas écarlate. Mais je rougis tout de même. J'enfonce les ongles dans mes cuisses, veux me raccrocher à quelque chose.

Nous y sommes. Partout où je regarde, la mer. Plus loin, quelques voitures sur la plage. Le soleil a déjà presque disparu. La lumière se fait bleutée, le ciel se rapproche.

Je pensais que nous descendrions de la voiture pour musarder sur la plage. Mais Stelvio semble pris par le temps. À peine la voiture a-t-elle ralenti, à peine l'a-t-il garée contre un mur qu'il se jette sur moi, arrache mon chemisier, se perd dans ma gorge et ma poitrine, passe sa main entre mes jambes tandis qu'il défait, de l'autre main, sa ceinture. Il prend ma tête des deux mains, l'oriente brutalement vers son entrejambe, me contraint de prendre sa queue dans la bouche – je peux à peine respirer. Il dirige ma tête en gémissant et respirant comme un taureau. Je connais ces bruits. Lorsqu'il a fini, il me repousse et se montre très pressé de retourner en ville. Aucun contact, aucun mot pendant le trajet.

Gênée, je me tiens devant ma belle-mère et lui demande si on peut tomber enceinte lorsqu'on prend le sexe d'un homme dans la bouche et qu'on avale cette chose blanche et répugnante. Elle rigole puis, horrifiée, regarde mon visage : « Qu'as-tu fait à ta bouche ? À ta gorge ? »

Dans le miroir, je remarque que mes lèvres sont marquées et qu'elles portent des traces de dents. Ma gorge, elle, est un champ de bataille, pleine de morsures rouge foncé et de suçons. Demain, mon père revient de Londres. S'il me voit ainsi, il me tue ! Je suis paniquée. Biggi promet de m'aider et cherche du stick correcteur, du fond de teint et de la poudre.

À l'aube, ma belle-mère étale et tamponne des couches de fond de teint sur les marques de morsures et de baisers, les recouvre de poudre jusqu'à ce qu'on ne puisse plus que supposer leur présence. Je dois essayer de bouger le cou aussi peu que possible afin que ça ne craquelle pas. Quant à ma bouche, c'est en vain qu'elle essaie d'y remédier. Ses efforts ne font qu'empirer les choses.

« Dis que tu es tombée et que tu t'es mordu les lèvres. »

Quelqu'un sonne comme un sourd. L'ouragan fond sur nous ! Les portes s'ouvrent avec fracas, mon père balance valise, sacs, veste et chaussures loin devant lui en se jetant sur nous. Nous tombons dans ses bras, rions de manière crispée et forcée. C'est une pluie de bisous – je détourne la tête. Heureusement, il ne remarque pas mes lèvres meurtries.

Babbo nous offre des cadeaux. Il ouvre le couvercle d'une boîte purpurine. Elle ressemble à un gros livre. À l'intérieur, sur du papier de soie, trente cigarettes. Chacune est d'une couleur différente avec un filtre doré. « Ma petite poupée, ainsi tu pourras fumer une cigarette assortie à la robe que tu portes ! » C'est le début de mes années de tabagisme.

Bien entendu, il est hors de lui à cause de mes lèvres. Il croit cependant à mon excuse. Ma belle-mère devient alors la proie de sa colère : elle n'aurait pas dû dépenser tout l'argent en quelques jours ! Elle se défend, ils hurlent tous les deux, la dispute s'emballe. Biggi s'enferme avec Nastassja dans la chambre. Il tambourine toute la nuit contre la porte sans provoquer la moindre réaction. Lorsqu'il remarque que rien n'y fait, il tombe à genoux à mes pieds et me supplie de leur faire ouvrir la porte. En échange, il m'offrira le monde entier – encore une fois. Ça me répugne, mais je m'accroupis à la porte, prie et implore tandis qu'il se tient à mes côtés et me surveille.

Plus tard, une fois que la porte est ouverte et qu'il a contraint Biggi à faire la paix, une fois qu'elles sont allées se coucher, je vois son visage s'approcher dans l'obscurité et j'entends sa voix : « C'est la chose la plus naturelle qui soit ! Mais tu ne dois en parler à personne, c'est compris ? Jamais. C'est notre secret. À personne. Sinon, on me jettera en prison. »

Il ne laisse jamais passer une occasion : lorsqu'elles jouent dans la chambre voisine, lorsqu'elles sont dans la salle de bains, lorsqu'elles dorment.

Voilà deux semaines que les vacances sont terminées et je suis toujours à Rome. Mon père tourne à Cinecittà. Enfin ! Il est suffisamment occupé et me laisse partir. Biggi, Nastja et le chauffeur me conduisent à l'aéroport. Il porte de nouveau la livrée aux boutons dorés et la casquette. Il se fait humilier, mais je n'ai aucune pitié pour lui.

L'avion se remplit. Des gens partout autour de moi – qui s'asseyent, se rapprochent. Je me sens oppressée. Le personnel navigant verrouille les portes. Je suis prise au piège. Soudain, j'en suis certaine : si je reste assise, l'avion va s'écraser. Je dois en sortir ! Sur-le-champ !

Les larmes roulent sur mon visage, s'infiltrent dans le tissu de mes vêtements. Je me lève d'un bond, bouscule les passagers, crie à l'aide. Je suis prise de panique, morte de peur. Les stewards s'occupent de moi avec amabilité, veulent me calmer : « Nous sommes là ! » C'est peine perdue. Cette certitude me contraint à partir, le personnel de bord doit me ramener à terre. Ils rouvrent les portes, font remettre la passerelle, une main me pousse dehors. Une fois à l'air libre, j'ai le sentiment d'avoir échappé une fois de plus à la mort. On me ramène dans le hall d'embarquement, je rentre à la maison en taxi. Biggi croit voir un fantôme lorsque je suis devant la porte. Elle m'a pourtant vue embarquer, il y a une heure !

L'après-midi, le chauffeur nous emmène avec Biggi et ma sœur au centre-ville. Je demande au guichet de la Lufthansa si l'appareil est bien arrivé à Munich. L'air pincée, l'employée regarde derrière son bureau : « Bien sûr, qu'allez-vous penser ? »

À l'agence de voyages, nous achetons un billet de train pour le lendemain : compartiment avec couchettes, première classe. Une cabine avec salle de bains pour moi toute seule. Je vais commander à manger, m'allonger sur le lit, manger et lire. Quel luxe !

La nuit, alors que tout le monde dort, les doigts torturants de mon père viennent me prendre. Je balbutie, peine à trouver mes mots : « S'il te plaît, la prochaine fois, s'il te plaît ! »

Je m'installe confortablement dans mon compartiment, mets ma brosse à dents dans un gobelet sur le lavabo, dispose les flacons de parfum, les rubans de soie, quelques livres sur la table. Je place sur le lit quelques vêtements comme s'ils y avaient été jetés négligemment – comme chez mon père.

Le train quitte la gare. Je respire profondément, le monde tourne derrière mes yeux clos. Soudain, une lubie : que se passe-t-il si le conducteur perd connaissance ? Fonçons-nous vers l'abîme de manière incontrôlée ? En aucun cas, je ne fermerai la porte de l'intérieur. Peut-être se coincerait-elle et je ne pourrais pas sortir d'ici. Je dois trouver le contrôleur et lui faire part de mes craintes. Je vais dans le couloir, passe devant toutes les cabines. La plupart des portes sont fermées, seules quelques-unes sont ouvertes. Je jette un coup d'œil à l'intérieur. Mais je ne vois pas le contrôleur ! Je continue ma route. Je me dépêche de passer entre les wagons ; les portes sont plus difficiles à ouvrir, ça couine et ça tangue. Je retiens mon souffle. Et si le train venait à se rompre à cet endroit ? Un petit homme en uniforme se dirige vers moi – il pousse une desserte avec des boissons. Je n'ai pas le choix : je dois rebrousser chemin devant lui. De nouveau dans ma cabine, je me suis calmée. Je sais que je peux rester dans le train et que j'arriverai à Munich.

L'atmosphère à Munich est de plus en plus délétère. Après chaque séjour à Rome, le fossé se creuse davantage entre Heinrich, maman et moi. Maman m'est devenue étrangère. Son rejet, son animosité à mon égard me peinent tout de même. Elle pressent la relation que j'ai avec mon père. Lorsque nous nous croisons, elle me regarde comme si elle lisait en moi. Un jour, elle m'a observée pendant longtemps. Puis de dire : « Tu es dégoûtante. »

Mon père m'appelle. Il gémit que je lui manque, il me demande si j'ai besoin d'argent bien qu'il m'ait déjà glissé un gros billet dans la poche avant mon départ. Je lui réponds que je n'ai plus rien. Il me promet de me faire parvenir une somme importante par la poste. Je me vois déjà en train de la dilapider avec mon amie. Au bout d'une semaine, comme je n'ai toujours rien reçu, je demande à maman et Heinrich s'ils ont vu un courrier de l'aéropostale. Heinrich me dit froidement qu'il l'a réceptionné, ouvert et pris l'argent. À l'en croire, mon père lui en devrait pour la pension alimentaire.

Je ne peux le croire, je claque la porte et téléphone à Rome sans plus attendre. Je lui dis que Heinrich a volé l'argent. Mon père me calme. À l'avenir, il enverra ce genre de pli à l'adresse de mon amie.

Le miroir est devenu un élément incontournable de mon quotidien. Je m'y observe avec attention, des pieds à la tête, note chaque changement, roule des hanches, me retourne et regarde par-dessus mon épaule. Je me trouve jolie. Puis je prends mes poupées dans mon lit.
La nuit, je suis assaillie par la pensée que je doive mourir. Je crains la mort, le néant, la punition, Dieu. Partir aussi simplement, s'en aller, je ne peux l'imaginer. Je suis torturée par la certitude d'être coupable de tout le mal d'ici-bas. Si j'étais restée assise à bord, alors l'avion se serait écrasé ; ça, je le sais parfaitement.

La tension entre maman, Heinrich et moi a viré à l'hostilité. Ni l'un ni l'autre ne peut, ou ne veut, comprendre mon comportement ; ils l'interprètent comme de l'insoumission. Je suis de plus en plus insolente, les traite de petits-bourgeois et de trous du cul, je ne fais plus ce qu'ils m'ordonnent ni ne leur réponds. Je sais qu'en les ignorant, je les chauffe à blanc – leur réaction me procure un sentiment de puissance.

Un soir, je ne réponds à aucune des questions de ma mère et l'insulte des noms d'oiseaux les plus orduriers. Ma mère prend alors ma vieille cravache et me frappe. Je m'enfuis dans l'escalier, en culotte et chemise. Elle me suit, ivre de colère, me bat comme si elle voulait me tuer. Je quitte la maison pour aller chez Michaela. On peut lire l'effroi sur le visage de sa mère lorsqu'elle m'ouvre la porte. Les marques sanguinolentes des coups de cravache deviennent d'épaisses contusions.

Je reste quelques jours chez Michaela. Puis ma tante Rotraud m'accueille chez elle. Je ne retourne plus jamais dans l'appartement de ma mère. Pendant ce temps-là, mon beau-père se rend à Allgäu pour me trouver une place à l'internat catholique. Ils refusent la proposition de mon père de prendre à sa charge les coûts d'un internat huppé en Suisse : « Trop loin, pas facile de contrôler. » Ils savent que mon souhait serait d'être scolarisée à l'école américaine en Suisse.

Leur refus met mon père hors de lui. Il m'envoie 2 000 marks chez les parents de mon amie. Je décide de ne parler à personne à l'internat. Je m'achète un twin-set rouge pavot en laine d'agneau, un kilt écossais rouge à carreaux, de l'eau de toilette et quelques paires de chaussures : des ballerines roses laquées, des chaussures de poupée à talons hauts et lanières – comme chez lui ! Je caresse chaque article avant de tout emballer dans un carton, de l'enrubanner et de le fermer avec pas moins d'une vingtaine de nœuds. Personne ne doit me voler mon trésor. Chez ma tante, sous l'escalier qui conduit à la cave, se trouve une bonne cachette. Mais je ne suis pas tranquille. Je ne cesse de vérifier qu'aucun voleur n'a dérobé mon paquet. Comme je me lève plusieurs fois de table pour descendre à la cave, ma tante me demande pourquoi je vais si souvent aux toilettes.

La nuit, je sombre dans le désespoir, qui prend la forme d'un corbeau enfonçant ses ergots dans ma poitrine. Je dois aller à l'internat. Ma mère veut m'abandonner. Ainsi, la sainte famille aurait enfin la paix.

« Ne vous faites pas de soucis, chère madame ! Nous ferons ravaler son air buté à cette demoiselle. Nous avons de l'expérience en la matière. Nous en avons vu d'autres ! Elle parlera, croyez-moi ! » La supérieure pousse résolument ma mère vers la sortie. Je me tiens, perdue, au milieu de la pièce. Les ficelles du carton pénètrent profondément ma chair. Je m'y accroche des deux mains. La valise est posée à mes côtés comme si elle ne m'appartenait pas. Je ne peux rien contre la douleur – ma mère vient de me livrer ici, elle permet à cette méduse de nonne, aux yeux de porc saillants et bigleux, de me toiser en faisant trembler avec sadisme ses lèvres charnues. Elles sont bombées, d'un bleuâtre scintillant, et portent de profondes crevasses. Elle me dégoûte. Ses dents jaunes semblent former un seul bloc. Et ses mains, molles et moites ; j'évite de les toucher. Malgré les hautes fenêtres, le bureau demeure sombre. Le parquet couleur miel est si bien poli que je peux y voir mon reflet. Tout autour de la pièce, de lourds meubles de chêne contre les murs. Sur une imposante commode, une réalisation au crochet, beige comme un fond de culotte sale, et une composition florale sans vie entourée de deux chandelles blanches qui n'ont sans doute jamais été allumées. Au-dessus, une photo couleurs encadrée du pape. Mon regard achoppe sur une sorte de reliquaire aux portes vitrées dont le contenu est caché par un rideau violet aux plis rapprochés. Il fait demi-tour et passe sur le bureau massif entre les deux fenêtres avant de se fixer sur le mur : il y a là Jésus sur sa croix, immense et intimidant. Ça sent le savon de Marseille, l'encaustique et les sueurs froides d'innombrables enfants.

Les yeux de la pieuvre s'accrochent à ma minijupe. « Alors, demoiselle, tu vas commencer par défaire l'ourlet de ta robe, si tant est qu'on puisse qualifier ainsi ce vulgaire morceau de chiffon. Tu vas le faire pendant que les autres dînent ! Afin d'être décemment vêtue demain matin pour la présentation des nouveaux arrivants dans la salle des fêtes. Par ailleurs, tous les matins, tu tresseras tes cheveux. Les pantalons ne sont autorisés qu'avec une robe par-dessus. Maintenant, je vais te lire notre règlement intérieur. » Ses contours, sa voix se dissipent. Elle m'indiffère, tout m'indiffère, je ne l'entends plus.

Je reviens à moi, mon bras me fait souffrir. Les doigts gras de la supérieure pénètrent ma chair, elle me tire dans l'escalier, puis dans des couloirs aux nombreuses portes. Mes pas se reflètent sur le linoléum. Elle s'arrête devant une porte, l'ouvre, me pousse dans la chambre et la referme. « Dans une heure, le repas du soir ! Ensuite ta robe est rallongée ! Le nécessaire à couture est dans le tiroir de la table ! » glapit-elle de l'extérieur.

Je regarde autour de moi. Il fait sombre ici également. Un étroit boyau, deux lits contre chacun des murs, quatre tables de chevet, quatre armoires en bois, une table au milieu, quatre chaises, un lavabo – rien d'autre. Des photos partout, des animaux en peluche, des souvenirs de la famille, des amis. Comme si ça pouvait atténuer l'horreur ! Je m'effondre sur un des lits et pleure à chaudes larmes. Un mélange de larmes et de sueur coule sur mes joues, sur mon menton, goutte sur mes mains, sur mes genoux. Ici, on ne peut que mourir. Soudain, un visage apparaît dans l'entrebâillement de la porte. Rouge et rond comme une pomme, il me regarde : « Qui pleure si fort ? Tu es une des nouvelles ? » Une silhouette en habit de sœur entre dans la chambre. « Je suis Bernhardine, la sœur cuisinière, me console cette voix chaude. Pourquoi restes-tu assise toute seule dans le noir ? »

J'ouvre la bouche à plusieurs reprises d'où sortent des bribes de mots dénués de sens. Apparemment, elle m'a comprise et elle a pitié de moi. Elle m'aide à ôter ma jupe, coupe dans l'ourlet avec des ciseaux et tire sur le fil. Elle prend le nécessaire à couture dans le tiroir, coud et, quelques minutes plus tard, la jupe est plus longue. Je suis étonnée de sa gentillesse à mon égard.

Après m'être rhabillée, elle me parle des jeunes filles avec qui je partage la chambre. Annika dort vers la fenêtre à gauche, elle est très malade, a souvent des attaques, y compris la nuit. Je dois être au courant afin de ne pas m'affoler si elle me réveille. Il y a également Britta et Steffi mais je n'écoute plus et pars dans mes rêves. « Si tu as besoin de moi, tu me trouves dans la cuisine ou dans le jardin du cloître. » Puis elle disparaît.

Je veux juste rester assise, ne plus bouger. On ouvre la porte et les jeunes filles avec qui je vais devoir vivre durant quelque temps rentrent. Elles se tiennent jambes écartées autour de moi et me jaugent. L'une se cure les dents. Elles me regardent de la tête aux pieds ainsi que mes affaires, et tout ce qui est nouveau dans la chambre. Elles demandent d'où je viens, quel âge j'ai, comment je m'appelle et ce que j'ai bien pu faire précisément pour atterrir ici. Je tire de sous l'oreiller un bout de papier et un crayon et n'écris que l'indispensable. Elles échangent des regards mi-amusés, mi-compatissants. L'une demande : « Es-tu muette ? » Je fais non de la tête. « Alors pourquoi ne parles-tu pas ? » Je ne réponds pas. Après plusieurs tentatives pour en savoir plus, elles décampent, dépitées. Elles se laissent tomber sur leurs lits et ne m'accordent plus la moindre attention. J'en suis satisfaite.

J'ai tout de même très faim. La cuisine est fermée, il n'y a plus rien. Je me rappelle ce que Bernhardine m'a dit : « Si tu as besoin de moi… » J'ai vraiment besoin d'elle à cet instant, mais n'ose rien faire. Et hors de question que je quémande un morceau de chocolat à ces chipies ! Donc je me résigne à mon destin. Je m'enroule bien serrée dans la couverture et dors jusqu'à ce qu'un son strident me perce les tympans. C'est la sonnerie électrique, assourdissante, par laquelle on est réveillé ici. D'un mouvement, je m'assieds bien raide sur mon lit. Mes habits trempés de sueur collent à la manière d'une seconde peau. De la morve sèche au coin des lèvres. Je me tords encore de douleur et du manque de maman. Mais je n'ai guère de temps pour ça. Se lever, se débarbouiller, s'attacher les cheveux. Je suis déjà habillée. La jupe m'arrive en dessous des genoux. C'est vraiment laid.

Une inconnue m'entraîne au réfectoire. Un haut plafond, une crucifixion de Jésus plus grande que nature. Les longues tables sont toutes occupées. Il fait froid dans la salle. Ça me fait penser à une église. On m'assigne une chaise, partout des jeunes filles qui ingurgitent pain, beurre, confiture et boivent du café de malt. L'odeur du savon de Marseille et de l'innocence m'écœure, mais les cancans et le brouhaha insouciants me réconcilient un peu. Je me sens si étrangère ici ! Pourquoi maman m'y a-t-elle abandonnée, comme elle aurait déposé aux encombrants un meuble dont elle n'a plus l'usage ? Ma gorge est si serrée que je ne peux manger. Des yeux me regardent de toutes parts, on chuchote. Je fais comme si de rien n'était.

Une sonnerie annonce la fin du petit déjeuner. Toutes les filles se lèvent, empilent leur vaisselle et la portent aux cuisines. Je fais comme elles. « On lave ses mains, on fait son lit puis réunion dans la salle des fêtes pour la présentation des nouvelles ! » ordonne la voix stridente d'une sœur. Dans la salle des fêtes, quelques rangées de chaises. Tout devant, une scène surmontée de dix chaises. Encore une crucifixion, cette fois suspendue au plafond par des cordes. Neuf filles prennent place sur la scène les unes après les autres. Elles savent déjà bien comment tout fonctionne ici. Une chaise reste vide. Je m'y traîne en feignant la lassitude. La supérieure fait un discours. Je n'écoute pas. « Je m'appelle Bettina Moorbach et je viens de Kempten. » La première de la rangée s'est levée, se dandine, mal à l'aise, d'un pied sur l'autre et se rassied. Lorsque vient mon tour, je reste assise, tire de ma manche papier et stylo, écris Pola Nakszynski et tiens le papier en l'air. La supérieure s'étrangle : « Lève-toi et dis-nous comment tu t'appelles et d'où tu viens. » Je me lève exagérément lentement et brandis de nouveau le papier en l'air. Silence dans la salle. « Pour la dernière fois, dis-nous distinctement ton nom et d'où tu viens ! » glapit la nonne. Aucun son ne sort de mes lèvres. Le colosse vacille, je soutiens son regard. « Dehors ! » hurle-t-elle. Sa voix déraille. « Dans ta chambre ! Il y aura des conséquences. » Je me glisse vers la sortie, des ricanements contenus m'accompagnent.

Je suis seule dans la chambre. J'enlève mon chemisier et le plie bord contre bord. Puis je sors le carton de sous le lit, en tire les ficelles jusqu'à ce qu'elles cèdent et plonge la tête dans le twin-set en cachemire, le kilt écossais et le pantalon noir à pattes d'éléphant. Je respire avidement les effluves de laine et de parfum. Je m'allonge ensuite à même le sol à côté du carton, caresse mon bras droit du bout des doigts de la main gauche, très tendrement, de haut en bas puis dans l'autre sens. Ces derniers temps, je fais souvent ça. Je ferme les yeux et savoure le plaisir d'être caressée.

La sonnerie retentit, c'est la fin de la classe. Je sursaute et me dépêche de m'habiller : aujourd'hui, pour la première fois, je vais porter le twin-set et les pattes d'éléphant. Porter une jupe par-dessus est ridicule. Autant ne pas en porter. Et qu'importe, ce seront les pattes d'éléphant !

L'internat catholique se trouve à la sortie de la ville sur une colline. Puisqu'il n'y a pas de place libre en ce moment, les nouvelles élèves sont conduites au foyer pour jeunes femmes actives, à vingt minutes d'ici. De nouveau, on me prend par le bras et on m'emmène à travers les rues de Kaufbeuren. Rien de bien intéressant : maisons petites-bourgeoises, commerces petits-bourgeois, habitants petits-bourgeois. Peut-être vais-je aller voir le glacier du centre-ville.

Devant la porte du cloître, je m'arrête. Je ne veux pas avancer plus loin. Je suis tirée et poussée par les autres filles. Un flot d'élèves déferle dans le haut escalier. L'odeur du savon de Marseille et de l'innocence est encore plus pénétrante. En entrant dans la classe, j'en suis convaincue : nous ne sommes pas sur Terre pour vivre et apprendre dans la joie, mais pour expier et souffrir. Rien n'est accroché aux murs beiges défraîchis – dans toute la pièce, seulement des chaises, des bancs, le pupitre du professeur, un tableau. Le Jésus crucifié n'a jamais eu l'air aussi malheureux qu'ici. Sous lui, une petite nonne, maigre comme une arête. Les commissures de ses lèvres pendent jusqu'à ses genoux, elle porte le vendredi saint sur son visage. Bien entendu, je dois m'asseoir au premier rang. Bien entendu, elle m'appelle en premier. Je reste assise, ne dis rien. Après plusieurs vaines tentatives, elle appelle la rectrice, sorte de méduse plus grasse encore que la supérieure du foyer, aux yeux encore plus saillants. Elle me menace et menace et menace encore du pire. Je serre les dents, m'incline en arrière. Ça la rend furieuse. Elle fond sur moi : « Tu vas aller sur-le-champ au foyer, chez la mère supérieure, et lui dire que tu as une semaine d'arrêt ! Tu pourras réfléchir si tu dois ouvrir la bouche à l'avenir ! » Son visage de crapaud s'approche dangereusement de moi, je sens son haleine fétide. « Crois-moi, jeune fille ! On viendra à bout de toi ! » Puis elle me prend par le bras et me jette hors de la classe. Mon cartable glisse de mes épaules sur le linoléum.

Je prends mon temps sur le chemin du retour. J'examine les vitrines des commerces petits-bourgeois, observe le moindre chien, la moindre poussette et, chez le glacier Stromboli, je commande la glace la plus grosse de la carte. Qu'ai-je à perdre ? Je dois savourer ces derniers instants de liberté.

Lorsque j'arrive au foyer, tous ont déjà été mis au courant par téléphone. Sermons, arrêts, devoirs supplémentaires. Bernhardine est comme la douzième fée de la Belle au bois dormant. Elle tempère chaque sanction qui m'est infligée de sa bonté, me console quand je pleure, me laisse sortir pendant ma semaine d'arrêt afin que je puisse appeler mon père. C'est la version officielle, mais elle sait bien que je mets ce temps à profit pour me balader en ville. Elle devient le pivot de toutes mes pensées, de mes rêves, de mes désirs. Bernhardine est ma complice. Le plus souvent, la porte n'est que repoussée afin que je puisse rentrer en secret, de retour d'une balade ou s'il est trop tard. C'est elle aussi qui surveille l'étude l'après-midi ; jamais elle ne me dénonce lorsque je ne reviens pas après la pause et que je me promène. Mon endroit préféré, c'est le glacier Stromboli. J'y rencontre là-bas les gars avec qui je fricote dans les entrées d'immeuble ou les cages d'escalier. Lorsque je suis surprise par des femmes au foyer ou d'autres pieux habitants qui me dénoncent à la supérieure, elle me met de nouveau aux arrêts.

Bernhardine est la seule personne de l'internat à qui je parle. Je ne donne à tous les autres que des réponses brèves ou ne leur parle pas du tout. Même aux garçons que je rencontre en secret, je ne dis presque rien. Ils convoitent mon corps. En échange, ils doivent me traiter avec égard et tendresse. Lorsque l'un d'eux me touche, je me sens vivre. Je suis aimée. Nous nous embrassons, nous nous caressons, je les excite tant et plus, je fais monter la température palier après palier, et, lorsqu'il ne peut plus retenir son envie, je disparais. Je suis alors en proie à une indescriptible et profonde tristesse, je me sens utilisée, je ne suis qu'une enveloppe vide. Au début, je supplie encore maman de venir me chercher, s'il te plaît, s'il te plaît ! Je lui dis à quel point je suis malheureuse et désespérée ici. « Tu ne peux t'en prendre qu'à toi-même ! » me répond-elle.

Mes lettres se font plus rares. L'image de ma mère devient moins précise, défraîchie. Bientôt, je n'y pense presque plus.

Lorsque j'ai besoin de voir Bernhardine, j'attends devant la porte de la cuisine jusqu'à ce qu'elle ait fini son travail ou je la cherche dans le jardin du cloître. Le plus souvent, elle est enfoncée jusqu'aux genoux dans une plate-bande. J'adore observer le dévouement avec lequel elle s'occupe de chaque plante. Lorsqu'elle me remarque, son visage solaire m'illumine et elle m'invite à venir m'asseoir auprès d'elle, sur un banc le long des hauts murs du jardin. Nous nous penchons sur son panier. Je me serre fort contre Bernhardine qui me parle de chaque herbe et de ses vertus, qui m'invite ainsi dans le monde des plantes médicinales et vénéneuses. Je suis fascinée par le si frêle espace entre la guérison et l'empoisonnement. Une dose de trop et les effets en deviennent mortels. Je m'effraie toute seule.

La vie dans le cloître est monotone et immobile : se lever, se laver, prier dans la chapelle, petit-déjeuner, faire son lit, aller en classe, déjeuner, ranger sa chambre, faire ses devoirs, souper, prier, se coucher. Et, chaque lundi, grand silence après le dîner ; interdiction de parler jusqu'à 22 heures. Ça ne m'est pas difficile. Jusqu'à présent, j'arrive encore à me taire.

Un matin, juste avant le déjeuner, je suis encore en sous-vêtements devant mon armoire et fouille dans mes vêtements. Je ne trouve pas ma robe préférée. Une sœur passe, le chapelet à sa ceinture se balance, le trousseau de clefs cliquette. « Eh ! Que se passe-t-il ? Hop, hop ! Habille-toi ! » nasille-t-elle à travers la porte ouverte. En deux enjambées la voici à mes côtés, elle regarde le chaos dans l'armoire, saisit le tas d'habits qu'elle jette par terre.

« Après le petit déjeuner, tu ranges ton armoire ! Tu remets tout en ordre ! Quel désordre ! »

Stupide oie, fais-je en moi-même.

« Tu es sourde ? Tu dois t'habiller », bêle-t-elle.

Au lieu d'obéir, je sors stylo et papier et j'écris :

« Ma robe n'est plus là. »

« Qu'est-ce que cela signifie ? »

Je hausse les épaules. Elle réfléchit rapidement. « Viens avec moi ! » Elle va dans la chambre d'à côté, se dirige droit vers un lit, en soulève la couverture. « Est-ce que c'est ça ? » Il y a une jeune fille frissonnante, raide comme un piquet, les bras serrés contre son corps maigre ; elle porte ma jupe. La sœur la sort du lit, la frappe plusieurs fois au visage. Je ne peux le supporter, je cours dans ma chambre. « Tu enlèves ça tout de suite ! Tu la rendras lavée et repassée à sa propriétaire. Tu auras huit semaines d'arrêt ! » crie la sœur. Les coups, la voix perçante – je ressens tout le plaisir frustré de la nonne. La jeune fille pleure doucement. Je ne veux plus de cette robe.

Ça me demande beaucoup d'énergie de ne pas parler. Ce n'est pas à cause des nonnes que j'ai rompu mon vœu de silence, mais parce que la vie promet d'être plus supportable si j'arrête de me taire. J'envoie des cris de détresse à Rome ou à l'endroit où mon père se trouve. Je l'appelle du téléphone à pièces en PCV. Il rappelle toujours. Je me plains des conditions de vie à l'internat, que je ne peux plus supporter, que je vais fuguer ou me tuer. Mon père vocifère. Il me promet de me sortir d'ici, me demande cependant de tenir jusqu'à la fin de l'année. Bientôt, je viendrai chez lui et il ne me laissera plus partir.

Aujourd'hui, c'est mon anniversaire. Il faut fêter ça ! Comme souvent, je suis consignée dans ma chambre. Qu'importe ! On célébrera ça dans ma chambre. Un ami me procure une bouteille de Cinzano. Après le dîner, alors que la voie semble libre et que toutes les sœurs sont occupées à la messe, je sors la bouteille de sa cachette et me retire dans la chambre de Geli, une compagne d'infortune, également consignée. Au début, nous sommes assises à même le sol, derrière la porte, et buvons prudemment dans son verre à dents. Ça a un goût sucré et écœurant, mais nous voulons fêter mon anniversaire. Geli prend la bouteille, trinque avec moi et en boit une grande lampée. Elle s'ébroue. Puis vient mon tour, je réprime un haut-le-cœur. Nous augmentons le volume de la radio, commençons à danser, buvons à la bouteille à tour de rôle. Le breuvage devient meilleur. Étroitement enlacées, nous tournons sur nous-mêmes, chantons en chœur *Angie* des Rolling Stones et nous enivrons jusqu'à ce que la bouteille soit vide. Soudain, une voix résonne au loin : « Que se passe-t-il ? » La radio s'éteint subitement. Je distingue un vague pingouin qui caquette de colère : « Au lit tout de suite ! » J'explose de rire, titube derrière l'animal dans le couloir. Voici qu'il se remet à pousser de hauts cris. C'est du plus grand comique, je ne parviens pas à me tenir droite et m'étale de tout mon long sur le sol. « Tu es donc possédée par le diable ! » Le corps se cabre, une secousse, les jupes sont retroussées, le rosaire balance à la ceinture, le colosse se met en mouvement, les épaisses étoffes claquent comme une voile au vent. De la viande mouvante, enveloppée dans des chiffons noirs, se dirige vers la chapelle, et, à sa traîne, des effluves de savon de Marseille et de camomille. Les chaussures des nonnes font tac, tac. Puis je ne me souviens de rien.

Les odeurs matinales me font mal. Qu'est-ce donc que cette puanteur ? Où suis-je ? Un train tourne dans ma tête. J'ai des croûtes sur les yeux, mes cheveux sont recouverts de vomi. Je suis collée aux coussins. Jamais encore je n'ai senti une odeur si pestilentielle. J'émerge doucement de mon état nauséeux : je nage dans mon vomi.

Je me sens mal à en crever. Mes yeux sont pris de tremblements nerveux. C'est en vain que j'essaie de les ouvrir. Je les laisse fermés. La chambre tourne comme un manège. « Lève-toi ! Nous devons aller à l'école ! Il est déjà tard ! » Une voisine de chambre me secoue par les épaules. De toute la force de mes deux bras, je me redresse et je regarde autour de moi. Le tournis s'accélère, je suis une toupie. Au bout de mon champ de vision, des silhouettes imprécises, des illusions. Lorsque j'essaie de les toucher, plus rien. « Allez ! Lave-toi ! Nous devons être parties dans vingt minutes. »

Prudemment, en tâtonnant, je pose les pieds sur le sol. Le froid en traverse la plante, jusqu'aux tempes, mes orbites me font mal. Puis le sol s'affaisse soudainement. Je m'effondre contre la tête du lit. On me relève, me pousse dans le couloir vers les douches. Je ne vois rien d'autre que de la vapeur. Je suis prise de vertige, ne parviens pas à rester debout. Mon ange gardien me met directement sous un pommeau de douche, ouvre le robinet. Mon cœur cesse presque de battre, le premier jet est glacé. Je crie comme si j'étais embrochée. « Ferme-la donc ! Tu veux que toutes les sœurs rappliquent ? » siffle-t-elle. Le contenu d'une bouteille de shampooing se déverse sur ma tête, me brûle les yeux. Des doigts me frottent énergiquement le crâne. Puis ils lavent mes cheveux sommairement, me balancent une serviette dans la figure et me ramènent dans la chambre. Un sèche-cheveux souffle son air chaud. Je vais l'attraper, il cessera, ce bruit insupportable. Une corneille qui bat des ailes ; non, c'est la supérieure. Elle a tiré le câble électrique de la prise et se poste devant moi d'un air menaçant : « Tu iras à l'école avec les cheveux mouillés ! Si tu tombes malade, ce sera une punition du Seigneur ! » Je pars d'un rire retentissant, comme une folle, je ne peux plus m'arrêter. Comme si elle avait vu le Malin, la nonne soulève ses habits, le tas de chair se met en branle et, les mains au ciel, file vers la chapelle. Je ris encore.

De gros flocons de neige tombent devant la fenêtre. J'enfile les manches de mon manteau, je peine à mettre mes bottes, mes cheveux ruisselants sont dans un bonnet de laine – ils puent encore ! On s'accroche à mon bras gauche et à mon bras droit, on me tire en haut de la colline dans la tourmente. Les flocons fondent sur mon visage, ça me fait du bien. Geli me dépasse, elle a l'air mal en point. Ses cheveux blanchis pendent en amas devant son visage – on dirait des brins de ciboulette. Elle me murmure : « Une fois là-haut, disons que nous sommes malades pour aller nous reposer à l'infirmerie.

Un virus dangereux, très contagieux ! Je n'en peux plus… » J'acquiesce et recommence à rire.

À l'école, nous dormons tout notre soûl sur des civières de l'infirmerie pendant les heures de cours. Nos agapes font scandale dans le cloître. Chaque nonne, chaque prêtre, chaque femme de ménage, tous sont au courant. Ils font un pas de côté en me croisant. Lorsque je suis passée, ils se retournent sur moi, font d'horribles grimaces. « Pute ! » persiflent-ils, ou « Elle est possédée par le diable ! ». Il n'y a que Bernhardine qui me regarde tristement : « Était-ce bien nécessaire ? »

S'ensuivent encore plus d'interdictions de sortie et de consignes dans la chambre.

Environ quatre semaines avant les vacances d'été, je n'en peux plus. J'emballe sans même les choisir quelques habits dans un sac en plastique et quitte le foyer. Je laisse une lettre à Bernhardine dans les plates-bandes. Je me rends à la gare où j'achète un billet pour Munich – un aller simple. Une fois arrivée, je sonne à la porte de Michaela. Elle me regarde, abasourdie, lorsque je lui demande si je peux loger chez elle avant même de la saluer. Puis sa mère apparaît. Elle a pitié de moi, me prend dans ses bras et me fait rentrer dans l'appartement.

La vie ici est ordonnée, tout est harmonieux. Le matin, après la douche, mon amie ouvre son armoire baroque. Un spectacle de conte de fées : chemisiers, pantalons, corsages empilés sur plusieurs étagères. Ça sent les sous-vêtements à fleurs, les chaussettes blanches – un monde magique. De ses fines mains, Michaela choisit les vêtements de la journée. Je m'émerveille, bouche bée, l'admire. Je ne prends que ce qui vient entre mes doigts et l'enfile. Mais plus que tout : je souhaiterais une vie avec autant de sécurité et d'ordre.

La maman de Michaela parle à ma mère et à mon beau-père. Elle leur propose que je reste chez elle avant de partir pour Rome. Ils sont d'abord outrés par mon sans-gêne. Quitter ainsi l'internat ! Et atterrir chez des étrangers ! Mais quelle alternative y a-t-il ? Ils admettent finalement que c'est *la* meilleure solution. Ils se tiennent loin de moi et je suis en lieu sûr.

Je reçois un courrier en provenance de Rome. Il est adressé à *Signorina Pola Nakszynski, c/o Famiglia K.* L'enveloppe est très épaisse. Je la renifle, essaie, au toucher, de deviner ce qu'elle contient avant de l'ouvrir avec convoitise : un billet d'avion de première classe et 2 000 marks. Pour trois semaines ! Je sens déjà le soleil, je peux déjà respirer l'air de Rome ! Je commence par emmener Michaela en ville où je lui achète des chaussures, une robe, et des cadeaux pour ses parents. Chez le glacier, nous prenons la plus grosse coupe et organisons les trois semaines à venir. Certes, Michaela doit aller à l'école, mais l'après-midi, ce sera le paradis. Nous avons suffisamment d'argent.

Seulement, je ne tiens plus vraiment à aller à la piscine. Je n'aime pas me déshabiller – je crains que les lèvres de mon père, chacun de ses attouchements ne se voient sur ma peau.

Je me suis habituée à parcourir le monde toute seule en avion pour retrouver mon père et je me sens assez autonome. Aujourd'hui, j'ai même oublié d'avoir peur. À peine ai-je fini mon chocolat chaud que nous nous préparons à l'atterrissage.

Majestueuse comme une reine, je descends la passerelle. Le soleil d'août brûle dans le ciel, j'ai chaud – comme d'habitude, je suis beaucoup trop habillée. Parmi les autres passagers, j'attends ma valise. Puis je passe la douane et me laisse porter dans le hall. Je préférerais boire un café et fumer deux cigarettes. C'est ce que l'on fait à quinze ans lorsqu'on voyage seule.

Dans la foule, j'aperçois Babbo, Biggi et Nastja qui me font de grands gestes, qui rient et trépignent de joie. Ils se précipitent vers moi, me prennent dans les bras, m'embrassent tous ensemble et m'annoncent que nous allons dans un nouvel appartement.

Dehors attend la voiture neuve de mon père : une Rolls-Royce Silver Cloud au noir étincelant, une limousine haute et large comme une maison. Pour y entrer, nous devons gravir une petite marche. L'intérieur est tout de cuir odoriférant, de couleur vanille.

Avec ma sœur, nous nous asseyons sur la luxueuse banquette arrière. Mon père démarre ce navire si brusquement que nous nous enfonçons violemment dans le cuir. J'aime y pénétrer, y glisser toujours plus profondément. Lorsqu'en gardant la tête contre le siège je tends une de mes jambes en l'air, comme une danseuse, tout en gardant l'autre sur le sol, je ne parviens même pas à toucher le dos du siège devant moi. J'ai vite fait d'ôter chaussures et chaussettes pour caresser de mes pieds nus le tapis de sol doux comme la soie. Je trouve les boutons et les interrupteurs de la portière particulièrement excitants. Alors que j'appuie brièvement sur l'un d'eux, une fenêtre s'ouvre en ronronnant tandis qu'un autre la maintient en position et un troisième la referme. Je les essaie tous. J'incline et remonte les sièges, les avance et les recule. Même le bar en bois rouge et luisant comme un miroir obéit à des boutons. Des verres en cristal apparaissent sous nos yeux puis disparaissent. Je ne peux arrêter de jouer. Soudain, la vitre de séparation entre le chauffeur et les passagers monte lentement. Mon cœur cesse de battre. Les doigts tremblotants, j'essaie de la rabaisser, mais ne trouve pas la commande appropriée. La vitre continue impitoyablement de monter jusqu'à se fermer complètement. La crinière paternelle s'agite, il nous jette des regards mauvais et gesticule. Comme je n'entends rien à travers la vitre, ces grimaces sont incroyablement drôles, mais je ne ris pas.

Avec ma sœur, nous nous enfonçons profondément dans la banquette en nous lovant l'une contre l'autre. Dehors défilent les immeubles, les arbres, les églises, le Colisée. Mon père ralentit et le navire s'engouffre sous un portail dans un parc enchanté. Des arbres immenses et antédiluviens, plantés comme une haie d'honneur, nous accueillent. Les branches s'entremêlent jusqu'au ciel. Certaines tombent jusqu'au sol. Je suis dans un lieu magique : des plantes inextricables qui n'autorisent un bref regard sur la ville que lorsqu'un souffle de vent les écarte avec précaution. Le carrosse s'arrête devant une porte blanche. Me voici revenue dans l'univers paternel.

De grandes salles, froides, lumineuses, des meubles magnifiques du XVIIIe siècle, un banc baroque, quelques chaises tapissées de soie vert argenté ornée de motifs de paradisiers. Partout, de petites tables sur lesquelles des livres sont restés ouverts comme si le lecteur avait tout juste été interrompu. Sur les murs, d'immenses photos de mon père dans des cadres dorés qui me regardent. Une table en marbre, rouge sang, de plusieurs mètres, aux pieds marquetés d'or. Six chaises disposées autour, dans le même style, également tendues de soie rouge. On dirait qu'elles ne sont là que pour être admirées, bien trop fines et douces pour supporter le poids de quiconque. Saisie par ce faste, je continue ma ronde. Une malle armoire en peau blanche, de la taille d'une pièce, se trouve là, grande ouverte, les tiroirs à demi tirés. Des vêtements y sont posés en vrac comme si leur propriétaire rentrait tout juste de voyage. Mon père me tire plus loin, me montre ma chambre. Elle est identique aux autres : un lit dont la tête est ornée de guirlandes de fleurs en fer forgé. Un couvre-lit bien trop grand en damas avec des pois en abondance qui captivent celui qui s'y perd, ou le poussent à s'y glisser secrètement. Les rideaux assortis traînent sur le sol. Une autre chaise baroque, une petite table surmontée d'une lampe et des piles de livres – Dostoïevski,

Manesse, Gorki, Tchekhov, Poe, Dickens. Au plafond, juste un lustre.

Je me retourne. Mon père fouille ma valise. Il en tire chaque habit, le tient en l'air, le trouve horrible et le jette devant lui, l'air méprisant. Bien que ça fasse partie du rituel de chaque arrivée, j'en reste aussi décontenancée. Il me prend sur ses genoux, comme à son habitude, m'embrasse sur les yeux, le front, la bouche et murmure : « Ma petite poupée ! Je vais t'offrir les plus beaux vêtements du monde ! » Je me défais de son étreinte, il s'y oppose. « Mon petit ange, je suis devenu fou de l'envie de te revoir ! Tu dois emménager chez moi ! » murmure-t-il. Sa langue s'enfonce dans mon oreille, elle est mouillée. Puis elle cherche ma bouche – je ne sais plus pourquoi je tenais tant à venir ici.

Telle une chatte, j'attends le moment opportun pour bondir de ses genoux. Les bras ballants, il me regarde, ulcéré. Je me réfugie dans la salle de bains, ferme la porte à double tour. D'un coup, j'ai une peur panique de ne plus jamais revoir ma mère. La voix de mon père m'arrache à mes pensées : « Ma petite Pola, viens ! » Je n'ai plus le choix, je vais dans la cuisine, résignée. Les autres y sont déjà rassemblés. Ce soir, on mange sur le pouce. Sur un buffet, des sacs en papier déchirés à la hâte : différentes variétés de jambon cuit et cru, du saumon fumé, les fromages les plus fins, des raisins, des bananes et du pain blanc. Mon père prend habilement des tranches de jambon, si fines et transparentes qu'elles se délitent, et les engloutit. L'ambiance semble s'être améliorée. À mon tour d'en attraper une tranche que je tends entre mes doigts en formant une fenêtre ; je regarde mon père à travers en riant. Grossière erreur. On m'explique sans ménagement qu'on ne s'amuse pas avec la nourriture. J'en perds l'appétit, le jambon retombe. Prétextant des maux de tête, je vais au lit. Mon père grogne quelque chose, mais ça ne m'intéresse plus. Pendant longtemps, je reste éveillée ; des ribambelles d'images passent dans ma tête comme des nuages d'orage.

Je reviens à moi lorsque je sens quelqu'un me faire atrocement mal. Je me roule entre les oreillers et aperçois de vagues contours. Je réalise que c'est mon père qui me torture. La chemise de nuit me colle au corps, j'ai peur. Je glisse vers l'autre extrémité du matelas, me serre contre les fleurs de fer forgé. Elles pénètrent ma chair. À la manière d'un animal avide, il rampe vers moi, s'approche. J'entends sa respiration. Il cherche mon corps, trouve un pied, une jambe. Ses mains me touchent, s'emparent de moi. Elles saisissent le cordon de mon pantalon et me déshabillent d'un coup. Je sens son haleine de tabac, ça m'écœure, je me cabre, je m'arc-boute contre lui. Il est plus fort. Il s'agenouille sur mes bras, presse sa main sur mon visage. Mes forces m'abandonnent. Dans la salle de bains, ma belle-mère patauge, siffle une chansonnette. Je me sens mal. Je suis coupable ! Ce qu'il me fait, il n'a le droit de le faire qu'à elle. Les douleurs se font plus aiguës. Je n'entends plus patauger ni siffler. Le monde est muet. Je n'éprouve plus rien.

Je me tiens sur la rive d'un fleuve. Une barque en bois est attachée à un tronc d'arbre. Elle gîte sur l'eau. J'embarque. La corde se défait, la barque est emportée, elle tangue comme une coquille de noix vers l'abîme. Les remous m'engloutissent avec l'esquif.

Mon propre cri me réveille. Il fait chaud, le drap est trempé de sueur. Peu à peu, je refais surface. J'entends fredonner : « *Buona mattina, tesoro !* » Je cligne des paupières et vois un riant visage d'arlequin : des yeux amusés, des cheveux longs et blancs et un large diastème. Le petit homme menu balance, de droite à gauche, un plateau sur sa main, avant, finalement, de le poser sur la table, à côté de moi. Du café versé dans une tasse dorée, des biscuits saupoudrés de sucre rose, des petits pains et des petits pots de confiture.

« *Buon appetito* », me souhaite-t-il avant d'aller à la fenêtre et d'ouvrir le rideau d'un geste. Le petit homme me fait un clin d'œil malicieux et trottine à l'extérieur de la chambre. Il me revient que mon père m'a parlé d'un nouveau domestique.

Les biscuits me font envie. J'en trempe un dans le café, pas trop longtemps afin qu'il ne casse pas ni ne se dissolve dans le breuvage. Puis je le laisse fondre sur ma langue. Au tour du petit pain. Il a la forme d'une balle fendillée sur toute sa surface. J'enfonce mon index à l'intérieur et le plie pour voir ce qu'il y a dedans : ce truc est complètement vide. Ça m'ennuie, je me laisse retomber sur les coussins. Mes pensées tournent autour du domestique. Il s'appelle Nikolai – m'a dit mon père hier. « Autrefois, c'était un artiste de variété. Par ailleurs, il est pédé. » Je crois que je l'apprécie.

Dehors, on entend des bruits empressés et une tempête de voix italiennes. Je ne comprends rien. Peut-être des livreurs ? Je me souviens que mon père organise une fête ce soir, quelques amis vont venir. Je ne peux me figurer que mon père ait le moindre ami.

Ma petite sœur se faufile sous la couverture. Je n'ai pas remarqué qu'elle était rentrée. Nous faisons un câlin et sommes heureuses d'être ensemble. Elle me dit que papa et maman sont allés en ville faire une course et que nous devons nous laver et nous habiller. D'un bond, je me lève, tire Nastja des draps et cavalcade avec elle à travers tout l'appartement. Que c'est bien que notre père ne soit pas là ! Nous sautillons avec fougue de pièce en pièce, chantons et exultons jusqu'à ce que nous tombions par terre, hors d'haleine. Nikolai vaque à ses occupations çà et là, il nous aide à nous remettre sur nos jambes encore faibles d'avoir tant ri. Midi a sonné depuis longtemps, nous devons absolument nous faire une beauté. Ils ne vont certainement pas tarder à revenir – et les cris et la colère d'arriver de nouveau.

Peu de temps après, je suis allongée sous une montagne de mousse dont ne sort que le bout de mon nez. L'eau chaude se déverse des têtes de dragon dorées. Je me sens bien, roule sur la gauche, sur la droite, comme en apesanteur. Je l'entends. La voix s'approche – le voici dans ma chambre. Je tends le cou et épie dans sa direction avec concentration. J'entends le bruissement de papiers et de cartons. J'ose à peine respirer ; en aucun cas il ne doit me trouver dans la baignoire. Dieu soit loué ! Ses pas s'éloignent de nouveau. Je sors précipitamment de l'eau. Une vague conséquente éclabousse le carrelage. Je ne prends pas le temps de me sécher et enfile un peignoir que je noue fermement. Dans cette tenue, j'ose entrer dans ma chambre. Sur le lit qu'a fait Nikolai, ont été déposés un chemisier en dentelle aux bretelles fines, une culotte, des chaussettes et des robes aux couleurs pâles. Des vêtements d'ange ! Alignées sur le sol, devant le lit, des chaussures à lanière roses, rouges, blanches, bleu foncé et vert sombre. Sans les choisir, je prends des sous-vêtements, des chaussettes et m'habille à la hâte. Soudain, mon père est dans la pièce : « Ma petite poupée, comme tu n'as rien à te mettre, je t'ai acheté quelques habits. Demain, nous allons en ville et je t'achèterai tout le reste : manteau, chaussures, sacs... Tu es ma princesse ! Habille-toi maintenant ! »

À la pensée de ces courses, je frémis : s'habiller, se déshabiller, ne pas bouger, garder les bras écartés. Tailleuses qui s'affairent autour de moi pour tout raccourcir, rétrécir, rapetisser, qui me moulent dans le tissu au plus près du corps sur ordre de mon père, jusqu'à ce que je ne puisse plus respirer. En guise de sacre, un repas crispant dans un restaurant célèbre que nous devons le plus souvent quitter en file indienne avant la dernière bouchée. Chassées par les hurlements grossiers de mon père. Accompagnés par les regards décontenancés des autres convives.

Mon père me jette au visage une robe rose qui ressemble à une voilette. Cette vue semble lui plaire : « Bien trop grande ! Elle fait des plis partout ! » Il glisse autour de moi à genoux. Avec adresse, il pince et tire, lace et lisse. Grâce à un ruban de soie étroitement serré, tout tombe juste. Il passe des heures à me bichonner ; en tout cas, c'est l'impression que ça me fait. Pour finir, il brosse mes cheveux longs comme s'il était payé pour ça. Bientôt, je ne peux plus me contrôler. Je vais me mettre à crier, à crier... Dans ma poitrine, une nuée d'oiseaux est prisonnière. De leurs coups de bec, ils essaient de se frayer un chemin vers la liberté. Il accroche une rose sur ma tête. Biggi et ma sœur subissent le même sort.

Les convives de la soirée se sont déjà rassemblés dans la salle à manger. Il n'y a que cinq personnes : quatre femmes et un homme, l'avocat de mon père. Son épouse, avec sa sœur et son amie, et Lotte Moor, une actrice. Timidement, nous entrons, sommes présentées, observées. On est hypocrite : « Oh ! qu'elle est mignonne ! Adorable ! » J'aimerais devenir invisible. Mon père sourit de travers. Sa lèvre supérieure est agitée d'un tremblement – c'est cocasse.

Sur la table de marbre, il y a des saladiers de caviar russe et persan, des plateaux de homards et de langoustes, des piles d'assiettes d'où tombent des grappes de raisin comme sur des arbres. Les regards des invités ne nous sont plus adressés, mais se portent sur la table opulente. Comme des vampires, ils se jettent sur la nourriture. Nikolai sert le champagne dans des coupes rouges. On dirait qu'il verse du sang. Lorsqu'il se tourne vers Lotte Moor, il se fige : de la main, elle retire lascivement de sa tête ses cheveux longs, chatoyants et bouclés et le regarde dans les yeux avec une pointe de défi. Puis elle saisit une coupe, la vide d'un trait, caresse son crâne chauve tandis qu'elle fait rouler ses hanches d'adolescente aguicheuse. Sa victime est gênée, elle le fixe dans les yeux. Mon père, à qui rien de tout ça n'échappe, a un sourire diabolique. Il offre du champagne à Nikolai, l'invite à boire. Puis il le tire de côté et lui explique qu'en réalité Lotte Moor est un travesti. Le serveur affiche un regard incertain. Mon père claque des mains et annonce tout haut et avec entrain : « Nikolai faisait autrefois de la variété et il va danser pour nous. » Le petit homme rentre en lui, murmure qu'il doit retourner dans la cuisine. Mais son maître ne connaît nulle pitié ; il le tire au milieu de la salle sous l'allégresse des convives et lui ordonne de danser. Nikolai a honte, il devient rouge et obéit. Il commence à se mouvoir gauchement, saute sur une jambe, tourne plus vite et lance en catimini des regards farouches à Lotte Moor. Elle l'appâte, danse vers lui. Troublé, il ose des pirouettes toujours plus osées. L'assemblée pousse des cris hystériques et se plie de rire. Il tourne comme une toupie – puis s'écroule. Le public décadent fait silence. Quelqu'un va chercher de l'eau. Lentement, le petit homme récupère et tente de reprendre contenance. On l'envoie se coucher. Les convives s'en vont rapidement.

Une fois le dernier parti, Biggi, Nastja et moi nous mettons en rang pour notre rituel : nous étendons nos bras et le maître de céans désinfecte nos mains avec des serviettes de soie humides et parfumées qu'il tire des poches de son pantalon à la manière d'un magicien. Il le fait dès que nous avons été en contact avec des étrangers. Et il crie : « Beurk ! Dégoûtant ! » Aujourd'hui, il est particulièrement énervé et ne peut se calmer. Il rigole encore de Nikolai et de la manière dont il en a fait un objet de moquerie. Je le déteste. Tremblant de colère, je cours aux toilettes. Je déchire un côté de ma robe de haut en bas. Qu'importe qu'il me crie dessus demain. Qu'il s'en garde bien ! J'éprouve parfois un sentiment de puissance.

Voici ce que j'appelle la parade des limousines. Tous les jours, des voitures de luxe arrivent dans le parc de la villa Cassia Antica pour que mon père les achète. Elles brillent de mille feux. Je crois que même leurs pneus ont été briqués. Tandis qu'un marchand de voitures en costume de haute couture, les cheveux gominés en arrière, vante leurs atouts, les voitures défilent sous leur meilleur jour. Maserati, Ferrari, Jaguar et des Rolls de différentes années. Un jour, un chapiteau doré roule sous la fenêtre. La chambre s'assombrit. Une Rolls-Royce Phantom. Mon père saute autour comme un gamin au pied du sapin dont les vœux ardents ont été exaucés. Il ne cesse de nous demander comment nous la trouvons, nous raconte que la reine d'Angleterre se fait conduire dans la même, il en choisit alors une autre. À vrai dire, des voitures, je n'en ai rien à faire. Mais j'apprécie d'être installée sur les banquettes en cuir d'une Rolls de manière à voir la gueule, grande ouverte, des gens à travers la fenêtre. En de tels moments, je me sens importante.

Les repas en présence de mon père sont de vraies tortures. La table fait environ quatre mètres de long pour un mètre et demi de large. Nous mangeons sur du marbre rouge comme le sang. Mon père a établi un plan de table et exige de nous des manières raffinées. Il est assis à une extrémité, ma sœur lui fait face. Ainsi, il l'a sous son contrôle – aucun de ses gestes ne lui échappe. Il m'ordonne de m'installer à sa gauche. En face de Biggi. Nous devons tous nouer les serviettes blanches autour de notre cou – grandes comme des nappes. Je n'ai jamais faim ; au contraire, j'ai la gorge nouée. Mais je dois au moins faire mine de manger. Au moins cinq fois par repas, mon père s'en prend violemment à ma sœur. Elle se recroqueville de peur. Il hurle : « Ce n'est pas possible ! Tes cheveux trempent encore dans l'assiette ! » Il tire sur les deux extrémités de sa serviette. Je retiens mon souffle – est-il en train de l'étrangler ? Ses cris me rassurent. Au moins, elle peut encore respirer.

Durant tout le repas, il observe notre posture, nos mains, comment nous manipulons nos couverts. Il ne manque aucun mouvement, rien. Aujourd'hui, c'est moi sa victime : « Tu tiens couteau et fourchette comme une plouc ! Si loin devant toi, si crispée ! On doit avoir les mains plus détendues, en arrière ! Ainsi ! » Il me montre comment faire. Il a l'air ridicule et risible, mais j'ai envie de pleurer. Je dois m'y reprendre à plusieurs reprises ; il n'est jamais satisfait. Je sens les gouttes de sueur ruisseler dans mon dos. « Tiens-toi droite ! » Mes épaules sont tirées en arrière sans ménagement. Je me cambre tant que je peux. « Encore ! On devrait te clouer au mur ! Pourquoi te penches-tu ainsi vers ta fourchette ? Il n'y a que les prolos pour bouffer ainsi ! C'est la fourchette qui va à la bouche et pas la bouche qui va à la fourchette. Tu restes à table jusqu'à ce que tu y arrives ! »

Dehors, la nuit est tombée. Mes mouvements se reflètent dans les vitres des portes qui donnent sur la terrasse. Je m'efforce de tout faire correctement – la nourriture tangue sur la fourchette. Le trajet jusqu'à la bouche est long. À mi-chemin, un léger tremblement et son contenu retombe dans l'assiette. J'arrête de respirer. « On recommence ! » La salle devient trouble derrière mes larmes.

Des glapissements, des cris à la porte de la terrasse. « Ta gueule ! » braille mon père. Les glapissements se transforment en hurlements de loup. Apeurée, j'ose un regard dans sa direction. La veine de la colère ressort au milieu de son front. Je souhaite qu'elle explose enfin ! Une chaise se renverse. La tête de sorcière crache sa bile, je suis aspergée de postillons. J'essuie ma joue avec ma serviette. Mon père se rue vers la porte de la terrasse. Il jure : « Ce clébard doit la fermer ! » Il va battre le pauvre chien, je le sais. Puis un claquement à déchirer les tympans, un cri. Mon père titube, chancelle, trébuche. Quelqu'un a-t-il tiré sur lui ? Il se tient la tête des deux mains, passe en hâte, devant nous, dans la pièce. La famille lambinant le suit avec obéissance. Nous n'avons qu'à suivre gémissements et lamentations puis nous trouvons le malheureux dans la salle de bains. Il se plaint haut et fort de sa blessure, penche la tête si près du miroir qu'on le croirait aveugle. Ce n'est qu'avec beaucoup d'attention que l'on peut soupçonner une égratignure minuscule, à peine visible sur son front. À l'entendre, on croirait que son visage est ouvert en deux. Biggi me regarde, je la regarde en retour et nous pouffons. Nous nous détournons. Bien fait pour lui, c'est sa punition. Il voulait battre le pauvre Aljosha, notre chien de berger. Mon père se met à gémir sur son horrible blessure – comment va-t-il pouvoir apparaître ainsi devant une caméra ? Quelle catastrophe ! Sa carrière est finie ! Ridicule. Je profite de l'occasion pour me retirer. Je n'allume pas la lumière de ma chambre, j'enlève tous mes habits en même temps. Je ne garde que mon chemisier et ma culotte puis me glisse sous la couverture. Me laissera-t-il en paix aujourd'hui ? Probablement est-il trop occupé par sa blessure ; il doit désinfecter, appliquer des compresses froides, s'apitoyer sur son sort. Je ne l'intéresse donc pas. De la lumière rentre par le trou de la serrure. Lorsque passe quelqu'un, elle disparaît. Je fixe la petite ouverture comme si je pouvais deviner à travers elle ce qu'il compte faire.

Je me réveille. On ferme la porte de ma chambre. Un claquement à peine perceptible. Un visage se perd dans l'obscurité.

Tous les quatre, nous sommes attablés et nous attendons que Nikolai fasse le service. Bien droite, je tiens couteau et fourchette sans serrer. La serviette de ma sœur est correctement mise. Biggi sourit. Silence. La tension me donne des sueurs froides.

Le domestique fait son entrée en dansotant, droit, fier. Il porte des assiettes garnies des mets qu'il a préparés. Il les pose élégamment devant nous, fait un pas en arrière. Au milieu de chaque assiette trône une pièce de viande dans de la sauce odorante et accompagnée de salade composée. Nikolai a garni le bord des assiettes de boutons de fleurs. Je trouve tout cela magnifique ; j'ai même envie de manger.

Mon père coupe un morceau de viande et porte la fourchette à sa bouche. Il mastique. Nous regardons sa bouche. Nikolai l'observe avec espoir. Silence – l'air est électrique.

Soudain, mon père fait claquer ses couverts sur l'assiette, la mine écœurée. « Personne ne voudrait de cette merde ! » Le domestique sursaute, tombe à genoux, glisse sous la table et se met à embrasser les pieds de son maître. Mon père est pris de dégoût. Des sons aigus sortent de sa bouche – on dirait une vieille fille hystérique qui a vu une souris. Il agite les jambes, les soulève de sa chaise : « Hiiii ! » Nikolai sort de dessous la table, disparaît de la pièce. Je le suis du regard, il me fait tant de peine ! Les mets dans les assiettes ont l'air vieux et racornis. Mon père se lève et quitte la pièce en écumant. Avec Biggi et Nastja, nous débarrassons.

Les dures journées passées à Rome s'étirent mollement : lire, se rafraîchir dans la piscine, acheter de *petites* chaussures, de *petits* vêtements, sortir manger, admirer de nouvelles voitures que l'on vient nous montrer à la maison, se faire servir nos repas par le domestique, s'allonger dès 20 heures sur un lit devant la télévision et médire de l'humanité, puis, à 22 heures, écouter mon père ronfler.

Voilà des jours et des nuits que mon père et Biggi se querellent. On ne s'occupe pas de nous, il n'y a plus de repas. Nikolai nous fournit le strict nécessaire. Nous rasons les murs comme des ombres, la peur au ventre d'être les prochaines cibles de la colère paternelle. Le plus clair du temps, nous nous terrons dans un coin à espérer qu'enfin cessent vacarme sourd, provocations, cris et lamentations étouffées. Tard dans la nuit, lorsque nos têtes tombent de fatigue, l'une des deux prend l'initiative de conduire l'autre au lit.

Malheureusement, depuis des années, je n'ai pas encore saisi quelle devait être mon attitude dans de telles situations. Si je rentre avec Nastja dans la chambre de la discorde pour dire bonne nuit, mon père hurle que nous devons disparaître. La fois d'après, nous allons au lit sans un mot, alors il rentre dans la chambre au milieu de la nuit, allume et crie : « Alors, crétines, vous ne dites plus au revoir ? »

Cette fois, c'est ma belle-mère qui me réveille en pleine nuit. Elle sanglote : « Je n'en peux plus ! Je ne le supporte plus ! Je le quitte ! » Biggi se laisse convaincre d'aller dans le jardin. Accroupies dans un coin, je la caresse timidement. Manifestement, elle m'a prise pour alliée.

Soudain, mon père surgit derrière le buisson. Je sursaute. Je crois voir un esprit. Il se tient devant nous les bras croisés, le visage déchiré par une mauvaise grimace.

Avec Biggi, nous regagnons la maison en courant. Elle est terriblement énervée, elle jure et pousse de hauts cris. Je ne suis pas certaine de savoir comment me conduire. Peut-être va-t-il écouter. Prudemment, je m'approche des fenêtres et regarde dehors. L'eau de la piscine scintille, les épais buissons sont silencieux. Là, quelque chose, une ombre ! Je me mets derrière le rideau et épie de nouveau. Une échine apparaît brièvement et se déplace le long de la fenêtre : Aljosha, le chien de berger. Je suis son chemin. La chemise claire de mon père étincelle. Ce n'est pas le chien ! Il rentre, nous insulte de trous du cul débiles et de truies, et nous ordonne de dormir dans son lit, feulant comme un dragon, et ressort. Un instant, je reste aux aguets – pas un bruit. Il a disparu. Je suis prise de panique. Je deviens folle de peur. Un couteau ! Il me faut une arme. Je me glisse sans un bruit dans le couloir. Dans la cuisine, une lampe est allumée. Tout est reluisant et rangé, verres, assiettes et couverts attendent le lendemain. Comme au ralenti, j'ouvre un tiroir de l'armoire et y prends le couteau à pain. Je le serre fermement contre ma poitrine et retourne dans la chambre. Je me couche tout habillée sur le lit, sors le couteau et suis des yeux les taches lumineuses au plafond reflétées par l'eau de la piscine. Elles ne parviennent pas à me déconcentrer. Lorsque Biggi sort de la salle de bains et me voit ainsi, elle se moque de moi : « Mais qu'est-ce que ça veut dire ?

– J'ai peur de Babbo !

– N'importe quoi ! Il ne te veut aucun mal ! »

Soudain, le lit vibre. On pousse le matelas par-dessous. Un tremblement de terre ! Un animal sauvage ! Je veux crier ; une tête apparaît au pied du lit, une silhouette s'agite, se relève péniblement. Dans la faible lumière de l'extérieur, je reconnais les contours de mon père. Il se poste, jambes écartées, devant la fenêtre, et je sens son regard. La sensation d'étouffer se mêle à mon désespoir. Je veux mourir sur-le-champ. Il s'est caché sous le lit et a tout entendu ! En un instant, mon front, ma nuque, mes lèvres sont trempés de sueur. Je respire ma propre angoisse. Mon père ne bouge pas. On n'entend que son halètement comme s'il ne pouvait plus respirer par le nez. « Pola a bien de la chance ! Elle peut s'en aller quand elle le souhaite ! » dit Biggi avec effronterie. Mon père lui répond en aboyant : « Que trouve-t-elle à ces petits-bourgeois de Munich ? » Puis il commence à insulter ma mère le plus grossièrement qui soit. Là, je n'en peux plus ; je crie, crie, crie encore sans plus m'arrêter, surprise de la puissance de ma voix. Ça ne fait qu'attiser davantage la haine paternelle. Il bondit sur moi comme un félin, m'arrache le couteau des mains, me tire du lit, me jette de la chambre. Puis il s'en prend à Biggi qu'il lance contre moi avec tant de rage que nous en tombons presque à la renverse et il nous poursuit dans le couloir sombre jusque dans la chambre de ma sœur. Il nous ordonne de dormir dans son lit étroit. Nastja doit dormir dans le salon sur une banquette tendue de soie.

Biggi s'écroule sur le lit. Comme il n'y a de la place que pour une personne, je m'agenouille à ses pieds, pose ma tête sur le matelas et m'endors. Manifestement, je n'ai pas bougé d'un pouce jusqu'au réveil puisque je me trouve dans la même position. J'ai des fourmis dans les jambes, je ne peux plus les bouger. Peu à peu, je me rappelle où je suis, pourquoi je suis ainsi recroquevillée, ce qu'il s'est passé dans la nuit. Je regarde Biggi. Ses yeux sont fermés.

La fraîcheur du matin, le bleu du ciel, le soleil – tout ça semble nous narguer. Je n'aime pas le jour et renfonce ma tête dans le matelas. Les bruits du dehors parviennent à mes oreilles. On ouvre doucement la porte. Je fais semblant de dormir. Un cri aigu me fait sursauter. Le visage de Nikolai fait une brève apparition avant de disparaître de nouveau. Une ombre, un coup de pinceau. Une porte claque. Ai-je rêvé, me suis-je seulement imaginé que Nikolai avait passé la tête dans la porte ? Peut-être voulait-il réveiller ma sœur, ainsi qu'il le fait tous les matins avec nous, les enfants ? Peut-être pense-t-il devenir fou dans cette maison impossible ; la belle-mère dans un lit d'enfant et moi accroupie à ses pieds.

Au bout d'un moment, je n'en puis plus. J'ai terriblement froid, mais je ne veux pas me glisser sous la couverture auprès de Biggi. Pas plus que je n'ose aller dehors. Qui sait ce que mon père fera de moi s'il me voit ? Je dois réveiller Biggi. Je touche délicatement sa jambe. Elle gémit, elle a l'air d'avoir mal. « Quelle heure est-il ? demande-t-elle.

— Je n'en sais rien ! » Soudain, elle saute du lit, me regarde, gênée, et dit : « Je dois partir ! » Puis elle fait deux pas en avant, deux pas en arrière comme si elle était dans une cage. Son comportement m'effraie. J'essaie de lui dire d'une voix rassurante où mon père se trouve, ce qu'il fait, comment va se dérouler cette journée… Mais elle ne me répond pas, ne répète que cette seule phrase : « Je dois partir ! » La peur qu'elle soit devenue folle à son tour me gagne.

Mon père se tient devant la porte : « Viens, nous allons en ville pour nous offrir un tas de belles choses ! » J'ai si peur que toutes mes forces m'abandonnent. Je dois m'asseoir sur le lit. Ma belle-mère le laisse là et sort de la chambre, sans un bruit, en passant devant lui. Il s'assied à mes côtés, me passe la main dans les cheveux comme s'il ne s'était rien passé. « Je t'en prie, ma petite poupée ! Fais en sorte qu'elle me pardonne. Elle m'a fait de si horribles choses, s'il te plaît, supplie-la de rester, à genoux ! Promets-le-moi ! Tu dois y arriver ! Je t'offrirai ce que tu veux ! »

Ça m'est désagréable de mendier pour lui devant ma belle-mère mais, à cet instant, je suis si infiniment soulagée et lui suis si reconnaissante de sa bonne humeur que je ferais tout pour lui. En même temps, je ne me sens d'aucune aide et ignore comment réussir à le faire changer d'avis. Je trouve ma belle-mère devant l'armoire de sa chambre à coucher. Elle prend au hasard ses habits sur les cintres et les fourre dans des valises et des sacs de voyage ouverts sur le lit. Elle est tellement hors d'elle qu'elle ne m'entend pas rentrer. J'ignore par où commencer, je frôle le mur d'un air gêné jusqu'à me tenir derrière elle. « Biggi », dis-je doucement. Elle se retourne et me regarde. Je me ressaisis : « Biggi ! S'il te plaît, reste avec papa ! Sinon il va se tuer ! Il ne peut vivre sans toi ! Tu es toute sa vie ! Je t'en prie, ne le quitte pas ! Il regrette tant ! S'il te plaît, s'il te plaît, reste ici, s'il te plaît ! » Je tombe à genoux ainsi que me l'a ordonné mon père. D'abord, elle me regarde durement, elle fronce les sourcils. Puis elle crie : « Et maintenant, c'est ta fille qui m'importune ! » Elle n'aurait pas dû dire ça. Mon père entre en trombe et crie de plus belle, si fort que j'en deviens sourde et que je chancelle hors de la chambre.

Nastassja me rejoint en pleurant. Voici que nous pleurnichons toutes les deux, titubons à travers les pièces jusqu'aux quartiers de Nikolai où se trouvent les cuisines. Il est assis dans sa chambre sur son lit, le visage dans les mains. En nous voyant, il nous jette un regard et ouvre grands les bras. Ma sœur et moi nous jetons dedans. Bien que Nikolai soit petit et frêle, il donne l'impression d'être un arbre solide. Il nous serre fort contre lui, et, lorsque hurlements, cris étouffés et gémissements deviennent insupportables, il met ses mains sur nos oreilles.

J'ai perdu toute notion du temps. J'ignore combien de temps nous sommes restés ainsi. Sous la main de Nikolai, de la sueur coule sur mes joues, très lentement, ça colle, mais je ne veux bouger pour rien au monde. Puis sa main se défait de mon oreille, tout doucement, elle reste un peu collée et se sépare tout à fait. Mon oreille est chaude et écrasée. Je peux enfin me gratter. Je l'écoute attentivement : silence. Aucun bruit. Ça ne présage rien de bon. Je regarde Nikolai qui me regarde à son tour. Je vois ma petite sœur qui dort dans ses bras. Au loin, on entend ricaner, glousser, rire. Je regarde Nikolai derechef. Il hausse les épaules, ne sait que dire. Mon père prononce nos noms d'une voix suave à travers les pièces. Nikolai s'effraie, il secoue ma sœur. Elle bondit et se couche directement sur le matelas où elle continue de dormir. Je tapote ses joues pour la réveiller. Comme elle ne réagit pas, je la tire du lit et la traîne derrière moi en direction des voix. Notre père nous accueille. Biggi est fermement pendue à son bras. Il plaisante avec elle, badine comme s'ils étaient un jeune couple. Il fait tourbillonner sa femme dans la pièce et crie : « Nous allons à la mer, nous allons à la mer puis en ville ! » Elle accepte, visiblement son racolage a fonctionné. Ce qu'il lui arrive est incompréhensible. Sa bonne humeur a l'air forcée et crispée. Ça me met mal à l'aise mais j'essaie de ne pas y penser.

Nous nous hâtons tous de quitter l'appartement. En voiture, direction Fregene, mon père ne cesse de raconter des blagues pour détendre encore l'atmosphère. Peu à peu, nous nous laissons prendre par sa bonne humeur et en venons même à chanter.

Une fois sur la plage, nous courons vers la mer et nous nous aspergeons jusqu'à ne plus pouvoir tenir debout à force de rire. Nous tombons sur le sable les uns sur les autres. Il est chaud et tendre comme de la soie. Je veux m'y enfouir, je creuse de plus en plus profond jusqu'à ce que mes doigts soient froids et mouillés. J'entends des enfants au loin. Ils se jettent à l'eau, sautent en l'air, plongent, hurlent de rire. Je les regarde avec envie. J'aimerais tant jouer avec eux. Mais mon père se lève soudain, secoue le sable de ses cheveux, nous ordonne de nous lever. Il a faim et veut aller manger dans un restaurant de la plage. Il nous prend les unes après les autres, tapote, caresse, secoue, enlève jusqu'au dernier grain de sable. Le sable tendre est si chaud que nous sautillons plus que nous marchons en direction du restaurant pour ne pas nous brûler la plante des pieds. Nous tournons le dos à l'eau fraîche et attirante.

Nous sommes installés à une table sur la terrasse — au moins, d'ici, puis-je observer les enfants s'amuser. Devant moi, une assiette avec un liquide vert sombre dans laquelle se dissout un morceau de pain blanc.

Avec un tas de petits morceaux blancs : « Ail rissolé sur du pain blanc dans de l'huile d'olive », dit mon père. Il remarque que je cherche les couverts des yeux et m'enseigne qu'on doit prendre le pain avec les doigts et mordre dedans : « Comme ça ! » La moitié du pain disparaît dans sa gorge. De l'huile coule à la commissure de ses lèvres, je détourne le regard. Il a l'air maladroit et drôle, mais je ne veux pas l'agacer. En outre, j'ai faim. Je fais exactement comme lui. L'huile coule sur la table et sur ma robe. Lorsque je mords dans le pain, ça m'éclabousse le visage. Dieu soit loué ! Babbo n'a rien remarqué, tout occupé qu'il est à lécher, sucer le gras au coin des lèvres de Biggi – à lui aspirer la bouche. Je suis gênée par la manière dont il se comporte en public. Je regarde fixement mon assiette. Après cette orgie de gras, on dispose sur la table de petits poissons grillés et de la salade. L'immense glace du dessert me console un peu d'avoir dû renoncer à la baignade.

Le soleil de midi brûle implacablement dans le ciel. Mes cheveux collent à mon visage. Ma robe me colle. Mon dos me démange atrocement, je me frotte au dossier de la chaise, ça ne fait qu'empirer. Lorsque Babbo est de nouveau occupé à léchouiller, je prends ma fourchette, la passe dans ma robe par le haut et gratte jusqu'à en avoir mal.

Même sur le chemin du retour, mon père semble être de bonne humeur. Il rigole beaucoup avec Biggi, caresse sa jambe, l'embrasse dans le cou. Elle ricane, minaude. La Rolls grimpe la colline par à-coups jusqu'à la maison. Nous chantons, sifflons, sommes détendus.

« Qu'est-ce que c'est ? » demande mon père. Devant nous, sur la route, un ivrogne à vélo. Solidement amarrée au porte-bagages, une pile de vêtements et de livres.

Le vélo fait des embardées. Je le reconnais, ce n'est pas un ivrogne : c'est Nikolai. Il s'en va. Dans sa précipitation, il a rassemblé ses maigres effets et fui l'enfer. Mon père klaxonne, le petit homme sursaute, vélo et cycliste vacillent dangereusement, menacent de s'effondrer. Mais Nikolai redresse sa bicyclette et appuie énergiquement sur les pédales. Je crois que mon père n'a pas vraiment saisi le sérieux de la situation, sinon il n'aurait pas laissé partir le domestique. Jamais plus nous ne l'avons revu.

Après les vacances estivales, ma mère m'inscrit à l'internat Neubeuern. Mon père en assure les coûts. C'est une école mixte où je me sens très bien. Les familles nobles et fortunées du monde entier placent leurs enfants dans ce château situé sur une montagne de la vallée d'Inn en raison de son prestige ou parce qu'ils en ont assez de leur progéniture pourrie gâtée. L'argent n'est pas un souci. Leurs enfants profitent de la meilleure éducation et des meilleures conditions : langues, musique, toutes les disciplines sportives, des cours d'art.

Cependant, on ne travaille pas beaucoup. Avant les devoirs importants, les garçons empruntent nos bas de soie. La nuit, ils rentrent masqués dans la salle des professeurs et volent dans l'armoire les copies du devoir du lendemain. Un premier de la classe doit le faire – ainsi, nous avons tous des notes excellentes. En récompense, il sera un peu moins harcelé.

Bien entendu, fumer et quitter l'internat après le dîner sont strictement interdits. Cependant, chaque soir, les professeurs me trouvent dans le parc du château avec des garçons des classes supérieures. Ils me plaisent bien plus que ceux de ma classe qui se laissent manipuler si facilement. Comme Gerrit, un externe des environs. Pour la pause, il a toujours un petit pain au jambon. C'est délicieux. Tous les jours, je le lui vole dans son cartable. Je peux me le permettre parce qu'il est amoureux de moi. Il réagit donc comme s'il était énervé, me fait une clef de bras dans le but de me dérober un baiser. Jamais je ne lui cède.

Comme j'ai honte de ma nudité, je ne me douche jamais avec les autres filles. Je suis persuadée que chaque doigt, chaque baiser de mon père peut se voir sur ma peau. Marquée au fer rouge pour l'éternité. Je ne m'aventure dans la salle des douches que lorsque toutes sont endormies et qu'il n'y a plus un bruit. Après avoir trouvé la douche qui coule le mieux, je me glisse sous son filet d'eau qui m'enveloppe ; je me sens à l'abri. Par ailleurs, je suis certaine que l'eau chaude lave une partie de mes péchés.

Les passagers doivent attacher leurs ceintures pour l'atterrissage. Cette fois, ce sera différent à Rome. Ma sœur et Biggi ne sont plus là. Ma belle-mère s'est séparée de mon père et a déménagé à Berlin avec Nastja. Pour la première fois, je vais vivre seule avec lui dans la grande maison de la Via Appia Antica qu'il a louée depuis ma dernière visite. Une ancienne église du XVe siècle bâtie sur des fondations qui dateraient de l'époque romaine. L'avion se prépare à l'atterrissage, je me crispe, enfonce mes doigts dans le siège, de peur que l'appareil ne reparte. Cette panique m'envahit à la fin de chaque vol.

Aujourd'hui, je vais prendre un taxi. Mon père n'a pas le temps de venir me chercher. Auparavant, je bois un café dans le hall d'arrivée et allume une cigarette avec mon briquet Bulgari en or, recouvert de laque bleu foncé. Il a coûté une fortune – d'après mon père. À mes pieds, jetés sur le sol, mon sac de voyage en chevreau et mon sac à main Gucci.

Un étrange pressentiment me tétanise. Le moindre mouvement me demande des efforts incroyables. Qu'est-ce qui m'attend ? Mes doigts sont endoloris, je les bouge, je dois m'assurer qu'ils fonctionnent encore. De quelle humeur sera-t-il ? Qu'allons-nous faire ? Acheter des vêtements, des chaussures, des sacs ? Aller manger ? Le trajet en taxi est interminable. Depuis longtemps, le Forum et le Colisée sont derrière nous. Pour l'heure, il n'y a que des cyprès et des pins. Je les compte. J'en suis à trois cent deux. L'heure n'arrête pas de tourner. Le chauffeur est ravi de ce trajet si rentable et en devient de plus en plus causant. Il m'explique que cette route cahoteuse, la Via Appia Antica, mène jusqu'à Naples. Peut-être a-t-il déjà dépassé l'endroit où je vais. Peut-être me conduit-il à Naples. Cette idée me plaît. Avant tout parce que le chauffeur est beau, qu'il est âgé de cinq ans de plus que moi, et qu'il flirte avec moi de manière éhontée. Si mon père le savait, il le tabasserait et me tirerait dans la maison par les cheveux. Par sécurité, je regarde dans le taxi – il n'y a personne d'autre.

La voiture ralentit, bifurque, s'arrête devant une porte en fer de plusieurs mètres de haut qui s'impose entre des murs d'une autre époque ; derrière, des cyprès. Calmes et majestueux, ils ne sont dépassés que par le clocher : carré, en pierres naturelles, surmonté de créneaux. Trois fenêtres les unes au-dessus des autres, donc trois étages. Mais je ne vois pas de cloche. La porte s'ouvre automatiquement en émettant un faible son. Nulle trace de mon père. Je paie, jette mes longs cheveux en arrière, mon sac sur l'épaule et m'avance sur le gravier. Un bruit de ferraille ; je me retourne – c'est la porte qui vient de se refermer. Sur ma droite, un cabanon de jardin. Des roses foisonnantes où que je regarde. Je fais quelques pas indécis vers l'église ; toujours aucune trace de mon père. Peut-être est-ce la mauvaise maison ? À moins qu'il n'ait oublié ma venue ?

Me voici juste devant : église ou château, qu'est-ce donc ? Des branches courent jusqu'au sommet des murs fissurés – ça n'a pas l'air accueillant. Je me sens petite et chétive. Aucun père à l'horizon. Je préférerais qu'il soit là.

« *Buongiorno, signorina !* » Une minuscule femme, en forme de fuseau, se dandine vers moi. Elle est vêtue de noir de la tête aux pieds. Une employée, je suppose. Elle prend mon sac. Je la précède dans le hall d'entrée. De grands carreaux cabossés, des murs sales. La fraîcheur du lieu est agréable. D'ici, je peux voir d'autres pièces, toutes vides, des fenêtres jusqu'au plancher, et la cuisine du château. Je reconnais le bout de la table en marbre de la Villa Cassia Antica. Ici, elle a l'air petite et fragile. Je suis sidérée par les proportions. La dame en noir m'informe que mon père a été retenu et qu'il n'arrivera que plus tard. Elle voudrait me servir quelque chose à manger avant de rentrer chez elle, dans sa famille. Hors de question que je reste seule ici. La peur monte en moi. « Le veilleur de nuit passera plus tard », tente-t-elle de me rassurer.

« Venez, signorina ! Je vous fais visiter la maison. » Pour se rendre aux étages, nous devons soit prendre l'ascenseur, soit emprunter l'escalier extérieur qui semble avoir été plaqué contre le mur avec de la colle à papier. Il est étroit et dépourvu de rampe. Je choisis l'escalier. Je me méfie toujours des ascenseurs ; à peine leurs portes se referment-elles sur moi que je n'ai plus d'air, que je transpire, que je suis prise de panique à l'idée de ne pouvoir en sortir. Un jour, dans un hôtel, j'ai préféré prendre l'escalier jusqu'au douzième étage pour aller voir mon père.

La dame court devant moi. Elle va bien vite avec ses petites jambes fines. Elle n'a probablement qu'une hâte :

rejoindre ses enfants. En haut de l'escalier, une porte en bois ouvre sur un étroit couloir. Il est recouvert de tapis couleur ivoire. Aux murs, des armoires encastrées du même ton. Une odeur familière de cuir, d'étoffe, de parfum, de luxe. D'ici, on doit gravir encore quelques marches. On ouvre une porte, elle grince, je dois me baisser tant l'encadrement est étroit. J'arrive dans une sorte de galerie et en oublie presque de respirer : sous moi s'étend la nef. De chaque côté, les fenêtres se terminant en pointe laissent passer les rayons du soleil du soir. Ils se rencontrent en son centre. Sur le fronton, une cheminée si grande que je pourrais me promener dedans. Des bancs baroques sans fin, une fois encore tendus de damas vert océan et bleu nuit. Des couvertures en vison froissées comme si quelqu'un venait de se lever. Je descends les marches et m'affale sur une des chaises. Une allée de candélabres borde le couloir jusqu'à la cheminée. Un jour, mon père m'a dit qu'il se sentait comme un tsar. C'est pour cela qu'il nous a donné des prénoms russes et qu'il doit s'entourer de tout le luxe de l'univers. Il vit déjà comme un empereur : vêtu de soie dans un château aux meubles baroques, des verres dans lesquels l'eau ressemble à du vin, des assiettes dorées. Des dragons et des poissons qui crachent de l'eau, des domestiques, de somptueux carrosses.

Les lourdes plaques de pierre qui forment le sol sont idéales pour jouer à la marelle : un, deux, trois... Je sautille à travers la pièce jusqu'à son extrémité. En réalité, j'ai passé l'âge pour ce genre de chose mais ces dalles m'y invitent. Je saute dans l'autre sens, puis recommence encore et encore. Je dois le faire, impossible d'arrêter.

Soudain, la dame en noir est devant moi et me prie de continuer à la suivre. C'est volontiers que je la laisse me conduire. Ainsi, je peux tout regarder tranquillement. Avec mon père, ce serait impossible. À côté de l'ascenseur, des marches en pierre conduisent en haut de la tour. Le premier étage est composé d'une chambre à coucher, d'une salle de bains et d'une buanderie. C'est ici qu'il réside, dans la plus grande des pièces. Tout est en soie bleue et assez sombre. Probable que jamais les rideaux ne soient ouverts. C'est désagréable à regarder. Je passe rapidement. Chaque étage ressemble au précédent. Ne changent que les couleurs et la taille des chambres. « Ainsi, vous pouvez vous y retrouver, signorina. Je dois partir. Le couvert est mis dans la cuisine. Le repas est dans le frigo », me dit-elle avant de disparaître dans l'escalier.

Me voici complètement seule dans ce clocher. Y a-t-il encore des choses qui me rappellent ma sœur et Biggi ? Ou bien ont-elles tout pris ? Je suis étonnée que les immenses photos noir et blanc de nous quatre n'apparaissent nulle part. Par ailleurs, tous les murs sont vides, hormis une imposante peinture dans un cadre doré dans la nef. Elle représente un entrelacement de femmes nues amassées qui se baignent. Je n'aime pas la regarder.

Un silence de mort. Pas même le chant d'un oiseau. Lentement, la lumière quitte la maison. Je dois sortir. Je dévale l'escalier, jette un regard dans la cuisine et prends au passage une pomme d'un compotier. On a oublié de fermer à clef la double porte du parc. Espérons que personne ne soit rentré. La lampe de la cuisine répand sa lueur froide sur un escalier de pierre qui conduit au jardin. Je m'assieds sur les marches – elles sont encore gorgées de soleil. Au bout de l'escalier, je peux encore voir le gravier blanc et les contours de buissons. Tout le reste est dans l'obscurité. Des pas crissent. Quelqu'un s'approche de l'escalier. Enfin, mon père ! Soulagée, je descends les marches quatre à quatre pour aller à sa rencontre. Une silhouette sort du noir, apparaît dans la lumière. Ce n'est pas mon père mais un inconnu. « N'ayez pas peur, signorina, je suis le veilleur de nuit », dit une voix. Je regarde le visage avenant de l'homme. Il porte un uniforme et une casquette à visière. Le sang remonte dans ma tête, je peux de nouveau penser. Je lui demande s'il veut une chaise. Il fait un large sourire, ses dents brillent. « Non merci. » Il s'assied un peu à l'écart, deux marches plus bas. « Ou boire ou manger quelque chose ? » Je me précipite dans la cuisine à la recherche de quelque chose qui lui ferait plaisir. En aucun cas, il ne faut qu'il parte maintenant. Il doit me tenir compagnie jusqu'à l'arrivée de mon père. Avec quoi le retenir ? Avec tout ce qu'il y a dans le frigo, on peut dresser un vrai buffet. Homards, langoustes, caviar, petits paquets de filet de bœuf avec… « Une bière ! Ce sera très bien ! » crie l'homme. Je saisis immédiatement deux bouteilles fraîches de Heineken, et, après avoir farfouillé dans les tiroirs, je mets la main sur un décapsuleur. Je manque de trébucher d'excitation, parviens à me rattraper et m'accroupis à ses côtés. Je veux avoir l'air cool, décapsule les bouteilles avec professionnalisme, lui tends une bière, prends l'autre et trinque avec lui. Je bois ma bière d'un trait. Le veilleur de nuit rit bruyamment, approuve en connaisseur et exhibe de nouveau ses rangées de dents. Je crois qu'il en est incroyablement fier. Même s'il ne m'est pas particulièrement sympathique, je suis très contente qu'il soit là. Il me raconte ses histoires sur les autres palaces de la Via Appia qu'il doit surveiller.

Il trahit quelques secrets de leurs célèbres propriétaires, certains volages et d'autres drogués. Je lui apporte une autre bière et il continue à parler jusqu'à ce qu'il bondisse sans crier gare. Il remet sa casquette, balbutie quelque chose à propos du devoir avant d'être happé par la nuit. Me voici donc de nouveau seule. J'ai froid mais je ne veux, pour rien au monde, retourner dans la maison. Je vais aller chercher une veste. J'ai des fourmis dans les jambes d'être restée accroupie si longtemps. Je parviens à peine à bouger : des millions d'épines me traversent les pieds et le bas des jambes. Après avoir frappé du pied plusieurs fois, ça va mieux.

Tout à l'heure, j'ai vu dans le hall d'entrée une chaise avec une couverture en laine. Je vais la chercher, m'enroule étroitement dedans et m'assieds de nouveau sur les marches devenues froides. Les buissons alentour ne sont plus que des contours. Des silhouettes de pierre se détachent dans la nuit. Où est Babbo ? Où se trouve mon père ? Peut-être a-t-il eu un accident ? Peut-être gît-il à l'hôpital ? Peut-être est-il mort ? Assassiné ! Que ferais-je alors ? Prendre l'argent de son compte, vivre dans cette maison avec mes amis ? D'abord, je ferais installer une cloche au sommet du clocher. Pas d'église sans cloche ! Mais en réalité, je ne souhaite pas qu'il soit mort. Je vais attendre son arrivée ici. Qu'importe quand il sera là. Je ramène mes genoux contre moi parce que j'ai de plus en plus froid.

« Ma petite poupée adorée, pardonne-moi ! Pourquoi n'es-tu pas au lit ? Il fait beaucoup trop froid ici pour toi », me glisse une voix. J'ai dû m'endormir sur la marche d'escalier. Jamais encore je n'ai été aussi heureuse que mon père apparaisse. Je passe mes bras autour de ses jambes, je ne veux plus le lâcher. Il a un rire gêné, me relève et m'embrasse de ses lèvres mouillées. Déjà, je ne suis plus si contente qu'il soit là et me détourne. Ça ne le déconcerte pas. Il me serre contre lui, monte avec moi dans la maison, marche après marche, jusqu'en haut de la tour, jusqu'à sa chambre. Il tire de sa veste un paquet rose. « Pour toi, mon petit ange », murmure-t-il. Je tire sur le nœud qui se défait tout seul et soulève le couvercle d'un cube tapissé de soie. À l'intérieur, sur un coussin de satin blanc, une montre. « C'est une montre Cartier ! Ils font les montres les plus chères du monde », fanfaronne mon père. Certes, le bijou est superbe mais je hais les montres. Bien entendu, je le remercie et ne lui laisse pas voir que je ne sais qu'en faire. Mon père rompt ce moment pénible en me prenant l'écrin des mains, en faisant tourner sa langue dans mon oreille et en commençant à me déshabiller. Entre-temps, je me demande à qui je vais pouvoir revendre cette montre à Munich.

Tandis que mon père assouvit ses fantasmes, je tombe dans un puits abyssal. La nuit m'enveloppe, je n'éprouve plus rien. Je ne me défends que lorsqu'il est trop grossier – alors je le fais patienter : « La prochaine fois, oui, la prochaine fois. » Je sais bien que je mens.

Nous passons le lendemain dans le centre de Rome ; la course habituelle de boutique en boutique. Chez Bulgari, le joaillier, il chuchote avec un homme qui ne cesse de le courtiser. Plus tard, un petit paquet rouge est posé sur la banquette arrière de la Rolls. Le soleil commence à décliner ; au-dessus de lui, un quartier de lune blême. Le chemin du retour à travers la ville est magnifique. Les places avec les fontaines, les terrasses, les gens légèrement vêtus qui rient, qui s'embrassent.

Et moi qui suis enfermée dans cette voiture ! Dans cette maison ! La voiture tourne dans l'allée. La porte de fer claque, la cage est de nouveau close.

Mon père prend un bain, reste longtemps devant le miroir, essaie différents pantalons, chemises, vestes. Ce qu'il jette atterrit sur le sol. Du travail pour le personnel de maison. Le tas de vêtements grossit considérablement. Il a l'air absent. Probablement me laissera-t-il de nouveau seule ce soir. Je ne le supporterai pas ! Je dois m'en aller ! Comment lui faire comprendre que je veux me jeter dans le monde ? Je suis jeune, je veux vivre, je veux aller en ville, rire avec ces filles et ces garçons, danser, profiter. Au lieu de cela, je suis retenue dans une église par un vieil homme et dois attendre qu'il revienne me faire subir sa lubricité.

« Ciao, mon ange, je dois m'absenter un instant ! » souffle mon père. Il pose ses lèvres humides contre les miennes, attrape un panama et disparaît. Lorsque j'entends vrombir le moteur, je me précipite aux toilettes les plus proches pour vomir. Ça ne me suffit pas. J'enfonce un doigt, deux doigts, toute la main dans la gorge jusqu'à ce que ne coule plus qu'un liquide jaune dans la cuvette et que je sois prise de vertige. Je tangue devant le miroir. Une inconnue me dévisage : un regard vide et humide, les traits flous. Je me retourne, m'écroule sur un lit et pleure, renifle. Qu'importe, personne ne m'entend ici ! À Munich, je suis superflue, non désirée, dérangeante. Chez mon père, je suis désirée, honorée, il se bat pour moi, me montre à quel point je lui suis indispensable, à quel point c'est formidable que je sois là. Et il m'impose sans cesse ses désirs.

Quelqu'un siffle une chanson. Le veilleur de nuit ! Le seul homme qui chasse, un court instant, ma solitude et ma peur.

« Bonsoir, j'arrive ! » hurlé-je d'une fenêtre. Je dois me courber loin en avant pour voir dehors. Le linteau fait au moins un mètre de profondeur. Il est sur le gravier, sous la fenêtre, en blanc et bleu, et a le même large sourire que le chat d'*Alice au pays des merveilles*. Tellement soulagée qu'il soit venu, je mets quatre bouteilles de bière, du salami, du fromage, du poulet, du pain blanc dans un saladier, et, pleine de reconnaissance, je le lui apporte sur les escaliers. « *Grazie mille !* » se réjouit-il. Nous nous asseyons de nouveau sur les marches, nous trinquons. Il me raconte ses histoires sans s'arrêter de mâcher. De temps en temps, j'aperçois la bouillie dans sa bouche ; ça m'écœure et je regarde vite ailleurs. Le temps passe. Il remet sa casquette, prend congé et disparaît. Malheureusement.

Il est probablement déjà tard mais je ne veux pas me coucher tout de suite. On n'entend rien, ici, de la vie en ville. Ni les stridulations des grillons. Parfois, on entend le hululement d'une chouette. Elle est blanche et guère plus grosse qu'une poire, mais, ce soir, elle n'est pas là. Un coup de tonnerre déchire le silence. Les murs tremblent. Le sol vibre. Qu'est-ce que c'est ? Un tremblement de terre ? C'est la fin du monde ? Babbo, s'il te plaît ! Reviens ! Je m'étends de tout mon long sur les pierres, le visage dans les bras. Un cambrioleur ! Un esprit ! Je ne parviens même plus à pleurer. J'ai juste peur.

C'est ainsi que me trouve mon père. Je ne l'ai pas entendu arriver. Interdit, il me demande ce qu'il s'est passé. Je balbutie des propos incohérents. Il me porte dans la maison, m'assied sur la table de marbre, me caresse le haut de la tête, m'embrasse le front. Il tente de me calmer, m'apporte un verre d'eau. Assoiffée, je le bois d'une traite. Mes dents s'entrechoquent, tout mon corps tremble. Je ne me contrôle plus. Mon père m'enlace tendrement, continue de caresser mes cheveux. Il veut me montrer que je suis en sécurité avec lui. « C'est bon ! Tout va bien ! » Il caresse mes épaules, ma poitrine, il penche la partie supérieure de mon corps vers l'arrière sur la table. Tout en me caressant, il baisse ma culotte de telle façon que je ne puisse remuer les jambes. Je sens sa langue sur ma peau, à l'intérieur de mes cuisses, plus haut, tout doucement. Je me rends insensible. Le plateau de marbre brûle sous mes yeux, il saigne, il nage dans le sang, les pieds blancs de la table courent en dessous, le sang coagule en morceaux, en croûtes. Je me dissous.

Dans la nuit, je me réveille dans son lit. Le drap est tout collant de ma sueur, une odeur étrangère empeste l'air, je suis écœurée. Mon père ronfle à mes côtés. Sans un bruit, je me coule hors de la chambre, je gravis les marches du clocher jusqu'à la salle de bains de l'étage supérieur. Je m'assieds dans la baignoire vide et me savonne jusqu'à être entièrement recouverte de mousse. Puis je me frotte, je me lave, lave ma bouche, lave à l'intérieur, lave ma poitrine, mon ventre, puis surtout entre les cuisses jusqu'à ce que ça brûle. Il ne doit rien rester de lui ! Nulle part ! L'eau enlève cette saleté, je vois mon père disparaître dans le siphon. Puis je m'enroule très serré dans le peignoir, les deux parties se chevauchent largement, je noue la ceinture comme un cadenas. Je dois retourner m'allonger auprès de lui, sinon, s'il se réveille, il va me chercher et fulminer dans toute la maison. Sur le chemin du retour, je passe devant la nef. J'ai envie d'y jeter un coup d'œil. Je ne peux d'abord rien reconnaître. La lune dessine des taches claires sur un amas difforme. Des épieux de bois en dépassent, la toile est empalée par les candélabres. Un animal étrange et contorsionné est à moitié étendu sur les dalles, à moitié accroché à un banc baroque. Il s'agit des restes de la peinture à l'huile qui a retenu mon attention. Elle est tombée à cause de ce coup de tonnerre qui a fait trembler les murs. Satisfaite, je retourne dans la chambre et m'allonge sur le bord le plus éloigné du lit.

Le lendemain matin, la petite dame vêtue de noir m'apporte comme à l'accoutumée du café, des biscuits, des petits pains et du beurre au lit. Je n'aime pas le beurre italien que je trouve rance, qui a le goût de pis de vache. Puis je me lave de nouveau abondamment à condition que mon père ne soit pas dans les parages. J'adore les bains ! La mousse s'accumule sur ma tête, je m'y cache, me savonne, me lave de nouveau, partout. Avec un peu de chance, je suis habillée lorsqu'il vient. L'armoire est si pleine de mes habits qu'il est impossible d'en ajouter. Cependant, je ne prends aucun plaisir à y chercher quelque chose de beau, « à jouer avec l'étoffe », comme répète mon père. Je saisis le premier habit qui vient et l'enfile. Mais il arrive qu'il me surprenne avant que je sois habillée. Alors il me tripote. J'essaie de le fuir, trouve des excuses, me rue aux toilettes, m'y enferme, épie, l'oreille contre la porte, et prie pour qu'il décampe. Je me méfie de l'humeur à laquelle il me faudra ensuite faire face. Les commissures de ses lèvres tombent jusqu'à ses genoux lorsqu'il me fait sentir que je suis coupable. Coupable qu'il soit déçu et offensé. Alors je dois expier. Ça me coûte un effort sans pareil de l'apaiser. La diva se fait prier ! Je dois le courtiser : veut-il faire une promenade dans le parc avec moi ? A-t-il envie d'aller à la mer ? Arrive un moment où il devient bienveillant et il daigne alors me parler. Seulement le strict nécessaire. Mais il reste mutique et absent. Cette privation d'amour est insupportable. Je lui suis donc soumise et fais ce qu'il veut. Juste pour qu'il m'aime de nouveau.

Les jours s'étirent comme du chewing-gum. La journée, mon père m'emmène en ville pour me couvrir davantage de fripes. L'après-midi, je dois faire la sieste avec lui. Le soir, il s'éclipse sans dire où il va. Je suis certaine que les femmes le hantent. Je passe mes soirées avec le veilleur de nuit. La nuit, il revient, me fait ses affaires ; peu lui importe que je dorme ou non, que je pleure ou que je le supplie de me laisser en paix. Savoir si ça me dérange ne l'intéresse pas. Dans sa manière de penser et de ressentir, il n'y a rien que lui – et l'idée de m'aimer lui fait plaisir.

Après deux semaines environ, je n'en peux plus. Je me lamente, lui dis à quel point j'ai envie de revoir ma sœur, à quel point j'ai envie d'aller lui rendre visite à Berlin, elle que je n'ai pas vue depuis si longtemps ! Contrairement à d'habitude, il semble ne pas être contre le fait que je m'en aille. Je me doutais qu'il avait quelque chose en tête. Une fois le billet réservé, une fois qu'il est certain que je m'envole le lendemain, il donne des indications à la petite dame et à son époux pour qu'ils changent la disposition des meubles. Il y aura probablement une nouvelle femme qui emménagera chez lui sitôt que je serai dans l'avion.

Avec mes valises bourrées de fringues, une montre que je pourrais échanger contre une voiture de sport et plusieurs milliers de marks en poche, je sonne à la porte de Biggi à Berlin. Nous tombons dans les bras l'une de l'autre. Ma sœur ne lâche pas ma main, ni moi la sienne.

Je crois que Biggi se réjouit de me revoir, peut-être plus encore du courrier plein d'argent que je lui remets de la part de mon père. Qu'importe ! L'essentiel, c'est que je sois sortie de cette église de l'horreur et de la torture. La pression retombe, mon cœur ne bat plus si vite. Chez Babbo, je connaissais ma belle-mère tendue, crispée. Ici, chez elle, elle et Nastja ont l'air gaies : un appartement avec trois chambres, une cuisine, une salle de bains, et – cerise sur le gâteau – une terrasse sur le toit.

Je reconnais nombre d'objets qui viennent de Rome. Ils ont dû mettre un camion de déménagement dans l'avion. Biggi me raconte comment elle est arrivée à l'aéroport avec enfant, chien, douze valises, des caisses, et, au-dessus, une cage avec Grauen, le matou.

Le premier soir, Biggi me fait découvrir Berlin : la discothèque où elle dansait à dix-sept ans, les cafés, les glaciers… Souvent, nous allons nous promener ensemble. À Kreuzberg, dans un coin sombre, très sale, nous découvrons une porte au cours d'une virée nocturne : couverte de graffitis, cassée et très mystérieuse. Quelques marches mènent à elle, et derrière, la voix de Jim Morrison sur *When the Music's Over* et *Strange Days*. Mon cœur bat la chamade, nous osons nous aventurer à l'intérieur. Une pièce minuscule, pleine de gens et de fumée épaisse ; ça sent le haschich. Nous ne voyons presque rien. Dans un brouillard rouge, jaune et vert, des silhouettes qui semblent avoir été découpées dans le papier tressautent devant les images du kaléidoscope projetées sur le mur. Les gens se poussent, se serrent, s'écrasent. Je panique, veux ressortir mais c'est impossible, la foule pousse en direction des toilettes. Qu'importe ! De l'air ! Dans l'étroit couloir, titubent dans notre direction ce que Biggi appelle des *fixers*. L'un d'eux me tombe dans les bras. Je cherche à le retenir mais il est trop lourd et m'entraîne sur le sol. Biggi me vient en aide, nous nous battons pour retourner dans la pièce à la seule place encore libre sur le banc de plusieurs mètres qui court contre le mur. Devant nous, la foule qui plane fait des vagues. Je ferme les yeux, je suis traversée par la musique des Doors. La pièce, les gens, la lumière, la musique deviennent flous, irréels. Je bouge les doigts, me pince la joue. Aucune sensation. J'essaie d'inspirer profondément. Impossible. Une main froide me prend par le cou. Je bondis. Je dois aller dehors. Biggi nous fraye un chemin vers l'extérieur. Au bout de quelques minutes, je suis remise. On est de nouveau tirées vers l'intérieur. Ce lieu est excitant et menaçant. Comme l'air est essentiellement composé de fumée de haschich, je suis sans doute défoncée. La première fois de ma vie. Sur le chemin du retour, nous trouvons chaque voiture, chaque feu de circulation très comique. À force de ricaner, nous parvenons à peine à nous tenir debout mais retrouvons tout de même notre trajet.

Depuis ce soir-là, je passe toutes mes soirées seule en ville. Je suis frénétique, je veux tout voir, tout vivre, tout m'approprier. Un jour, quelqu'un m'a emmenée dans un club gay du Kurfürstendamm. Il devient vite mon chez-moi. À peine ouvre-t-il que je suis déjà au bar. Horst, le serveur, devient rapidement mon grand frère. La plupart du temps, je danse seule sur les Doors, James Brown, Janis Joplin… Lorsque je suis fatiguée, je m'assieds avec Horst, pose la tête sur le bar et m'endors. Le lendemain matin, à 6 heures, il me réveille et nous allons déjeuner avec les autres serveurs au café Möhring. Je prends ensuite un taxi pour retrouver Biggi. Je me glisse sur la terrasse, regarde les cheminées et les toits se découper sous le ciel matinal. Je respire l'air frais, vais chercher une chaise longue, me blottis sous la couverture de laine puis m'endors.

De retour à Munich. Une ville de liberté, de discothèques, de garçons. Le plus jeune frère de ma mère, celui qui n'a cessé de me torturer lorsqu'il était enfant, m'a prise chez lui. Rien de mieux pour quelqu'un dans sa seizième année que d'avoir une chambre avec sa propre salle de bains et une entrée indépendante. Je lui ai pardonné les misères qu'il m'infligeait. Il est devenu mon oncle préféré parce qu'il est généreux, jeune et cool, parce qu'il m'emmène en discothèque. Malheureusement, maman a très vilainement aménagé la chambre, et ce à moindre coût : lit, table, chaise bas de gamme. Le pire, c'est l'armoire en plastique avec sa fermeture Éclair et ses motifs à fleurs aux couleurs de Tchibo, le magasin discount. Elle a dû la trouver dans un foyer de sans-abri. Ça ne peut avoir coûté plus que quelques pfennigs. Mon père avait probablement imaginé cela bien autrement lorsqu'il lui a envoyé l'argent. Je me trouve bien cependant dans mon premier royaume personnel. Et je peux aller et venir comme je l'entends.

J'habite maintenant à l'autre bout de Schwabing, en direction de Nymphenburg. Le trajet pour gagner la ville est long, j'ai plusieurs correspondances mais ça ne me dérange pas. J'enfile les vêtements achetés à Rome pour sortir et flâne dans Schwabing. Souvent, je vois mon amie Patrizia. Nous descendons et remontons la Leopoldstrasse, passons devant les cafés et savourons les regards des hommes qui attendent, à l'affût des jeunes filles. Ensuite, ils nous emmènent en discothèque. Avec de la chance, j'attrape le dernier métro à minuit et demi. La plupart du temps, je me vautre à la dernière rangée.

Je suis souvent la seule passagère. Je flirte avec mon reflet ou pose mon visage contre la vitre pour reconnaître quelque chose de la ville qui passe. Le chauffeur ne conduit sa machine à travers la nuit que pour moi. Je me concentre sur le fracas rythmé des roues.

Il arrive que le chauffeur doive me réveiller en me secouant. C'est que je n'ai pas tenu bon et que je me suis endormie en chemin. Depuis le terminus, je dois encore marcher dix minutes. Quel bonheur lorsque j'arrive à la maison.

Une nuit, mon oncle m'accueille à la porte : « Ton père appelle depuis environ 8 heures toutes les cinq minutes. Il me hurle dessus, veut savoir ce que tu fais, pourquoi tu n'es pas à la maison à cette heure, ce qu'il me passe par la tête pour te laisser sortir seule. »

À cet instant, le téléphone sonne. « C'est pour toi ! Cette fois, tu décroches ! » braille mon oncle. Je suis vaseuse. La sonnerie se fait plus forte, plus impatiente. Lorsque enfin je décroche, mon père me crie dans les oreilles. Je sursaute et pose le combiné à côté de l'appareil – c'est impossible de le garder contre l'oreille, le tympan éclaterait. Je peux entendre Babbo depuis le balcon. Il glapit, crie, hurle ; je ne comprends rien. De temps en temps, sa voix déraille ; ça devient alors lamentable. Mais il se reprend vite. J'imagine aisément sa face contractée, ses yeux gros comme des assiettes et la mousse autour de sa gueule immense.

« Polaaaaaaa ! »

Je plonge vers le téléphone.

« Oui ?

— Tu m'écoutes ?

— Oui, oui, bien sûr.

— Tu ne sors plus jamais toute seule de la maison, entends-tu ? As-tu compris ? Jamais !

— Oui. »

Il appelle pour m'ordonner d'aller à Rome. Il dit qu'il se sent seul et qu'il éprouve un terrible besoin de me voir. Le billet d'avion devrait arriver bientôt. Je raccroche violemment. Mon oncle me prend dans ses bras et me console. « Je ne veux pas ! Je ne veux pas ! Je ne pars pas chez lui ! »

Deux jours plus tard, je suis dans l'avion.

Plusieurs mois se sont écoulés depuis mon dernier passage Via Appia. Dans le hall d'arrivée, je cherche mon père des yeux. Lorsqu'il est devant moi, je sursaute. Il porte une chemise froissée. Depuis ma dernière visite, il s'est transformé en lézard centenaire. L'expression de son visage est vide, sans vie ; nulle trace d'espoir. Je retiens mon souffle tandis qu'il m'embrasse et me lèche. En marchant à ses côtés, je constate que je suis plus grande que lui. Je me redresse et le regarde d'en haut. Ça me plaît. Il fait d'étranges grimaces. Il tente en permanence de tirer sur ses dents ses lèvres pleines de plis et tombantes. Cette fois, le dentiste les a faites bien trop grandes.

« Nous devons t'acheter de nouveaux vêtements ! Absolument ! » grogne-t-il. Sa voix est si étrange. Je le regarde. Je ne le reconnais pas. Il me traîne de boutique en boutique. J'y suis habituée. Mais aujourd'hui, c'est différent. Il tire nerveusement sur ses cigarettes comme s'il voulait les manger. Son regard est incertain, il marmonne d'incompréhensibles bruits. « Plus court, plus court, encore plus court », dit-il à la tailleuse en train de faire l'ourlet. Elle hoche la tête. Ça ne me plaît pas non plus. Dans le miroir, je ne vois que des jambes qui s'achèvent dans un bout d'étoffe à peine plus grand qu'un mouchoir. Lorsque je bouge, on voit à travers le tissu mes jambes ou mes fesses. J'ai l'impression d'être nue, j'ai honte.

Dans un magasin de lingerie, il choisit des culottes. Il se sert dans les tiroirs. Les fringues atterrissent les unes après les autres sur le comptoir. Du tissu en dentelle, en tulle, des volants, des bandelettes forment peu à peu une montagne. Toutes sont si petites qu'elles ne peuvent rien couvrir.

Lorsque nous arrivons Via Appia, le ciel est déjà bleu foncé, presque noir. Toutes les fenêtres sont illuminées. Ça a l'air chaleureux. Je me souviens de mon calendrier de l'avent – le même à chaque Noël dont on refermait toutes les fenêtres le 25 décembre, et, l'année d'après, je les ouvrais de nouveau, une par jour. Je m'en réjouissais toujours comme si c'était la première fois. Ses employés ont probablement décoré toute la maison. J'espère qu'ils sont encore là. S'il vous plaît, Dieu tout-puissant, ne me laissez pas seule avec lui !

Mon père emporte tous les sacs dans la maison, jusque dans sa chambre. J'appelle à plusieurs reprises : « Il y a quelqu'un ? Il y a quelqu'un ? » Personne ne répond.

« Heureusement, ils sont partis ! Je ne veux pas de cette racaille en permanence autour de moi ! répond-il à ma question. Ma petite poupée, enfile tes culottes, toutes ! Je veux te voir dedans ! » Il roule des hanches, me montre comment je dois faire. J'obéis, je fais ce qu'il ordonne. Il s'assied au bord de son lit et me contemple tandis que je parade devant lui, les bras en l'air, les fesses en arrière. Son regard va et vient sur mon corps. Je suis nue, ne porte qu'une culotte. Il me fait mettre chacune d'elles. Parfois, il passe son doigt dans l'élastique, me tire à lui, me caresse, s'agenouille à mes pieds. Pendant cet interminable défilé de mode, il me raconte ce qu'il a fait ces derniers mois.

Il les a toutes amenées chez lui : mannequins – Loona, par exemple, une Noire de deux mètres –, call-girls, prostituées, dont quelques-unes étaient tout juste sorties de l'enfance. Il les a toutes baisées, *toutes*. Une Anglaise blonde l'a particulièrement excité ; elle lui faisait penser à moi. Des drogués aussi, des *fixers* ont investi sa maison. Il leur a jeté des montagnes de fric à la gueule, tous nourris avec des mets raffinés, ils ont dormi dans sa chambre luxueuse, mangé dans des assiettes en or, bu dans les coupes rouges. Tout ça pour ne pas rester seul. « Tous des parasites ! » Ils ont profité de sa générosité. Lorsqu'il a remarqué qu'ils ne faisaient que l'utiliser, il a « viré cette vermine, ces rats ! ». Les *fixers* ne voulaient pas partir. Dans un accès de colère, il les a jetés dans l'escalier. Lorsqu'ils ont tous disparu, était écrit sur le mur, avec du sang : « Kinski est un salaud ! »

Mon père retire ma dernière culotte.

Ses ronflements déchirent le silence. Sans un bruit, je glisse du matelas, me coule derrière les lourds rideaux de damas. Ils forment un mur entre lui et moi. Je me hausse sur le rebord de la fenêtre, me penche à l'extérieur. La fenêtre est ouverte. Je respire goulûment l'air de la nuit, je veux le boire, aspirer un morceau de ciel. Si seulement je pouvais voler !

La lune éclaire faiblement la cour. Derrière, tout est noir. Une chauve-souris passe. Une de plus. Je pose la tête sur mes bras, je ferme les yeux. Je rêve d'une vie que je ne connais pas : sans angoisse, sans douleur. Je rêve d'un petit ami. Je veux être amoureuse. Mais auparavant, je dois gravir l'escalier sans fin de l'église. Je ne cesse de me tromper. Je dois toujours reprendre depuis le début, ne parviens pas à avancer, bute toujours sur la même marche. Des scarabées noirs pleuvent sur ma robe blanche – ils se fondent immédiatement avec le tissu qui devient une épaisse bouillie grise. Je lutte contre un marais puant, contre un marécage noir. Une voix me poursuit : « Où vas-tu ? Pola, Polaaaaaaa ! Où es-tu ? »

Je suis soudainement réveillée. C'est la voix paternelle qui me cherche à travers toute la maison. Je retiens mon souffle. La voix se fait impatiente, mauvaise et forte. D'un bond, je sors de ma cachette et suis les cris. « Je suis là ! Ici ! » Nous nous retrouvons à la porte de la nef. Il me serre à la manière d'une pieuvre, m'écrase contre son abdomen. « Mon ange, je me suis fait tant de soucis ! » se plaint-il. Je ne peux respirer, il me fait mal, je m'arc-boute contre lui, ne bouge pas, attends le moment de m'enfuir. Ça le rend furieux : « Qu'est-ce qu'il se passe ? Es-tu devenue complètement folle ? Viens, ne t'en fais pas ! » Mes bras pendent le long de mon corps. Je cesse de me défendre.

« Ma petite poupée, emménage avec moi ! J'aimerais que tu sois tout le temps proche de moi ! susurre-t-il. Tu prendras tous les meubles et toutes les pièces que tu veux ! J'ai besoin de toi. Je suis si seul. Tu ne dois pas me quitter ! Tu ne dois jamais me quitter ! Entends-tu ? Comprends-tu ?

— Non !

— Comment, *non* ? crie-t-il.

— Non, je veux dire oui », dis-je dans un gémissement. Il me fait peur. Serait-il devenu fou ?

Mon père n'a cessé de nous photographier, ma sœur et moi, à la moindre occasion. Bien entendu, il nous travestissait selon son humeur : petites robes, chaussettes blanches, rubans dans les cheveux. C'était un supplice : ne pas bouger, sourire, et sourire naturellement. « Ne fais pas cette tête, aboyait-il. C'est incroyable ce que tu as l'air crispée ! Prends un air naturel et avenant ! Souris, bon Dieu, souris ! » Puis, le supplice s'est transformé en une vraie torture. Mon père prend un temps infini pour m'attifer. C'est une réelle épreuve d'attendre qu'il ait trouvé le bon costume. Ensuite, il me maquille : mes cils ressemblent alors à des pattes d'araignée. Il cercle mes yeux de fard puis l'étale de ses doigts. Avec un don tout particulier, il me fait des lèvres roses ou d'un rouge écarlate et l'étale du revers de la main. Enfin, il passe ses deux mains dans mes cheveux et les met en pagaille. Devant le miroir, je m'écrie : « Non ! Hors de question que je me fasse photographier ainsi ! On dirait une pute !

— C'est pourtant si mignon ! Comme si tu n'avais pas dormi depuis cinq nuits ! Vicieuse, dégueulasse ! »

Il est devenu fou. Je dois partir loin de lui. J'ai peur ! Où aller ? Maman, s'il te plaît, aide-moi ! Dieu tout-puissant, aidez-moi !

« Assieds-toi sur la chaise, ici, et regarde-moi ! »
Je m'exécute.

La séance photos dure jusqu'à la nuit. Je ne peux me souvenir de beaucoup de choses. Parfois, je sens ses mains tordre mon corps, le placer dans une position précise. Je fais la morte.

Je serre dans ma main une photo de ma mère petite fille dans un petit cadre rond et doré. Je l'ai emportée à Rome pour m'y raccrocher. Bien qu'il ait détruit le peu de choses qui m'appartenaient, qu'aucun millimètre de moi-même ne m'appartienne encore, que chaque geste, chaque minuscule mouvement dépende de son bon vouloir – même lorsque je dois aller aux cabinets, il me demande où je vais – j'ai réussi à dissimuler cette photo. Je ne la quitte pas : ni pendant les repas ni lorsque je me lave les dents ou me douche. Je ne la quitte pas non plus lorsqu'il me torture et que je fais la morte. Ce trésor est devenu une partie de moi-même : gonflé, froissé, ondulé sous les larmes, la sueur et l'eau du bain. On ne parvient même plus à reconnaître ma mère du haut de ses quatre ans, mais j'idolâtre cette photo, j'en ai besoin, je parle avec elle, elle m'aide à surmonter les tortures, à ne pas succomber.

Comment partir d'ici ? Je veux m'en aller coûte que coûte, mais je le sais bien : l'avion que je prendrai s'écrasera et jamais plus je ne reverrai ma mère. Ce sentiment, cette certitude me rend folle. Je prie Dieu qu'Il me laisse retourner chez ma mère. Pour être exaucée, il me faut ouvrir un livre à une page précise plusieurs fois de suite. Cent fois, deux cents fois. Mon père me surprend, mais je ne peux m'arrêter. Il aboie : « Arrête ! Je connais tout ça ! Je suis bien plus sensible que toi ! Ce ne sont que des foutaises ! Habille-toi, nous allons dîner. » Dès qu'il sort, je suis obligée de rouvrir le livre, sinon je serai punie. sinon, mon avion s'écrasera.

Ma mère téléphone et exige de mon père qu'il me renvoie enfin à Munich ; je ne peux manquer les cours pendant des semaines. Elle ne soupçonne pas à quel point je lui suis reconnaissante. Tout en grognant, il m'achète un billet d'avion.

Avant mon départ, il glisse quelques grosses coupures dans ma poche. « Pour toi, ma petite poupée ! Il faut absolument que tu reviennes bientôt. Puis tu resteras chez moi pour toujours ! Mais il faut encore que je te donne quelque chose. Viens avec moi ! » Il monte deux par deux les marches du clocher de telle sorte que je peine à le suivre. Nous arrivons devant une petite porte en bois, nous ne pouvons aller plus loin. Jamais encore je ne suis venue ici. La clef cliquette dans la serrure, la porte grince. Je dois me baisser pour rentrer. Une pièce aussi petite qu'un cachot avec une minuscule fenêtre. Dans l'obscurité, je distingue une table, une chaise, un lit. Mon père disparaît presque complètement dans une armoire. Des bruissements frénétiques – manifestement, il cherche quelque chose. « Puis ça, puis ça, puis ça… », l'entends-je murmurer. Il refait surface et me tend une liasse de papiers. « Là ! » Je le regarde, l'air interrogateur. « Prends-le, enfin ! » crie-t-il en me lançant le paquet au visage. Les feuilles virevoltent sur le sol. Il crie encore. J'en attrape une partie, je dois rassembler l'autre. Il s'agit de portraits de lui en noir et blanc alors qu'il était plus jeune et encore beau. Il me regarde, incertain. Dans ses yeux, un bref scintillement, une supplication. Je dois lui promettre d'accrocher les

photos au-dessus de mon lit, qu'importe où je vive. « Promets-moi que tu ne laisseras aucun mec, aucun misérable crétin te toucher ! Il n'y a que moi qui ai le droit ! Entends-tu ? Il n'y a qu'ensemble que nous pouvons faire ces choses délicieuses ! Tu comprends ça ? Et jamais tu n'en parleras à personne ! Entends-tu ? Jamais de toute ta vie ! Promets-le-moi ! »
J'acquiesce, je jure, je fais ce qu'il me demande.

Avant le départ, je mets et enlève ma ceinture à de nombreuses reprises. Je dois le faire, j'ai peur, sinon, que l'avion ne s'écrase. L'avion décolle, j'ai l'impression qu'il file à la verticale dans les nuages. Mes ongles s'enfoncent dans mes cuisses jusqu'à me faire saigner. Je me retourne, mon regard va de passager en passager : nulle trace d'inquiétude sur leurs visages. Ils lisent ou dorment, ont l'air tout à fait détendus. Pourquoi suis-je la seule à avoir peur ? Comme rien ne se passe, que l'appareil vrombit avec régularité, je regarde par le hublot. Le ciel lumineux est d'un bleu profond, pas un nuage. La mer scintille sous moi.

Cette fois-ci, mon père n'est pas venu seul à l'aéroport. L'inconnue, à moitié dissimulée derrière lui, est encore plus petite et maigre comme un fil de fer. Ses cheveux longs jusqu'aux hanches sont tirés devant son visage comme des rideaux – ils semblent avertir : « Laissez-moi tranquille ! Je ne veux pas être dérangée. » Elle me salue brièvement, c'est à peine perceptible. Je la regarde de haut en bas. Que ses pieds sont minuscules ! Tout chez elle est petit ! Je suis déjà menue, mais à côté de cette tige, j'ai l'impression d'être un bébé géant. Est-ce sa nouvelle compagne ? Elle a l'air d'une enfant.

« C'est Geneviève ! » dit-il en gobant son visage de sa gueule immense. Une fois repu, il ajoute : « C'est Pola, ma fille ! » Il me prend par la queue-de-cheval, me tire à lui et aspire mes lèvres. Cette Geneviève me toise avec froideur et indifférence, je la regarde à mon tour.

Nous devons nous serrer à trois dans une voiture de sport. Le moteur gronde, j'ai honte devant les badauds. Sentir le parfum de cette inconnue à mes côtés me met mal à l'aise. Je suis compressée entre elle et la portière. Espérons qu'elle ne soit pas subitement emportée et que je ne me retrouve pas éjectée ! J'ose un coup d'œil sur l'inconnue avec laquelle est liée ma moitié gauche. Elle garde la tête droite, de ses cheveux dépassent son nez et sa bouche, ses lèvres sont obstinément closes.

Rome, parée de sa beauté qui m'est dorénavant coutumière, défile sous nos yeux. Toutes les vitres sont baissées. Personne ne parle. Nous nous taisons pendant tout le trajet. Je me sens mal, tendue, étrangère, et me mets à compter les cyprès.

Au deux cent quatre-vingt-dix-septième kilomètre, mon père freine brutalement – l'inconnue et moi sommes projetées contre le pare-brise – et dévie de la Via Appia pour bifurquer dans l'entrée de la villa. Le portail s'ouvre, la voiture roule sur le gravier. Deux dames courent à nous et nous aident à sortir. Je ne les avais encore jamais vues. « Les nouvelles domestiques : mère et fille », m'annoncera mon père plus tard. Elles sont très sympathiques, soumises et apeurées. Un peu plus et elles me feraient une révérence avant de balayer le gravier sous mes pas.

Mon père passe un bras autour de moi, l'autre autour de la nouvelle, et nous rentrons dans le hall d'entrée comme des siamois triplés. Il frotte ses hanches contre elle et moi. J'ai honte devant les domestiques. Que vont-ils penser !

Dans le hall, je regarde autour de moi. Certaines choses ont changé : il y a plus de meubles, de petits fauteuils et de petits sofas, comme s'ils avaient été jetés au hasard. Et partout de grands vases avec des fleurs. L'odeur m'est étrangère, lourde et musquée, comme putride. Le rituel que je connais par cœur commence : ôter mes vêtements, les laisser tomber, marcher dessus, courir dans la salle de bains, plonger dans une montagne de mousse pour y disparaître. Des huiles de bain

Balmain : une prairie recouverte de muguet au printemps. Je respire profondément, les effluves rentrent dans mon crâne. Ces moments pendant lesquels je me sens bien. Lorsque ma peau est fripée à cause de l'eau chaude, je me sèche dans des serviettes douces comme du velours. Je suis une princesse entourée d'or, de velours et de soie ! Puis je ferme le peignoir au plus près de mon corps pour dissimuler ma nudité et n'exciter aucune convoitise. C'est devenu aussi naturel pour moi que de me brosser les dents. Je m'assieds sur le bord de la baignoire et attends. Que faire maintenant ? Où aller ? Avec cette nouvelle femme, l'atmosphère de la maison a changé. Je me sens étrangère et superflue. Le miroir au cadre doré en face de moi occupe presque tout le mur. Il semble veiller sur moi. Rien ne lui échappe, aucun geste, aucun regard. D'ennui, je me mets à jouer avec lui, lui fais des grimaces, lui tire la langue.

J'entends mon nom. J'ouvre la porte et épie. C'est mon père qui m'appelle. De nouveau : « Pola ! » Je suis sa voix et atterris dans sa chambre à coucher. Lui et la créature sont ensevelis dans des montagnes de coussins, de la dentelle et des froufrous.

Des voix d'animateurs italiens braillent dans la télévision posée sur un tabouret devant l'immense lit. Mon père beugle : « Incompréhensible ! Mais je rêve ! Ce crétin ! Il a l'air d'une merde ce trou du cul ! » Il est assis bien droit dans le lit, l'index tremblant en direction de l'écran, puis il bégaie quelques expressions que je ne comprends pas, les yeux exorbités, de la bave à la commissure des lèvres. Je regarde le poste de télé, j'y vois un animateur insipide. De nouveau, mon père est pris d'un rire hystérique, la nouvelle glousse, je glousse donc à mon tour pour me mettre au diapason. Je reste debout, je ne veux pas les rejoindre dans le lit. « Viens vers nous, ma petite poupée ! » feule-t-il. Je m'assieds au pied du lit, sur le cadre, le plus loin possible. Mes fesses effleurent à peine le matelas. Soudain, je glisse et me retrouve par terre. « Que fais-tu ! jappe-t-il. Arrête ton cirque et viens avec nous ! » J'ai honte, me déplace à quatre pattes jusqu'à lui, en contournant le lit, mais reste assise sur le tapis. Mon père caresse ma nuque. Parce que la télé ne m'intéresse pas, mon regard parcourt la chambre. Tout y est comme d'habitude. Non ! Sur une table de nuit, une photo dans un cadre en argent : le visage hilare de mon père. On a écrit dessus : Kinski appartient à Geneviève ! Les rires se font moins forts, les gratouilles sur mon cou diminuent, sa main inerte repose sur mon épaule. Mon père s'est endormi. Je m'éclipse dans ma chambre.

Des effluves de café et de biscuits me réveillent. J'entends des voix si rapides et excitées caqueter en italien, dans la cuisine, qu'on pourrait penser qu'il s'agit de quelque chose d'important. Elles sont joyeuses, je m'en rends bien compte. Ce brouhaha est accompagné de bruits de vaisselle. Après le petit déjeuner au lit, j'épie dans la chambre paternelle. Je veux voir s'ils sont déjà réveillés et ce qu'ils font. Au milieu des coussins en soie, la nouvelle. Ses longs cheveux sont attachés en chignon, au sommet de sa tête. Elle regarde devant elle, l'air concentrée. Curieuse, je m'avance vers eux. Elle fait je ne sais quoi avec un morceau de plastique et un minuscule appareil dont j'ignorais l'existence. Devant elle, sur un plateau doré, il y a des petits tubes, des petits pots, des boules de coton bleu clair, roses, jaunes, différents vernis à ongles, des limes, des ciseaux à ongles et bien d'autres choses. Il me faut un moment pour comprendre ce qu'elle traficote. Elle a les ongles les plus longs, les plus pointus que j'aie jamais vus. L'un d'eux semble cassé. Toute à son affaire, elle en fabrique un semblable à partir d'une matière blanche, le dispose à l'endroit de la cassure et en joint les extrémités. Elle souffle ensuite sur l'ongle pour l'embellir finalement avec du vernis. Je suis fascinée par la patience et le calme avec lesquels elle manipule tout ça. Une seule fois, elle redresse rapidement la tête et me regarde d'un air désintéressé.

La lumière passe à travers les rideaux tirés. Je me réveille dans le lit d'une chambre de la tour de la Via Appia. Je me suis donc bel et bien endormie bien que je n'en aie eu aucune envie. Mon père m'avait ordonné de faire la sieste. Ridicule ! La sieste à seize ans ! Mais, comme toujours, j'ai fait ce qu'il avait ordonné : je me suis déshabillée immédiatement après notre retour de la ville, laissant tomber mes affaires sur le sol pour les domestiques qui les laveront (ils ont pour consigne de laver tout ce que je porte, ne serait-ce que très peu de temps), j'ai pris un bain et suis allée me coucher. J'obéis toujours. En tout cas, je joue le rôle de la petite fille soumise, aussi longtemps qu'il me suit de son impitoyable regard – on ne peut lui échapper. Dans son dos, je fais tout ce que je veux, comme tout le monde. Il me semble que mon père veut qu'on lui mente. Il imposerait à chacun son avis, sa volonté, ses choix sans remarquer que le monde entier le dupe ? Il ne peut pas être aussi stupide. C'est peut-être pour cela qu'il est si souvent sur les nerfs, d'humeur massacrante, colérique ; il se rend compte que tout le monde, dans son dos, lui tire la langue, se moque de lui, le trompe, le montre du doigt. Tout le monde est hypocrite. Les uns parce qu'ils en ont peur, comme moi, les autres par petits calculs et avidité. Un jour, il a dit à ma mère : « Je ne suis jamais heureux ! Pas la moindre seconde ! Je suis l'homme le plus seul au monde ! » Il ne me fait aucune peine.

Bien que je sois nue et fraîchement lavée, je colle aux draps. Seuls mes pieds sont froids. Ils n'étaient pas couverts lorsque j'ai fait un mauvais rêve. Peut-être que les cris de mon père et de sa compagne Geneviève sont venus jusque dans mon sommeil. Ils se disputaient à un autre étage mais je pouvais les entendre à travers les murs. Ça a commencé sitôt notre retour des courses. Je me rendais à la salle de bains lorsque j'entendis Geneviève crier subitement : « À moi, on ne m'a rien acheté ! Juste à Pola, toujours à Pola ! » Puis un court instant de silence. Et mon père s'est mis à hurler qu'elle devait la fermer, qu'il lui achetait des fringues en permanence, qu'elle n'était jamais contente.

Il a raison. Lorsqu'on ouvre une des armoires murales brillent des centaines de chaussures, de toutes les couleurs, de toutes les formes, en cuir nappa ou en serpent.

Elle tirait, l'un après l'autre, ses nouveaux polos d'un sac, les déchirait sans le quitter des yeux. Les boutons volaient dans les airs. Vif comme un félin, il lui a bondi dessus, la foudroyant du regard, de la salive au coin des lèvres. Elle l'a nargué d'un geste du menton. C'est alors que j'ai pris la fuite dans l'escalier, en direction de la salle de bains, poursuivie par les cris et les hurlements hystériques. J'ignore ce qu'il s'est passé ensuite, je ne veux pas le savoir. Pourvu qu'ils me laissent tranquille.

Plus tard, mon père fera comme s'il ne s'était rien passé. Et il me faudra faire de même. Il viendra me voir, s'assiéra sur le lit. Sa main glissera sous les couvertures, sur ma poitrine, elle fouillera entre mes cuisses, tripotera, doigtera, creusera… Et il prendra cette mine molle et stupide que je hais tant. Je serai dégoûtée par sa voix, ses gémissements de pleureuse, dégoûtée par ses mains qui me font mal. À moins que je ne doive poser, nue, et il me reluquera, pendant longtemps, jusqu'à ce que je n'en puisse plus, jusqu'à ce que brûlent les gouttes de sueur entre mes seins, se frayant un chemin vers le bas, très lentement, comme pour me torturer. Mais je devrai rester immobile, jusqu'à ce qu'il soit rassasié de m'avoir regardée. Ensuite, il me jettera sur le lit puis je devrai dire que je trouve ça bon, que j'y prends plaisir. Je devrai dire haut et fort que ça me plaît, que ça m'excite lorsqu'il me touche. Je devrai jurer de n'en parler à personne, jamais ! Je devrai jurer de ne jamais regarder un autre homme. Que jamais, de toute ma vie, un autre homme ne me plaira. « Aucun mec sur terre ne doit faire la même chose avec toi, entends-tu ? Jure-le ! Tu dois me le jurer ! » Et je jurerai.

Jamais plus je ne dois m'endormir, pour rien au monde ! Sinon je ne sais pas ce qu'il me fait. Des pensées passent dans ma tête comme des nuages de tempête – je ne peux les retenir.

Je me suis réveillée parce que j'ai mal à la gorge. J'ai une soif atroce. Il fait nuit noire. Des millions de petits points dansent devant mes yeux. Je veux aller dans la salle de bains, boire au robinet, mais je ne puis plus respirer. J'ai l'impression d'étouffer, je trébuche jusqu'aux lourds rideaux, les ouvre, inspire profondément l'air de la nuit par la fenêtre ouverte. Mais il reste bloqué dans ma gorge, ne parvient pas aux poumons. Je ne peux respirer profondément. Plus frénétiquement j'essaie d'avoir de l'air, plus étroitement se resserre ma gorge. Je suis prise de panique, mon corps ne ressent plus rien. Soudain, la voix excitée de mon père qui murmure derrière moi : « Des cambrioleurs ! Je ne sais pas s'ils sont déjà rentrés dans la maison. Viens avec moi. » Même lorsqu'il murmure, son ton est agressif. Il me prend par le bras et m'entraîne. Son visage s'estompe, je vois vaguement le blanc de ses yeux. Dans l'obscurité, quelque chose scintille dans ses mains. « Viens donc ! » Une chose dure et pointue s'enfonce dans mon dos, me pousse dans la cage d'escalier. Je réalise maintenant que mon père a passé un peignoir blanc et qu'il tient un fusil des deux mains. Sa compagne porte le même peignoir. Comme son ombre, elle est penchée derrière lui. « Dépêchez-vous ! siffle-t-il en agitant dangereusement le fusil près de mon visage. Ils doivent être en bas ! » Il me bouscule du canon de son arme vers l'escalier. Je descends les premières marches en trébuchant. Sa petite copine connaît le même sort, elle est poussée à ma suite. Lorsque nous passons devant l'une des hautes fenêtres, nous devons nous baisser afin que personne ne puisse nous voir depuis l'extérieur. Partout dans la maison, les lumières sont éteintes. Seule la lune éclaire les murs nus de ses pâles et larges rayons. Nos ombres sont comme découpées dans du papier : trois silhouettes courbées glissent sur la pointe des pieds en file indienne, la tête droite. Comme dans les dessins animés. Je suis devant, puis Geneviève et enfin mon père qui ferme la marche, le canon pointé sur nous. Il nous pousse ainsi devant lui, en bas de l'escalier, jusqu'au rez-de-chaussée. Mon père m'ordonne d'aller dans la cuisine et de regarder derrière la porte. J'hésite. « Vas-y ! » aboie-t-il. Tout est calme dans la cuisine. Les casseroles polies luisent dans la lumière de la lune. La table est mise. Tout est en ordre, parfaitement récuré, chaque objet attend son utilisation du lendemain. Je retiens ma respiration, tends tout mon corps vers la porte jusqu'à ce que l'on croie que je regarde derrière. « Rien », dis-je en un murmure. Il nous pousse encore devant lui, comme des boucliers vivants, au cas où des cambrioleurs surgiraient d'un recoin. Il dit qu'il protège nos arrières. J'explore chaque pièce, chaque recoin. Mon père se tient loin derrière, en arrière-plan.

Une fois, je regarde par une fenêtre. Quelque chose court sur le gravier. Sans doute un animal. De la fumée passe par-dessus le mur. Ici, quelqu'un fume ! Je m'immobilise, regarde dehors. « Du brouillard », susurre mon père.

La grande porte qui mène à la nef est ouverte. L'endroit a l'air menaçant avec toutes ses ombres et ses recoins. Mon père tapote de son canon entre mes deux épaules. « Rentre ! » Comme si nous étions derrière une chute d'eau, nous longeons le mur vers la cheminée, sous la lumière froide qui tombe sur les meubles et le carrelage. Nous ne faisons aucun bruit. Presque toute la pièce est plongée dans le noir. Je bute du pied contre un chandelier en fer. Il racle le sol de pierre. « Fais donc attention, idiote ! » feule mon père. J'ai incroyablement mal au pied. Je ravale mes larmes et ma douleur. « Regarde dans la cheminée ! » m'ordonne-t-il. Une gueule noire bâille devant moi comme si elle voulait m'engloutir. Je rentre dedans et tâtonne tout autour de moi. J'ai si peur que j'en oublie de respirer. Je vacille, reprends ma respiration. L'odeur est suffocante : une odeur d'encens et de bois brûlé. Le silence palpite comme mon cœur. Après quelques petits pas dans le néant, je cède à la panique. Je hurle et sors de la cheminée en courant. Je tombe à genoux en gémissant. « Que se passe-t-il ? vocifère mon père.

— Il n'y a personne ! Je n'en peux plus ! J'ai froid ! dis-je en sanglotant.

— Maintenant, tous au lit ! Demain matin, nous devons aller de bonne heure acheter des chaussures, ordonne mon père. Aucun cambrioleur ici, finalement. Mais nous sommes allés courageusement à sa rencontre. »

« Aujourd'hui, je te fais fabriquer des chaussures sur mesure. De toutes les couleurs ! J'en ai ma claque que jamais tu n'aies de quoi te chausser ! Une femme a besoin de nombreuses chaussures ! Les chaussures sont importantes ! Viens, dépêche-toi ! Nous partons bientôt ! » Il est encore tôt ce matin et il se tient à côté de mon lit. Pourquoi est-il déjà réveillé ? Je ne peux bouger. La nuit passée a été un cauchemar. Il me revient à quel point mon père est lâche. Lui, qui ne craint rien ni personne, nous a utilisées, sa compagne et moi, comme chair à canon. Le voici qui claque une tasse à café sur ma table de nuit, et qu'il exige que je me lève enfin. Je ne veux pas, mais je sais qu'il le faut.

De nouveau, nous nous entassons à trois dans la boîte à sardines et filons à toute vitesse. Je déteste être écrasée par ces deux-là comme si nous formions un trio amoureux. Je connais à peine la nouvelle. Par ailleurs, elle me fait bien sentir qu'elle ne peut pas me supporter. Il en est de même pour moi.

Je préférais de loin Biggi. Parfois, elle était méchante avec moi, probablement parce que j'étais l'enfant d'une autre femme. Mais elle était tout de même chaleureuse et cordiale ; toutes deux, nous avons beaucoup ri et nous avons partagé nos petits secrets.

Malheureusement, les magasins sont encore fermés. Nous devons donc passer le temps dans un bar à boire des cafés et à manger des *tramezzini* – ces petits sandwiches italiens. J'ai l'impression d'être assise au milieu d'un essaim d'abeilles : bourdonnements et fredonnements m'enveloppent. J'aime cette joie de vivre italienne ! J'aimerais rester là, et manger ensuite des pâtes chez une grosse mamma jusqu'à en exploser.

Un serveur blasé et tiré à quatre épingles s'avance vers nous. Je sens dans ma chair la tension monter autour de moi et cesse de respirer. Lorsque le serveur jette un coup d'œil arrogant par la fenêtre alors que nous commandons, j'ose un regard prudent vers mon père. Ses yeux sont exorbités, sa veine de colère se fait saillante, ses narines et ses lèvres sont parcourues de tremblements – encore une seconde – maintenant ! Il saute, la table bascule, il fait un bond de félin vers le serveur : « *Vaffanculo ! Figlio di puttana !* » Il recule, enlève du bout des doigts la poussière de sa veste comme s'il s'agissait d'insectes. Mon père nous prend par le bras et nous pousse dehors tout en postillonnant, jurant et insultant le serveur le plus vulgairement du monde. L'une à sa gauche, l'autre à sa droite, nous traversons cahin-caha la Piazza del Popolo, parcourons les ruelles de la vieille ville, tandis qu'il continue d'attirer l'attention sur lui et de jurer. Je tremble, j'ai honte devant tout Rome. Je veux enfin m'échapper de ce type qui m'empêche d'avancer, de vivre ! Mais comment ?

Je suis importante à ses yeux, je ne suis rien à ceux de ma mère.

Nous rentrons chez Magli, une boutique luxueuse de chaussures et de sacs. La veine de la colère sur le front de mon père a désenflé. Il grogne encore un peu. De nouveau, fondent sur lui des sourires éclatants, des visages grimaçants. Il est à sa place, au milieu de cette ronde hypocrite et intéressée. Ne remarque-t-il pas leurs attentions, ou lui est-ce égal ?

Après ces préliminaires, on m'installe dans un fauteuil de velours. Deux employées au sourire figé ôtent mes chaussures et posent mes pieds nus sur du papier rose. On me prend tendrement par les mains afin que je me lève. Les deux employées sont à mes pieds, le nez contre le sol, et dessinent leur contour sur le papier. Sont-elles myopes ? Elles se relèvent, touchent de nouveau mes mains, m'aident à me rasseoir.

Mon père commande des mocassins de toutes les couleurs, en cuir nappa, chaque paire en double. Et des bottines de couleurs semblables. Je les compte dans ma tête : on en est à environ trente paires.

Enfin, le problème des chaussures est résolu ! Satisfait, il nous reconduit à la voiture.

Mon père arrive à Munich avec une multitude de valises, pour lesquelles il a besoin de plusieurs porteurs, et avec son ombre de compagne. Il est venu pour louer une maison ou un grand appartement à Biggi, Nastassja et moi. Mon oncle part pour les États-Unis, je n'ai donc plus de logement, et Biggi veut déménager à Munich avec sa fille. Cette idée plaît à mon père : toutes les trois sous le même toit. Il ne pourra que mieux nous garder sous son joug.

Bien entendu, il descend dans un hôtel de luxe. Sitôt arrivé, il me fait venir en taxi. L'habituelle cérémonie des retrouvailles. Sa compagne ne se fait pas remarquer le moins du monde. Soignée et bien habillée, elle se tient derrière lui, se contente de passer la tête sur le côté, et ne pipe mot. Comme à son habitude, elle lève le nez, et sa bouche lui donne l'air d'être constamment offensée. Je crois qu'elle cherche à montrer qu'elle est mieux que les autres et qu'elle ne veut pas se compromettre avec les petites gens. Les nombreux sacs et valises déposés çà et là par les porteurs ont transformé les pièces de l'hôtel en entrepôt ; on doit les contourner pour y circuler. Mon père pousse du pied l'une de ces monstrueuses valises dans ma direction : « Pour toi ! » Je devine ce qu'il y a dedans, m'en approche, soulève le couvercle. Une vague de chaussures tombe sur mes pieds : mocassins et bottines, de toutes les couleurs, deux paires de chaque modèle. Je plonge la tête dans la valise : quel parfum ! « Tu as enfin de quoi te chausser, mon ange, trente paires ! »

Mon père insiste pour que nous fassions une excursion en ville. Je lui demande si je peux inviter mon amie Patrizia au restaurant. « Bien sûr ! Appelle-la ! » À cet instant, je suis fière de mon père. Je tiens absolument à lui présenter Patrizia.

Nous avons rendez-vous au Humplmayr. Patrizia est à moitié italienne, ses cheveux noirs lui arrivent aux fesses. Aujourd'hui, elle porte sa jupe la plus courte. Elle s'assied à mes côtés et nous nous mettons aussitôt à bavarder. Le dîner et toute la soirée se déroulent sans souci, dans l'allégresse. Mon père est de bonne humeur, il nous fait tous rire. Aucune lueur néfaste dans ses yeux, aucun tressaillement des narines ni des lèvres, aucun mot déplacé. Mon père est tout dévoué à Patrizia, il discute avec elle. Je suis sur le qui-vive. Il s'assied près d'elle – je n'aime pas ça. Il se rapproche encore, il la touche, son regard glisse sur elle, il la jauge de cette manière que j'abhorre tandis qu'elle ricane à ses histoires. Il rigole exagérément fort et de manière peu naturelle. Il l'invite à venir avec moi à son hôtel. De toute évidence, elle ne se doute de rien. J'ai envie de vomir. Je bondis de ma chaise, prends mon amie par la main, la tire sans un mot aux toilettes.

« S'il te plaît, je peux dormir chez vous, ce soir, Patrizia ?
– Je pense, oui. Qu'y a-t-il ? » Elle me regarde de ses yeux innocents.

« Nous devons partir tout de suite !
— Et ton père ?
— Il survivra ! Viens, on se tire. »
Je l'entraîne dans la rue.
Il est déjà tard, je ressens le froid sous mes vêtements. Je commence à courir.
« Que se passe-t-il ? crie Patrizia.
— Je ne peux pas t'expliquer. Viens ! »
Poussée par la peur, je cours. J'ai l'impression que le diable étend ses longs doigts vers nous.

De bonne heure, alors que la famille de Patrizia dort encore, je prends le taxi pour le rejoindre à l'hôtel. Il ne dit rien de ma disparition soudaine ; ça m'étonne. À compter d'aujourd'hui, je vais habiter avec lui à l'hôtel ; il m'a réservé une chambre. Mon père, son ombre et moi passons les jours suivants d'un courtier à l'autre, d'un appartement à un autre. La Mercedes 500 Pullman, qu'il a louée avec chauffeur pour tout son séjour munichois, tourne difficilement dans les rues. Mon père trouve quelque chose à redire au moindre objet. Son humeur devient maussade. Lors d'un dîner, nous faisons la connaissance d'un jeune comte plein aux as qui roule en Rolls. Ses attitudes de millionnaire impressionnent mon père. Lorsqu'il lui trouve un appartement de luxe à louer dans le plus beau quartier de Munich, pour un loyer mensuel de 3 500 marks, mon père saute d'enthousiasme. Je m'attends à ce qu'il bondisse au cou du comte et qu'il l'embrasse. Ils se congratulent mutuellement, fanfarons et excentriques : tressaillements de lèvres, crocs sortis. Tous deux se prennent par la crinière, et balancent la tête en arrière. Leurs mains tournoient dans les airs, ils parlent de plus en plus vite. À la commissure des lèvres de mon père, de la salive apparaît. C'est répugnant. Je détourne le regard.

Enfin, nous visitons l'appartement dans un immeuble à terrasses de Herzogpark, un quartier chic. L'appartement est vraiment magnifique : immense, six pièces meublées avec de beaux meubles. Les baies vitrées offrent une vue sur Munich. Je cherche secrètement ma chambre préférée et m'imagine déjà en train de faire mes devoirs sur le secrétaire, de ranger mes vêtements avec précaution dans l'armoire, d'observer Munich depuis mon lit.

Le contrat est signé. Mon père et le comte sont satisfaits. J'en crierais de joie. Sa compagne regarde dans le vide, indifférente. Biggi et Nastja vont être contentes !

Le chauffeur nous ramène à l'hôtel. Demain, mon père et son ombre regagnent Rome. Comme je suis heureuse ! À son départ, il me surprend avec un cadeau pour mon amie et moi : la longue limousine reste à notre disposition avec son chauffeur pour une journée entière. Avec Patrizia, nous sommes très excitées. Nous nous bichonnons comme pour aller à une soirée, nous nous vautrons sur la banquette arrière, baissons les vitres d'où dépassent nos pieds nus. Nous nous faisons conduire à travers Schwabing. Le chauffeur doit nous arrêter devant chaque bar branché et nous ouvrir les portières. Nous rentrons dans le lieu, y faisons un tour et le chauffeur nous aide pour remonter en voiture. Tout le monde nous regarde avec des yeux ronds. J'ai l'impression d'être la petite copine de Mick Jagger.

Un jour, mon père m'a dit : « Lorsqu'on est vraiment riche, on peut se permettre de descendre pieds nus d'une Rolls ! » Ça m'a impressionnée.

Aujourd'hui, c'est l'emménagement, officiel, dans l'appartement. Biggi et ma sœur arrivent de Berlin. Depuis le retour de mon père à Rome, je dors sur le canapé chez ma mère et mon beau-père. Pour l'heure, elle fait des courses. Je suis si excitée que je ne peux pas attendre qu'on vienne me chercher ici. Je pars à pied dans mon nouveau chez-moi. En chemin, je croise ma mère. Elle porte de nombreux sacs de commissions. « Où vas-tu, me demande-t-elle, décontenancée.

— Chez moi, avec Biggi et Nastja.
— Tu as déjà ta propre mère. »
Elle me regarde longuement. Son regard me fait mal. Je me retourne et m'en vais vers ma nouvelle vie.

Au début, nous nous entendons à merveille toutes les trois. Biggi n'est pas opposée à ce que je m'octroie la chambre que je voulais. Je vais à l'école avec Nastja. Elle est dans mon ancienne école primaire, moi dans un lycée du centre-ville. Lorsque j'apprends que ma mère attend régulièrement ma sœur à la sortie de l'école, qu'elle l'emmène à la maison, lui fait à manger, la materne, je suis profondément meurtrie. D'autant plus que Nastja, elle, n'est pas obligée de manger au-dessus de la poubelle, mais à table avec eux. Je ne comprends pas, je me sens trahie. Pourquoi fait-elle ça ? Elle prend soin de la fille de l'ancienne compagne de mon père comme si c'était la sienne. De moi, elle se fiche. Je suis pourtant sa fille ! Pourquoi est-elle si froide avec moi ?

Biggi défait les cartons, organise, écoute Jimi Hendrix, The Doors, Cream. Bientôt, l'appartement est plein de ses amis. Cette vie bien remplie me plaît. Avant tout parce que je suis vraiment tombée amoureuse – pour la première fois. Il s'appelle Hans, il a trois ans de plus que moi, il est en école de commerce. J'ai dix-sept ans maintenant. Mon petit ami a le droit de dormir chez moi, dans mon lit. Un nid pour nous deux ! Je suis sur un petit nuage.

Malheureusement, l'harmonie de notre foyer ne fait pas long feu. Biggi et moi nous disputons beaucoup. Elle me dénonce à mon père qui me supplie au téléphone de capituler et de lui faire des excuses. « Je t'en supplie ! Elle a vécu tant de choses avec moi ! Je suis de ton côté ! Mais, s'il te plaît, présente-lui tes excuses ! Je t'offrirai tout ce que tu veux ! » J'obéis, me fais violence pour m'excuser bien que je me sente dans mon bon droit. Biggi triomphe. Les disputes sont plus nombreuses, plus virulentes. Un jour, elle me fait dire par mon père que je dois chercher un autre appartement. C'est vite trouvé. Un trois-pièces avec terrasse dans un jardin à Herzogpark : voilà mon nouveau pied-à-terre.

Mon père me promet des aménagements luxueux. Avec mon petit ami, nous mesurons les pièces, traçons des plans, recherchons les moquettes les plus chères, du tissu pour les rideaux et les canapés desquels je ne vais jamais plus vouloir me lever. Nous passons de nombreuses heures dans les magasins d'ameublement et de décoration et rêvons d'un avenir commun dans notre paradis. En réalité, nous emménageons avec deux matelas, un bout de tissu que nous fixons au cadre de la fenêtre avec des punaises, une table d'appoint, deux chaises en osier et une vieille gazinière. Tout vient de la générosité de nos proches. Entre les colonnes de la cage d'escalier, la voisine demande : « Quand arrive le camion de déménagement ?

– La semaine prochaine. »

C'est un mensonge. Pourtant j'y crois. Mais il n'y a ni camion de déménagement ni ameublement.

Mon père ne paie le loyer que lorsque ça lui chante. Je l'appelle en PCV, lui demande de l'argent et il gueule : « Nous n'avons rien à manger nous-mêmes ! » Je mens à l'agence immobilière : « La secrétaire s'est de nouveau trompée dans le virement, elle manque d'organisation. » Je fais mon possible pour gagner du temps ; ni mon petit ami ni moi ne pouvons nous acquitter seuls du loyer élevé. Nous ne sommes pas en mesure de subvenir à nos besoins. Sa mère et son compagnon nous donnent de quoi manger. Ils apportent régulièrement des sacs de provisions, des schnitzels au chocolat, dans notre antre. Parfois, ma mère fait nos lessives.

Le lycée et le baccalauréat ne m'intéressent plus. Je me passionne pour le théâtre. Ma mère m'inscrit aux épreuves d'admission du cours Otto Falckenberg. J'entre dans une librairie et demande des livres dont j'ignore tout. Un très sympathique libraire me conseille *La Bonne Âme du Se-Tchouan* de Brecht, *La Mort de Danton* de Büchner et *Comme il vous plaira* de Shakespeare.

J'achète les livres et les dépose chez moi sans jamais les ouvrir. Trois jours avant l'épreuve, je choisis une scène de chaque pièce, les apprends par cœur et les répète devant une amie qui est aussi apprentie actrice. Elle doit également me raconter le déroulement des pièces puisque je n'ai pas la patience de les lire. Le jour de l'audition, je m'avance naturellement sur la scène, je sors un élastique à cheveux de la poche de mon jean et demande à la salle obscure où se trouvent les examinateurs et si je dois m'attacher les cheveux. Rires. Je ne saisis pas la raison de leurs rires et je me fais une queue-de-cheval. Puis j'interprète sans la moindre appréhension la scène de *La Bonne Âme du Se-Tchouan* où le personnage de Shen Te parle avec son enfant à naître. C'est une pantomime où elle lève l'enfant vers le cerisier afin qu'il puisse en atteindre plus facilement les fruits dont il recrache les noyaux. Main dans la main, ils parcourent le monde, elle lui montre tout, y compris le marchand d'eau.

De nombreux rires accompagnent ma petite performance. Ils ne veulent pas voir les autres scènes. Je suis admise.

Tous les matins, je traverse Munich à vélo pour me rendre au cours. Souvent, je suis en retard. Je fais des détours. Il le faut.

Mon petit ami arrête son école de commerce, reste à la maison sur le matelas et philosophe. Il a comme consigne très stricte de ne jamais décrocher le téléphone. Une fois cependant, il le fait. Mon père crie jusqu'à en perdre haleine : « Qui était ce crétin ? Cet analphabète ! Ce porc ! Est-ce qu'il te baise ?

– Non, non, c'était juste le frère d'une amie. Il était chez moi avec elle afin de la protéger sur le chemin du retour, dis-je en balbutiant. Les hurlements à l'autre bout de la ligne se font plus faibles.

– C'est le premier et le dernier mec qui rentre dans cet appartement, entends-tu ? Personne n'a le droit de te toucher, personne ! As-tu bien compris ?

– Oui, j'ai compris », dis-je en gémissant.

Il m'ordonne de le rejoindre à Rome. Il me traîne avec sa compagne dans des discothèques où je ne veux pas aller. Je dois danser avec eux sur un énorme cube lumineux. Ma robe est si courte que tout le monde peut voir ma culotte. Mon père se tord et se contorsionne sur une musique pour des gens de mon âge. Il a l'air si lamentable, si ridicule ! Les gens chuchotent, gloussent, rient. Je veux disparaître tant j'ai honte.

Plus tard dans la soirée, je dois tromper mon petit ami avec lui.

Ensuite, il rejoint sa compagne au lit. Je me rends dans la chambre la plus haute de la tour. Là où se trouve la machine à écrire. Je veux changer le plomb en or. Autrement dit, je veux à tout prix qu'il me fasse des compliments. Jusqu'à ce que le jour se lève, jusqu'à ne plus sentir mes doigts, je tape à deux doigts, page après page, le synopsis qu'il a écrit. À peine ai-je fini avec une page, une erreur de virgule me nargue. J'arrache la feuille de la machine. Les larmes coulent sur mes mains. Je recommence depuis le début.

Souvent, les domestiques ou mon père me retrouvent effondrée d'épuisement sur la machine à écrire.

Les maux de ventre et la nausée ne cessent pas ; ils empirent. Après des examens poussés, les médecins diagnostiquent un important et inopérable ulcère et de nombreuses cicatrices d'ulcères antérieurs.

J'arrête de fumer sur-le-champ et mange pendant un an des escalopes de veau à l'étouffée, des galettes suédoises et de la crème d'avoine.

Mon père va louer un appartement à Munich pour six mois. Sous peu, il s'envolera avec Werner Herzog au Pérou pour tourner *Aguirre, la colère de Dieu*, pendant des mois, sur l'Amazone. Je dois lui rendre visite quotidiennement pour tenir compagnie à Geneviève tandis qu'il va de rendez-vous en rendez-vous. Ils se sont mariés récemment à Rome. Elle souffre d'une gastrite. Je dois la soigner malgré mon ulcère. Je suis grassement payée pour ça, mieux que n'importe quelle infirmière. À mon arrivée, je dois prononcer un code secret derrière la porte afin qu'elle m'ouvre. Avant de venir, je dois lui téléphoner. Elle décroche et ne se présente qu'après avoir dit « bonjour ». Toute la journée, elle reste élégamment assise sur des coussins, à broder de petites fleurs ou coudre des bandelettes de velours à des chemisettes à bretelles. Ou alors, elle prépare des soupes au poulet et aux légumes. Nous ne parlons qu'à peine. Je ne vois d'ailleurs pas pourquoi je lui parlerais.

À son retour, il a pitié d'elle et la soigne. Que je sois vraiment malade et les raisons de ma maladie, tout le monde s'en moque.

Mon père me demande de partir avec eux vers l'Amazone. Ils vivront sur des radeaux et tourneront les scènes sur d'autres. Il ne veut pas que sa femme reste une seule seconde seule et sans être protégée. C'est pour ça que je dois les accompagner. Je suis terrifiée à cette idée : être enfermée pendant des mois sur un radeau sur l'Amazone, ce fleuve boueux infesté de crocodiles et de piranhas. Livrée sans espoir à leurs caprices et à leur violence ! Sans échappatoire ! Cette fois, mon *non* est si catégorique qu'il n'essaie pas de me forcer. Je suis moi-même surprise par la force de ma voix. Après le Pérou, ils vont aller au Mexique, au Japon, au Vietnam, en Turquie et dans d'autres pays. Je m'en passe bien volontiers.

Le mensonge que je sers à l'agence immobilière est découvert. Nous devons déménager avec mon petit ami. Nous trouvons rapidement un appartement bien meilleur marché à Schwabing.

Comme mon ulcère se fait plus insistant, je suis conduite dans un sanatorium de Tegernsee. Les médecins m'appellent leur poussin. Malgré un appartement avec salle de bains et télévision, une piscine dans le jardin, je ne supporte pas ce lieu : des piqûres quotidiennes dans les fesses puis, avant chaque repas de diète, une cuillerée de crème d'avoine. Les discussions des grands-mères sur leurs longues promenades dans les bois m'ennuient à mourir. J'ai l'impression de passer à côté de ma vie. Je veux retourner à Munich.

Au bout de trois semaines et demie, je quitte le sanatorium contre l'avis des médecins. Lors du retour chez moi, une mauvaise surprise m'attend. Une foule de gens est rassemblée dans mon appartement : la Rote Hilfe de Munich, organisation solidaire d'extrême gauche. Ils sont hébergés par mon petit ami. Lorsqu'ils commencent leur réunion en fumant et buvant, je dois quitter la pièce : à leurs yeux, je suis la pétasse bourgeoise dont ils utilisent le logement avant d'occuper la maison qu'ils auront choisie. « Brisons le pouvoir des propriétaires ! » est inscrit en gros sur les murs. Sur la porte de la salle de bains est écrit : « Ne nettoyons plus et baisons plus ! » Ils ont pris des matelas et des coussins pour dormir tous ensemble sur le sol de la même pièce, les uns à côté des autres, les uns sur les autres – mon petit ami également. Je me sens seule, j'ai froid. C'est pourtant chez moi ! Où dois-je aller ? Il reste encore une pièce minuscule à côté de la cuisine ; j'en ferai mon château de conte de fées. J'y mets un matelas, installe un tapis que je couvre de chandeliers et allume des bâtonnets d'encens. La nuit venue, je me glisse dans la pièce qu'ils squattent tous. À la porte, je me bouche le nez : ça pue l'air vicié, le tabac et les pieds. J'escalade les sacs de couchage, me guide en palpant les dos. Je trouve Hans, il ronfle. Je le regarde, il m'est étranger. Tout dévoué à la politique, sa vie sentimentale est devenue secondaire. Je retourne à tâtons dans ma chambre et m'enroule dans la couverture.

Des mois plus tard, Babbo et Geneviève sont de retour. Mon père parade dans les pièces de l'appartement qu'il a loué, et, avec de grands gestes, il trace sur les murs des signes japonais au pinceau et à l'encre de Chine. Je dois rester auprès de lui et l'admirer. Il me traduit chaque trait, chaque point, chaque tache. Il peut bien me dire ce qu'il veut, je n'y connais rien. Comme à l'accoutumée, les valises ouvertes atterrissent sur le sol. Il n'est pas aisé de se frayer un chemin entre elles. L'appartement est rempli de trophées qu'ils ont rapportés de pays lointains. Je me concentre pour ne pas buter sur l'un d'eux. Mon père m'a offert du khôl d'Inde, des bijoux d'Istanbul, du parfum de Londres. Il veut également me donner l'un des hamacs rapportés du Mexique. Ils sont tissés en fils de soie multicolores. Je les trouve magnifiques. Il est honteux que Geneviève refuse qu'il m'en offre un. Il y en a deux par teinte et elle aimerait se balancer avec lui dans les deux hamacs aux coloris assortis. Ils en ont vingt en tout !

En revanche, elle lui conseille de me donner ce qu'ils trouvent affreux, ce dont ils n'ont plus besoin et ce dont ils veulent se débarrasser. Mon père est hors de lui. Il l'insulte, fulmine et hurle : « Hors de question de donner à Pola ce que nous jetons ! » Je ne dis rien mais savoure qu'il prenne ma défense. Je ne connaissais pas ce sentiment. Sa femme boude.

Il m'attrape dès qu'il peut, dès qu'il me surprend, veut me mettre dans son lit. Je rechigne. Il essaie de me soumettre grâce aux cadeaux, à l'argent. Je refuse. Je ne parviens pas tout le temps à lui échapper.

À Munich, mon père prépare la tournée de *Jésus-Christ sauveur*. Il se prend pour un frère spirituel de Jésus. Dans le texte qu'il interprète, c'est de lui-même qu'il est question. Tout comme Jésus, il est persécuté, méconnu ; un sage, un génie.

Il a interrompu son vol de retour et fait une escale à Londres afin d'acheter à Carnaby Street les costumes pour la scène allemande. Il me présente sa garde-robe au cours d'un défilé privé : pantalons de velours turquoise, vert acidulé, jaune canari et rose Barbie. Des chemises à fleurs avec des manches amples. Il se pavane sur des bottines à talons à travers la pièce puis tourne sur lui-même. Les chemises flottent comme des vêtements d'été, sa crinière blonde également. Il attend des remarques de ma part. J'ignore où regarder, je le trouve ridicule et misérable, mais lui dis à quel point il a bien choisi les étoffes, les coupes et les couleurs, et à quel point tout lui sied à merveille. Lorsque je l'imagine en train de monter sur scène dans cet accoutrement, face au public, j'aimerais disparaître dans un trou tant j'ai honte. Je vois la foule qui tempête, j'entends des salves de rires retentissants.

Il m'arrive de l'accompagner aux répétitions avec le groupe avec lequel il joue sur scène. Les musiciens le flattent de façon éhontée : « Monsieur Kinski, on dirait que vous avez vingt ans !

— J'ai vingt ans, minaude-t-il. Voici ma sœur ! Je l'appelle ma fille. Mais c'est bien ma sœur ! »

J'en suis décontenancée. Il me semble qu'il est malade et bourré de complexes. Je pose sur lui un tout nouveau regard. Jadis, je lui vouais une admiration sans bornes. Je ressens une légère distance.

Mon père, son épouse et moi traînaillons dans l'appartement munichois. L'atmosphère est détendue. Satisfait, mon père trône sur son lit. Pour la première fois de ma vie, j'ose lui poser une question, entamer une discussion avec lui. Comme je veux moi-même être actrice, c'est un sujet qui m'intéresse particulièrement : « Fais-tu la tournée sur Jésus par conviction ou pour l'argent ? »

Pas un mot. Le silence se répand comme une lame de fond, un mur se dresse, menaçant, devant moi. Jamais encore je n'ai vu ses lèvres trembler autant. Ses narines frémissent. Il va me sauter dessus ! Je veux m'en aller. Je n'y parviens pas. La vague se rompt au-dessus de ma tête, elle veut m'anéantir.

« Tu n'as rien à m'apprendre sur la passion, l'enthousiasme d'un acteur ! Je suis mille fois plus sensible que toi ! C'est quoi cette question de merde, hein ? T'as rien pigé ! On devrait t'écraser contre un mur ! Ça veut dire quoi, *pour l'argent* ? Personne dans ce monde de merde ne fait le moindre truc sans argent ! Tu comprends ? Personne ! Pour de l'argent, ils font tout, sans argent, plus rien ! Comment tu peux penser ça, hein ? »

L'ulcère perce au-dessus de ma tête, du pus coule sur mon visage, goutte sur mes mains. Des seaux de vomi dégoulinent sur moi, gluants et puants. Je gémis, cherche de l'air ; il crie, glapit, sa voix s'enroue, lui fait défaut. Un monstre ! De sa gueule ouverte sort de l'écume, de la mousse qui s'agglutine à la commissure des lèvres. Je dois partir d'ici ! À bout de force, je chancelle vers la porte, sous les insultes et les injures. Dans l'escalier, dans la rue, on entend encore ses cris, ses hurlements.

Je ne ressens plus mon corps, je suis dans une bulle de verre, je cours après moi-même. Les gens que je croise restent sur place, se retournent sur moi comme si j'étais nue ou possédée. Je me glisse vers la maison d'une connaissance qui habite dans les environs. Je compte tous les pavés qui m'en séparent, ne dois marcher sur aucune jointure, ou alors…

J'appuie longuement sur la sonnette. Gisela ouvre. Je regarde sa mine effrayée. « Rentre ! » Elle me conduit dans une pièce occupée par un cercle de gens. Ils se retirent devant moi, je me sens nauséeuse, je m'effondre, en sanglots.

Cette nuit, je peux dormir chez Gisela. Elle m'accueille chaleureusement. J'ai mal au crâne. Mon père le ressent, il le sait, il ne veut pas l'admettre. Voilà belle lurette qu'il n'est plus celui qu'il prétend : le rebelle impétueux, sauvage, indomptable, intransigeant. Celui qui hait le compromis, à qui le consensus fait horreur. Celui qui combattait jusqu'au renoncement de soi-même pour la sincérité, l'amour, ses objectifs, celui qui écartait quiconque se mettait en travers de son chemin. Il a perdu sa passion. Pour autant qu'il en ait eu une. Il est devenu une caricature de lui-même.

Les membres de la Rote Hilfe de Munich occupent un nouvel immeuble de Schwabing. Ils m'ont laissé ordures, puanteur, une facture d'électricité de 400 marks et une note de téléphone de 900 marks. Mon bon vieil Onxganx paie pour eux.

Hans et moi n'avons plus rien à nous dire. Nous nous séparons. Il va chez un ami en Argentine où il souhaite commencer une nouvelle vie. Je fixe les murs qui n'ont que leur épaisseur et leur couleur jaunâtre à me proposer. Je ne supporte plus d'être seule dans cet appartement vide. Je passe mes soirées en boîtes de nuit jusqu'à la fermeture. Mon besoin d'amour et de sécurité est si grand que je ramène chaque nuit de nouveaux partenaires. J'ai besoin de proximité, de me donner, et confonds envie et vrais sentiments. Ça m'est égal, je me détruis. Ça, je connais bien.

Je suis si malheureuse, si terriblement malheureuse.

À cette époque, je pleure souvent chez Onxganx. La crasse de la cuisine et de la salle de bains ne me dérange plus et je fais à peine attention à l'odeur. Pendant des heures, je m'installe au fond d'un des fauteuils à oreilles moelleux et le laisse me parler du passé. Ça lui fait du bien, à moi également.

« En fait, je devrais t'accueillir chez moi », dit-il un jour. Je le regarde, étonnée. « Mais il y aurait tout de même un problème : tu dévorerais tout ce qu'il y a dans le frigo ! » Sur la table à côté de moi, près de la fenêtre, se trouve un petit saladier éclairé par le soleil. Une antiquité romaine ? Je demande à Onxganx d'où il provient. « Ce n'est pas une antiquité ! C'est pour mon müesli. » Je souris intérieurement.

Puis je lui fais part de mon vœu le plus cher. Il y a, dans une vitrine de Schwabing, les bottes de mes rêves. En cuir nappa bleu roi, montantes jusqu'aux genoux, avec des plateformes de quatre centimètres et des talons de douze. Je les ai dévorées des yeux un nombre incalculable de fois et les ai souvent essayées. Ces bottes sont ce que je désire le plus au monde. Il hoche la tête et m'adresse un regard triste.

Je prends congé et embrasse ses mains fines. En entrant dans le magasin de chaussures, je tiens les 200 marks comme s'il s'agissait d'une bougie de communion. Le vendeur prend les bottes dans la vitrine, je les enfile et me regarde dans le miroir. Je me trouve jolie : longs cheveux blonds, silhouette fine, jean moulant. Les bottes scintillent comme des diamants bleus au bout de mes jambes sans fin. Le vendeur est lui aussi enthousiaste : « Tu les portes à merveille ! Comme si elles avaient été faites pour toi ! » murmure-t-il en me souriant. Je lui rends son sourire et marche dans la rue avec raideur. Je suis fière comme un paon !

La maison squattée est évacuée par la police. Les occupants sont de nouveau sans logis et cherchent à trouver refuge chez les bourgeois. Je ne les laisse pas entrer chez moi. Le meneur – sorte d'Andreas Baader berlinois, qui se croit irrésistible et auquel toutes les filles sont suspendues – tape contre la porte. Lorsque je lui crie que je ne lui ouvrirai pas et qu'il doit débarrasser le plancher, il me menace de fracasser la porte. Je ne me laisse pas intimider. Il se met à crier. Comparés aux accès de fureur paternels, ses cris sont ridicules.

Je me sens seule, ma vie me semble insensée. L'école de théâtre ne m'intéresse plus non plus. Cependant, l'intendant Peter Zadek m'engage au théâtre de Bochum pour une pièce moderne. La fille que j'interprète est folle. Elle vit sous la table de la cuisine d'où elle régit le monde. Je dors à Bochum, sur un lit de camp au milieu d'un appartement complètement vide ou chez un collègue serviable de la troupe. Lorsque sa copine vient lui rendre visite, je dors sur le tapis dans la salle de bains. Je m'enroule autour de la cuvette des toilettes. Ce n'est pas inconfortable, le tapis est duveteux.

Je trouve que le théâtre est un art trop exigeant. Je suis trop jeune, trop inexpérimentée, je ne parviens pas à sentir mon rôle jusqu'aux tripes. Après quelques semaines, je suis prise de maux de ventre et du mal du pays. Je tombe malade, romps mon engagement. De retour à Munich, je recommence à faire monter des hommes à l'appartement. Sans choisir. Des gens de théâtre, des profiteurs, des clochards, des drogués. Tous se servent de moi et me volent. Mes amies également à qui je prête mes plus beaux habits. Beaucoup ne refont plus surface, l'une prétend qu'un feu a pris dans sa chambre et que tout a brulé. Je retrouve mes chandeliers dans une colocation. Le type qui a vécu peu de temps chez moi prétend les avoir achetés sur un marché aux puces. Je n'ai que faire de son bavardage, je reprends mon bien et m'en vais.

C'est encore sur la piste de danse que je me sens le mieux. La propriétaire d'une discothèque branchée m'aborde. Elle voudrait que je danse dans son club, seule, dans des tenues aguicheuses. Elle me paie pour ça. Chaque nuit, je danse pendant des heures. Les basses tonnent dans mon estomac. Je tourne sur moi-même, toujours plus vite, plus sauvagement, jusqu'à en avoir le tournis. Les regards masculins me brûlent la peau. Je savoure leur désir. Ce n'est qu'ainsi que je me sens en vie. Je les émoustille et les excite jusqu'à ce qu'ils veuillent me sauter dessus. Souvent, je les laisse plantés là. Ça me donne un sentiment de puissance. Mais lorsque je me réveille dans un appartement étranger ou que je réfléchis aux moyens de chasser de mon lit l'inconnu qui l'occupe, je me sens poisseuse, sale. Je suis torturée par un sentiment de culpabilité. Je vais dans les toilettes, m'enfonce les doigts dans le gosier. Je veux vomir ce que j'ai fait, rembobiner, effacer. Je me sens alors libérée, un court instant, je me mens, je prétends que ça n'a pas eu lieu. Perdue dans le brouillard, je dois tout recommencer chaque soir. Je n'ai aucune perspective, ne contrôle plus rien.

Hans revient d'Argentine au sein d'une troupe de théâtre, sa famille : hommes et femmes de trente à cinquante ans, des marxistes de Buenos Aires. Ils se battent pour leurs idéaux, jouent dans la rue, distribuent des tracts. Souvent, ils ignorent comment ils pourront acheter la nourriture de leurs enfants pour le lendemain. Hans leur a organisé une tournée en Europe. La première représentation de leur pièce, *Watercloset*, a lieu à Munich.

Tandis que les spectateurs s'installent, que la salle se remplit, les acteurs sont déjà assis à même le sol de la scène, se tournant le dos, chacun pour soi ; ils ne parlent pas et fixent le public, longtemps, sans un bruit. Ce silence produit une tension effroyable et très concentrée. La salle murmure. Les spectateurs sont heurtés par ce silence – puis un ouragan de sentiments emporte les acteurs : hurlements, gesticulations, piétinements. Ça n'arrête pas.

Ce soir, je décide de rejoindre la troupe, de partir avec eux. Leur façon d'aborder l'existence me touche.

Ils réagissent avec scepticisme à ma décision, ne me prennent pas vraiment au sérieux. Nous venons d'univers qui ne peuvent être plus différents. Mais ils trouvent mon enthousiasme émouvant et finissent par accepter que je les accompagne. La prochaine représentation a lieu à Palerme. Les acteurs ayant des enfants nous devancent en avion tandis que je voyagerai en minibus Mercedes avec le reste de la troupe, à travers toute l'Italie, puis en bateau, et enfin à travers la Sicile pour gagner Palerme.

Je suis de plus en plus tendue jusqu'au moment où je me retrouve assise au dernier rang du minibus, un sac sur les genoux, où les portières se ferment et où Paolo met le contact. En route pour le sud de l'Italie.

Je suis très excitée, pleine d'espérance. Que vais-je vivre ? Que va-t-il m'arriver ? Quelle vie vais-je laisser derrière moi ? J'ai arrêté l'école de théâtre, rompu mon seul engagement, rendu l'appartement et je n'ai plus d'attache.

Dix personnes se redressent du mieux qu'ils peuvent sur trois banquettes. Après avoir été bien raides, bien cambrés, bien assis pendant un moment, ils s'endorment les uns sur les autres. Je suis écrasée contre la vitre et voudrais ne rien manquer de tout ce qui passe sous mes yeux ; malheureusement, je ne parviens pas à les garder ouverts tant le bruit du moteur me fatigue.

À plusieurs reprises, je manque de m'endormir, me redresse alors, droite comme un I, avant de replonger. De nombreuses heures passent ainsi.

Un à-coup. Un à-coup qui me projette contre le dossier de la banquette devant moi. Hommes et objets culbutent de concert. Du fer frotte contre la chaussée.

Des étincelles montent jusqu'aux vitres. Une dernière secousse, le silence. Nous voici de travers. Personne ne bouge. Paolo recouvre ses esprits en premier, descend, fait le tour du minibus. Il veut voir ce qu'il s'est passé. Il y a de la casse ; nos deux pneus arrière ont disparu. Nous pouvons remercier notre chauffeur d'être encore en vie : cherchant à s'arrêter pour un besoin pressant, il avait commencé à ralentir.

Le premier émoi passé, nous nous demandons tous comment gagner Palerme. Dans tous les cas, il faut réparer le bus qui transporte également les décors. On décide que Pola rejoindra Rome en stop pour demander de l'argent à son père. Quant aux autres, ils transporteront le bus au prochain garage. Et moi, ils m'appelleront chez mon père pour m'indiquer où ils me récupéreront. En tremblant, je leur donne le numéro de téléphone.

Peu de temps après, je suis au bord de l'autoroute en short et chemisier ouvert. Mes cheveux sont défaits. J'ai mis l'argent qu'il me restait dans une de mes bottes. J'ai mal aux jambes, je tiens à peine debout tant les talons sont hauts. J'ai froid, je suis fatiguée et j'ai une faim féroce. Il y a peu de circulation. Seules quelques voitures sont en route ce matin. Le soleil teinte les collines de rose, on les dirait malades, couvertes de coups de soleil. Dans deux heures au plus tard, il sera haut dans le ciel, blanc, aveuglant, et il brûlera tout. Pourvu que je sois déjà dans une voiture !

Pas besoin d'attendre longtemps. Une limousine Mercedes roule vers moi et s'arrête. La vitre s'ouvre. Le visage d'un homme sympathique, très sérieux apparaît. Il me demande où je me rends. « À Rome ! » Fièrement, l'homme affiche un sourire aux dents blanches qui témoigne qu'il doit souvent se rendre chez le dentiste.

« J'y vais aussi ! Monte ! » Il ouvre la porte, je m'installe à ses côtés.

« Je m'appelle Lorenzo. » Il rit encore. De nombreuses ridules cernent ses yeux. Je lui donne une cinquantaine d'années. Il porte une chemise et une cravate.

« Je suis businessman. J'ai plusieurs boutiques dans toute l'Italie. Aujourd'hui, je vais à Rome. Et toi ? Que fais-tu seule à Rome ?

– Je ne suis pas seule, je vais chez mon père. Il vit à Rome.

– Ahah ! »

Quelque chose bouge, je le discerne du coin de l'œil. Je me retourne. Une veste se balance sur un cintre. C'est vraiment un businessman. Me voici rassurée. L'homme me demande comment je m'appelle, mon âge, d'où je viens. Je lui réponds en le regardant de côté. Ses cheveux rappellent les soies d'un sanglier. Je lui dis à quel point je suis contente qu'il m'ait prise.

« C'est tout naturel ! »

À la sortie d'autoroute de Bologne, il m'offre le petit déjeuner dans un routier. Je dévore les croissants comme si je n'avais rien mangé depuis une semaine. Il me semble d'ailleurs que c'est le cas. J'ai été si excitée ces derniers jours que j'ai tout bonnement oublié de me nourrir.

Le businessman s'excuse ; il doit rapidement appeler sa femme et disparaît vers la cabine téléphonique. Je regarde par la fenêtre et me demande où sont mes amis, s'ils ont trouvé un garage, comment ils vont. Le soleil chauffe à travers les vitres, mon chemisier colle à la peau.

« On peut repartir ! » dit joyeusement mon chauffeur. Dans la voiture, il m'annonce qu'il doit déposer quelque chose à Bologne d'où nous repartirons directement vers Rome.

Ça m'est tout à fait égal. Je m'allonge en arrière, ferme les yeux et essaie de me détendre. Nous nous frayons un chemin dans la circulation matinale, en pensée je suis déjà à Rome. Soudain, l'homme s'arrête et éteint le moteur. Je me redresse et regarde par la vitre. Autour de moi, que des murs de maison. Nous sommes dans une petite arrière-cour. Irritée, je regarde l'homme. Il fouille dans la poche de son pantalon, en sort une liasse et me la montre : des cartes à jouer sur lesquelles sont représentées des femmes nues qui se contorsionnent en de drôles de positions. Les cartes tremblent dans sa main. « Veux-tu te doucher avec moi, ici, à l'hôtel ? Je veux te prendre en photo. Tu peux gagner beaucoup d'argent ! » Mes doigts cherchent la poignée de la portière tandis que je ne quitte pas des yeux l'homme en sueur. J'ouvre la portière, sors précipitamment de la voiture et cours vers le portail en fer à double battant qui commence à se refermer automatiquement. Je cours, je cours sans but, vers l'inconnu, je ne sais où. Je cours encore, et encore, j'ai peur de me retourner. Je fais signe à un taxi et lui demande de me conduire au péage autoroutier avec mes dernières 1 000 livres.

Sur la banquette du taxi, je me sens en sécurité même si je continue à me retourner souvent. Le chauffeur ne met pas son compteur en route. « Garde ton argent ! Ça ne suffirait pas, de toute façon. Je te conduis gratuitement à l'autoroute. Calme-toi, tu trembles comme une feuille. » Heureusement, il ne demande pas ce qu'il s'est passé. Je dois dénoncer ce porc ! Il y a toujours des policiers aux péages.

Lorsque nous arrivons, je monte quatre à quatre les marches de la maison à deux étages. Je frappe à une fenêtre où est inscrit *Carabinieri*. Un homme en uniforme bleu, le pantalon dans les bottes, apparaît bras ouverts sur le pas de la porte. Il réalise aussitôt que j'ai besoin d'aide et me conduit dans son bureau. Je suis si bouleversée que je ne parviens pas à sortir une phrase cohérente. Le policier note tout avec application. Lorsque je ne dis plus rien et que je lui lance des regards implorants, il fait le tour de son bureau et pose ses mains sur mes épaules pour me calmer. Je baisse la tête. C'est alors que je remarque que les trois premiers boutons de mon chemisier sont ouverts. Quelle honte ! C'est ainsi que je me tenais sur le bord de l'autoroute lorsque ce salaud m'a embarquée : à demi nue, comme si je sortais du lit de quelqu'un. J'essaie de cacher ma poitrine de mes deux mains. Mais l'homme en uniforme me devance. Il fait glisser entre ses doigts la croix que je porte à une chaîne autour du cou. Il glisse son autre main dans mon décolleté. Je me dégage de son étreinte et fonce vers la porte, dévale l'escalier jusqu'à la file de voitures qui attendent au péage.

Dans ma tête, tout est brumeux. Comment aller à Rome ? À qui puis-je encore faire confiance ? De la musique disco retentit dans une Mini Cooper, si fort qu'il me semble que la voiture va exploser. Des têtes se balancent par les vitres baissées, au rythme de la musique, des bras dansent dans les airs, des mains tapent sur la tôle pour battre la mesure. Je n'en reviens pas : trois garçons et deux filles tiennent dans cette caisse minuscule. Ils m'appellent : « Eh ! *ragazza*, tu vas où ?

– À Rome !

– À Rome ! Nous aussi, viens. »

Je ne comprends pas. Comment suis-je censée tenir dans cette boîte à sardines ? Elle va tomber en morceaux. On ouvre une portière. « Viens, il y a encore de la place ! » Les visages me regardent, pleins d'espoir, les mains me font signe. Une des filles s'en va de la place du passager et rejoint les autres sur la banquette arrière. Je ne peux plus dire non, j'embarque.

Le trajet dure longtemps. C'est étroit et bruyant. La fumée pique les yeux, mais je me sens bien avec eux. Nous rions, chantons, singeons les gens. Parfois, nous faisons une pause-café et jouons à chat. Je ne sais plus à quand remonte la dernière fois où j'ai été aussi heureuse et insouciante.

La Mini s'arrête, nous sommes arrivés. Aire de repos, sortie Rome nord. Nous sortons tous de la voiture. Je n'arrive toujours pas à croire que nous ayons tous tenu là-dedans. Des accolades fougueuses, des échanges de numéros de téléphone. Puis ils remontent en voiture, les portières claquent, la caisse à savon démarre sous une pluie de coups de klaxon. « *Tanti auguri !* » De nombreux bras me font signe au-dessus du petit toit.

Je reste longtemps sur place à prendre racine. Certes, je sais bien ce que je dois faire. En revanche, comment y arriver reste plus qu'incertain. Sans compter que le temps passe. Demain soir, les autres veulent me récupérer ; d'ici là, je dois soutirer beaucoup d'argent à mon père. Je me sens mal à l'idée de sa réaction, de son visage. Peut-être me mettra-t-il à la porte sur-le-champ. Je n'aurai alors plus un seul pfennig pour repartir. Où ils sont, ce qu'ils font, je n'en sais rien. Ils vont me téléphoner chez mon père et il hurlera jusqu'à ce que le combiné tombe des mains de son correspondant. Mon Dieu, que c'est désagréable ! Il ne faut pas que ça se passe ainsi. Je prends mon courage à deux mains et rentre dans le bâtiment gris du restaurant routier. Au comptoir, j'échange mon billet contre des pièces, demande des jetons et où se trouve le téléphone. Dans l'étroite cabine, il y a peu d'air. Tout le monde doit fumer ici, moi aussi.

Je cherche les mots les plus doux. C'est difficile : je ne sais jamais comment il va réagir. J'en suis à ma quatrième cigarette. En composant le numéro, je récite mon texte, puis je raccroche ; non, ça ne va pas.

J'allume encore un clope. « *Pronto !* » jappe mon père dont la voix trahit sa mauvaise humeur habituelle.

« Allô ! C'est Pola. Je suis sur une aire d'autoroute, sortie Rome nord. Tu peux venir me chercher s'il te plaît ?

— Quoi ? Comment ? Que fais-tu sur cette aire de repos ?

— Ah… Euh… Je suis partie avec des gens, avec des acteurs… on a eu un accident… les roues sont parties… le minibus est en vrac… j'ai continué seule. »

Je me mords la langue. En aucun cas, il ne doit apprendre que je suis montée dans les voitures d'inconnus. Celle du gars, ou celle des jeunes.

« Et je tenais absolument à te voir. Maintenant je suis là. » Je balbutie en prononçant ces derniers mots.

— Je viens te chercher. Où es-tu précisément ? Ne bouge pas jusqu'à notre arrivée ! »

Jusqu'à notre arrivée. Ce qui signifie que sa femme vient avec lui. Elle est toujours avec lui. Pourquoi ne peut-il venir me chercher tout seul ?

Je quitte la cabine téléphonique, commande un espresso au bar. Quelques routiers traînent çà et là, ils me regardent, ont l'air étranges. Ont-ils des femmes et des enfants ?

Je m'assieds dehors sur les marches, tiens fermement ma tasse, fume cigarette sur cigarette. L'horizon se teinte d'une couleur miel, le ciel se rapproche, l'air devient froid et bleu. J'attends, j'ai froid. Mon chemisier, qui colle à cause de la sueur et de la crasse, tient davantage de la voilette que du vêtement chaud. Sans compter que je n'ai rien d'autre hormis mon short. Je remarque que les boutons de mon chemisier sont toujours ouverts. Heureusement que je m'en rends compte avant l'inspection paternelle.

Le néon du restaurant illumine le gravier d'éclairs rougeoyants. Je compte les secondes entre deux éclairs et attends. Ça ne peut pas être aussi long entre son domicile et ici ! Sans aucun doute, il doit se disputer avec elle.

Des poids lourds halètent, renâclent, à la recherche d'un lieu de repos pour la nuit. Des gens en sortent, une ou deux personnes, les phares s'éteignent. Parfois, rien ne se passe : je m'imagine qu'un couple y fait l'amour. Une voiture arrive devant le restaurant. De loin, je sais que c'est mon père. Je ne saurais dire pourquoi. Peut-être à la manière dont les pneus crissent, à la manière dont les phares éclairent, frénétiquement, agressivement ! Bien entendu, c'est une voiture de sport ; je devrai donc me serrer contre sa femme.

Une portière s'ouvre brutalement, l'autre plus hésitante. Mon père me saute dessus comme une panthère, suivi de sa femme, telle une ombre molle. Léchouilles coutumières qui me donnent la chair de poule. Soudain, il m'éloigne de lui, fait un pas de côté et me jauge de la tête aux pieds. Chaque centimètre de mon corps, sous son regard implacable, me brûle. Son glapissement me fouette le visage comme une salve de gifles : « On dirait que tu fais le trottoir ! N'as-tu rien d'autre à te mettre ? Où sont tes vêtements, tes sacs, tes valises ? On pourrait te plaquer contre un mur ! Tu n'as rien pigé de tout ce que je t'ai dit au cours de ces années ! »

Je m'assieds sur le gravier et me mets à pleurer sans retenue. D'une seconde à l'autre, c'est un autre homme. « Viens, ma chérie, tu grelottes, nous allons à la maison. » Sa femme est restée derrière lui, elle n'a pas encore lâché le moindre mot. Mon père m'aide à me relever, me tire à lui et m'embrasse sur le front avant d'ouvrir la portière passager. Il fait le tour de la voiture, éclairé par le scintillement du néon. C'est alors que je peux voir son visage. Il est décharné, toute vie s'en est allée, seules les nuits d'excès ont creusé des sillons dans sa peau. Sa femme passe devant moi, me fait un signe à peine perceptible tout en me foudroyant du regard. Elle prend place de manière exagérément lascive, je m'efforce de me ratatiner autant que je peux. Après quelques contorsions, je parviens même à fermer la portière.

On ne parle pas durant le trajet ; j'apprends seulement que nous allons dans le nouvel appartement avec terrasse, au centre-ville, sans dîner. Tous deux ne mangent dorénavant que les plats qu'ils préparent, asiatiques bien sûr. « *We are cleaning our bodies !* » aboie mon père. « Nous purgeons nos corps des poisons et scories accumulés pendant l'année dans nos vaisseaux. » Voici qu'il perd la raison. Une telle ineptie dans sa bouche !

Le nouvel appartement est aménagé dans un style nouveau. Où prostituées et femmes nues se vautraient jadis, où l'on pouvait sombrer dans une mer d'étoffes, de coussins et de peluches, on ne trouve que de petites tables étroites, de différentes tailles, emboîtées les unes dans les autres. Elles accompagnent un grand canapé de cuir marron puis deux malles armoires. Rien d'autre dans la pièce hormis des luminaires. Japonais, spartiate, aride. Derrière un mur de verre, une grande terrasse s'étend au-dessus des toits de Rome. Des bambous ondulent, entre eux des roses rouge vif. Partout des roses, où que tombe mon regard : dehors, dedans, des vases pleins de roses. Des vasques où ne flottent que des boutons de roses. Des pétales de roses sur les tables et le sol, comme jetés au hasard. En réalité, le moindre centimètre est mis en scène. Dans la salle de bains, des bouquets de roses sous le miroir du lavabo ou en train de faner au bord de la baignoire. Un air putride et sucré rend la respiration difficile et m'écœure. Mon père me conduit dans la chambre à coucher. Je reste sur le seuil : comme d'habitude, un océan de couvertures et de coussins qui forment des vagues, des froufrous à dentelle, tous les signes de la nuit. Je n'ose imaginer ce qu'il s'y passe.

Mon père me regarde de nouveau si avidement que je retourne dans le salon neutre. Comment lui annoncer que j'ai besoin d'argent, beaucoup d'argent d'un coup ? Que je ne peux rester chez lui et que je reprends la route demain ?

Il me suit, s'affale jambes ouvertes sur le canapé. Je m'assieds à l'autre extrémité, les pieds croisés, les genoux serrés. Son regard glisse sur moi, je deviens nerveuse. Des effluves de nourriture se répandent dans la pièce. Geneviève est une bonne cuisinière, ça se sent. J'ai une faim de loup, mince ! C'est de plus en plus dur d'ouvrir la bouche.

Une sonnerie stridente vient rompre le silence tendu. « C'est pour moi ! » dis-je en courant vers le téléphone sans attendre la réaction paternelle. De toute évidence, mon assurance lui coupe le sifflet et le rend incapable de me retenir.

« Nous sommes déjà là ! C'est allé vite au garage. Ils ont fait une réparation provisoire. À Palerme, nous devrons faire de vraies réparations. Nous t'attendons à la sortie Rome nord. Tu as l'argent ?

– Oui, oui ! dis-je en mentant. Comment ? Où ? »

Je prononce les derniers mots en bégayant. Maintenant, plus une seconde à perdre ; je dois lui dire.

« Qui était-ce ? » hurle-t-il méchamment. Ma tête est une boule brûlante, mon corps grelotte.

– Babbo, je dois partir sur-le-champ, en Sicile ! Je fais du théâtre là-bas ! Nous avons une représentation à Palerme. Mais je passe de nouveau sur le chemin du retour, promis ! Peux-tu me donner de l'argent ? Pour l'hôtel, la nourriture, le train, le bateau et tout le reste ? Et pourrais-tu me ramener à l'autoroute ? Je préfère y aller avec toi qu'en taxi ! S'il te plaît ! Comme ça, on peut rester ensemble. Je te jure de revenir te voir dans quelques jours, aussi longtemps que tu voudras ! Je te le jure ! »

Mon père rejette sa crinière en arrière, se passe les doigts dans les cheveux. Son regard scintille, sa lèvre tressaute, ses narines tremblent. Il retrousse plusieurs fois les babines, montre ses dents trop grandes ; j'attends qu'il explose.

Il se lève mollement, traîne des pieds jusqu'aux armoires murales, les tiroirs font un faible bruit. Il revient, me jette un de ses pull-overs en cachemire : « Enfile ça, tu ne peux rester ainsi ! On te prend pour

une pute ! Sans compter qu'il fait bien trop froid ! »
Obéissante, je me glisse dans le pull-over. Il est doux, il sent bon. Mais, comme je suis plus grande que mon père, il m'arrive à peine aux fesses. Je tire dessus de manière à ce que mon père ne le remarque pas ni ne se mette en colère. J'entends du papier crisser. Un tas de billets atterrit sur la table devant moi.

« Voici de l'argent pour toi ! Mais tu reviens, compris ? Tu reviens !

— Promis !

— Je t'emmène. » Il disparaît dans la cuisine pour en informer Geneviève.

Avec l'assurance d'un usurier, je prends les billets, les rassemble et les roule en une liasse que j'enfonce profondément dans une de mes bottes. Puis je vais dans la cuisine et enlace ma belle-mère pour conserver la bonne humeur de mon père. « Ciao ! À bientôt ! »

Sur le trajet vers l'aire d'autoroute, il grogne, me dit à quel point lui est insupportable l'idée que je voyage en bus avec d'autres. Il me raconte comment, de toute sa vie, il a eu en horreur les relents de chambres mal aérées, de tentes, d'auberges de jeunesse ou à quel point il déteste les sacs à dos. La puanteur des pieds et celle des gens. Et voici que sa fille fait précisément ce qu'il abhorre !

Nous nous arrêtons devant le minibus. Aucune lumière à l'intérieur. Il a l'air abandonné. Ils dorment profondément. Mon père ouvre la portière côté passager, me serre contre lui, longtemps, bien trop longtemps. Sa chaleur, son visage me font paniquer. Il ne me laisse pas partir, fait tourner sa langue humide dans mon oreille, murmure : « Tu reviens ! » Je peux à peine le comprendre mais j'acquiesce. Puis je me défais de son étreinte, cours vers bus et ouvre la porte vers la liberté. Le moteur de la voiture de sport vrombit, le son s'éloigne, puis s'éloigne encore...

Je referme prudemment la portière et m'assieds sur les pierres pointues. Les dernières heures m'ont éreintée. Soudain, j'ai envie de retirer mes bottes. Une fois les fermetures ouvertes, la liasse tombe à mes pieds. Je commence à compter. Il m'a donné 2 000 marks, sans compter. Pas mal. Je ne dirai pas aux autres de quelle somme il s'agit. Combien d'argent me donne mon père ne regarde personne.

Et puis, qu'ai-je à voir avec ce stupide bus ! Ce n'est tout de même pas ma faute s'ils ont acheté une telle épave. Le néon éclaire encore. Sa lumière est impuissante contre celle du jour qui se lève. Je m'allonge sur le dos, les pierres me font mal. Bientôt, je ne sens plus rien.

Des voix mal lunées, des portières qui claquent, quelqu'un qui crache sur le sol non loin de moi. Dégoûtée, je me relève d'un bond. Je comprends maintenant ce que disait mon père.

Deux heures plus tard, nous voici en route pour la pointe sud de l'Italie. À Reggio de Calabre, nous prenons le bateau pour la Sicile. En chemin, nous voulons faire un crochet par le village de Buccino, non loin de Naples, juché sur les montagnes.

Paolo, l'un des plus âgés de la troupe argentine, y est né. Vingt ans après son départ, il veut saluer sa famille.

Le bus se démène sur la route de pierre étroite et sinueuse qui conduit au village natal de Paolo. De la poussière fine se dépose sur les vitres. Nous roulons à travers une région déserte, des hibiscus et des eucalyptus bordent la route, les branches et les épines des roses sauvages éraflent la peinture, des herbes folles s'écartent sur notre passage. Je baisse la vitre, ça sent les herbes aromatiques, le miel et les fleurs. Des animaux que je ne peux voir font d'étranges bruits. Ils ne se laissent nullement impressionner par l'ahanement de notre bus qui vient troubler leur quiétude. Puis la végétation se fait plus rare, remplacée par des pierres blanches et des herbes sèches. À l'horizon se dresse une montagne dans le soleil brûlant du midi. Au-dessus, un village s'y est accroché – non, on dirait qu'il a bel et bien grandi avec les rochers.

Nous nous arrêtons en bordure du village, près des premières maisonnées. On dirait qu'elles ont été sculptées dans la pierre. Difficile de dire où l'une commence et où l'autre s'arrête.

Le soleil est haut dans le ciel. Personne en vue, rien ne bouge. Seuls quelques chiens efflanqués sont étendus dans les rares coins d'ombre, la langue pendante sur les pierres. Les volets de bois des maisons sont fermés. Les cordes à linge forment des toiles entre les murs. J'ai l'impression que le monde a cessé de tourner en cet endroit.

Paolo bondit hors du bus, se rue dans les étroites ruelles, frappe à chaque maison. Les portes s'ouvrent, des visages méfiants apparaissent, les premières personnes sortent prudemment. Paolo se frappe sur la poitrine et crie : « Ne me reconnaissez-vous pas ? C'est moi, Paolo ! » Peu à peu, les gens quittent l'ombre de leurs demeures, ouvrent les bras, le suivent vers le centre du village. De tous côtés accourent des gens. Paolo les entraîne dans les rues comme des rats le joueur de flûte. Il fait halte sur la place du village.

Une dizaine de femmes viennent dans sa direction. Elles forment un mur, personne ne peut plus passer. Lorsqu'elles se trouvent devant lui, elles soulèvent un nuage de poussière comme des chevaux tirés par la bride par leurs cavaliers. La plus petite et la plus âgée de ces dames, la seule vêtue de noir, est au centre de toutes ; il s'agit de la grand-mère de Paolo ainsi que nous l'apprendrons plus tard. Le fils prodigue se jette à genoux devant elle, embrasse la terre à ses pieds. Elle lui ordonne de se relever, l'enlace et le serre contre elle. Chacune des femmes, tantes, sœurs, cousines, veut le toucher, l'étreindre. Leurs cris de joie résonnent dans les ruelles.

Nous avons suivi Paolo avec hésitation et nous nous tenons en retrait. Mais des habitants viennent vers nous, nous touchent prudemment. Ils tiennent tous à nous montrer leurs maisons, nous offrent ce qu'ils ont de meilleur, fromage fermier, pain frais, salami. Nous sommes conduits de maison en maison. Les amis de Paolo sont aussi les enfants de Buccino. Je marche pieds nus – hormis mes bottes à talons, je n'ai pas d'autres chaussures. Les plantes de mes pieds sont égratignées par les pierres pointues à de nombreux endroits. Ça n'a aucune importance, depuis que nous sommes arrivés ici, je me sens bien. Aujourd'hui, sur la place du village, il y aura une grande fête : Paolo, le fils prodigue, est revenu.

De toutes les maisons s'échappent des effluves de pain chaud, de pizza, de légumes et d'herbes aromatiques. Les hommes tendent une guirlande lumineuse aux grosses ampoules multicolores au-dessus de la place, de l'église au bar. Deux femmes aux habits bigarrés à fleurs balaient le sol. « Pour qu'on puisse bien danser ! » rit l'une d'elles avant de baisser immédiatement les yeux, honteuse.

Je ne peux retenir ma joie à l'idée de ma première fête de village, mais nous devons d'abord tous assister à la messe. Je retourne au bus pour me vêtir décemment. Chemisier et short me collent encore au corps et le pull-over paternel n'a plus l'air d'être de première fraîcheur. Je fouille dans mon sac, à la recherche d'un jean et d'un T-shirt. Puis je remets mes bottes, bien que ce soit très inconfortable : sans chaussettes, les pieds sales et ensanglantés. En outre, l'idée de marcher bien roide sur ces échasses devant les autochtones me fait honte. Mais sans chaussures, à leurs yeux je ne suis qu'une gitane.

Marina, une fille de la troupe, fait couler de l'eau d'un bidon dans mes mains afin que je me débarbouille. De mes doigts mouillés, je tente de me recoiffer. Puis je me dépêche de me rendre à l'église.

La messe a déjà commencé. On peut entendre de loin ce que dit le prêtre. Mais c'est bien différent de ce que je connais. Sa voix est couverte par d'incessants bavardages, des cris d'enfants, des rires et des pleurs. Plus je m'enfonce dans l'église, plus ça me fait penser à une fête de village. Les portes sont ouvertes à tous les vents, les enfants courent entre les jambes des adultes, entre l'autel et la place du village. L'église est inondée de lumière. C'est sans doute ainsi que Jésus s'était imaginé le service divin : joyeux et vivant.

L'accordéon commence un tango. Des grappes de filles et de garçons, d'hommes et de femmes, de personnes âgées qui s'aident d'une canne, tous se rassemblent au milieu de la place et se mettent à danser. Chacun comme il peut. Même les plus vieux font des rondes, hochent la tête en rythme sur la musique.

Je crois qu'ils ont installé toutes les tables de leurs cuisines, y ont déposé en guise de nappes des chiffons blancs et ont sorti la plus belle vaisselle de leurs bahuts. Pas une assiette, ou presque, n'est identique. Ils ont apporté sur les tables un tapis de fruits et de fleurs. Tout le village se réunit autour du banquet qui traverse toute la place jusque dans la rue voisine. Qu'arrivent de nouveaux venus, alors on se pousse un peu et l'on va chercher dans les caves des tabourets, des coussins, des tonneaux. On apporte des mets délicieux, des plats de légumes odorants, des pâtes, des poêlées de viande. Il y a autant de bruit que pour une kermesse. Les gens chantent, rient, badinent, mangent et boivent. Un feu brûle aussi quelque part. Les flammes projettent des ombres sur les visages rosis par le vin, leur donnant parfois l'aspect de faunes ou de gnomes.

Des adolescents paressent à mes côtés et me regardent. Certains paradent devant moi tels des coqs, jaugent cette jeune fille aux longs cheveux blonds, avec son jean moulant, son T-shirt trop court et ses bottes à plateformes. Après que le premier a osé m'inviter à danser, les autres s'enhardissent à leur tour. Je danse avec entrain, ris beaucoup. Dans ces moments-là, j'oublie ma vie ; il n'y a que sérénité et amitié.

Soudain, une femme d'un certain âge m'attrape et, malgré mes protestations, m'entraîne à l'écart de la fête endiablée dans les profondeurs d'une ruelle sombre. Elle s'appelle Luiza, c'est une tante de Paolo. Je remarque sur les murs des ombres qui nous suivent comme des chiens errants. Ce sont les jeunes gens avec qui j'ai flirté et dansé. La dame leur lance une pluie d'injures. D'un coup, ils ont disparu. « Qu'ils sont impertinents ces goujats ! Une jeune femme comme toi doit être au lit à minuit ! Tu ne dois susciter aucune convoitise ! Cette nuit, tu dors chez moi », vocifère-t-elle jusqu'à ce que nous arrivions devant une maison sombre. Je me sens mal. Je serais volontiers restée à la fête jusqu'à l'aube, j'aurais ri, flirté, dansé.

« Rentre ! » Nous nous trouvons dans une sorte de hall d'entrée vide. Seule la Vierge Marie, en rose et bleu clair, est illuminée dans une niche sur le mur.

« Je te montre ta chambre. » Elle me conduit dans une grande pièce éclairée par un néon au plafond. Un lit de fer dressé sur de hauts pieds avec une couverture au crochet, voici qui n'est pas particulièrement engageant. La couverture est tirée de telle manière qu'elle ne fait aucun pli. La distance entre le sol et chacun de ses bords est exactement la même de chaque côté. D'un geste énergique, Luiza ferme les rideaux de dentelle blanche. « Bonne nuit ! » Elle met ses doigts dans le bénitier du mur, m'éclabousse de gouttelettes et referme la porte de la chambre avec insistance. Nul besoin de m'enfermer à clef : la façon dont elle a claqué la porte fait s'envoler toute velléité de ma part de la rouvrir.

Un peu déçue, je m'assieds sur l'unique chaise et laisse errer mon regard dans la chambre. En face du lit, on retrouve encore une Vierge à taille humaine. Elle porte Jésus dans ses bras. La couronne d'épines et son front sont couverts de sang. À un doigt de Marie, il y a une couronne de roses avec des perles noires.

Dans cette chambre, l'angoisse de ne plus pouvoir respirer me saisit. Je n'ai plus d'autre choix que de retrouver ma couche pour fuir dans le sommeil. J'enlève jean et bottes ; la froideur du sol de pierre me pénètre jusqu'en haut des jambes. J'éteins le néon à l'interrupteur à côté de la porte puis me glisse sous la couverture. Mes yeux s'habituent à l'obscurité, je peux maintenant distinguer les contours de Marie et de Jésus. Le rosaire bouge doucement, comme poussé par un courant d'air. Je ferme les yeux, je ne veux plus voir ça.

L'image de ce jeune homme pendant la fête me revient en tête. Toute la soirée, il est resté appuyé au même arbre à me dévisager. Sans doute était-il trop timide pour venir me parler. Les traits de son visage sont fins et doux, comme ceux d'une femme. Ce regard tranquille ne me quitte pas. Il n'était pas avec la meute qui nous a suivis. Lorsque nous sommes passés devant lui, il m'a donné un morceau de papier que j'ai mis dans la poche de mon jean. Je rallume immédiatement et trouve son mot sur le sol. Je le déroule. D'une écriture d'enfant, griffonné au crayon noir, on peut lire : « Demain, 17 heures au bar. J'ai quelque chose à te montrer. Giacomo. » J'éteins, une nouvelle fois, la lumière et emmène le visage de Giacomo dans mes rêves.

Tante Luiza me réveille de bonne heure : « Le petit déjeuner est servi dans la cuisine ! » Quelques minutes plus tard, me voici habillée devant elle. Elle me montre le lavabo : « Tu peux te laver le visage. » Après m'être frottée au savon de Marseille, elle me caresse la joue puis y dépose un gros baiser : « Tu es une bonne fille, je le sens. » Gênée, je m'assieds sur une chaise – c'est rare qu'on me dise des choses aimables.

Le café a un goût différent que celui que je connais ; il est fort et amer. Luiza dépose dans mon assiette une épaisse tranche de pain recouverte de beurre et de marmelade. Elle m'en tartine une seconde qu'il me faut manger également. À la troisième, je lui fais signe que je n'en puis plus. Elle part d'un rire sonore et désigne mon corps mince : « Tu dois manger pour avoir les hanches et la poitrine de Sophia Loren ! Ha, ha, ha ! » Elle s'étouffe de rire et cache sa bouche avec l'ourlet de sa robe afin que les miettes de pain ne volent pas à travers la cuisine. « Cet après-midi, je t'emmène aux jardins pour la récolte. »

Après la sieste, nous marchons sur un chemin si étroit que nous devons nous tenir l'une derrière l'autre. Il part du village et conduit bien haut dans les montagnes. Des chèvres nous regardent, des fleurs sauvages redressent la tête, des arbres noueux s'inclinent sur notre passage.

Les jardins où nous arrivons me font penser à des jardins ouvriers ; ils sont plus sauvages, plus luxuriants, plus beaux. Les habitants de Buccino y plantent leurs fruits et leurs légumes. Tandis que Luiza s'agenouille près des plates-bandes, qu'elle arrache et déterre, je remplis la corbeille. Espérons que ce ne sera pas trop long ; j'ai un rendez-vous.

Comme le travail au jardin ne semble pas s'arrêter, je me plains de nausées et de vertiges. Luiza se relève en soupirant, agite la tête et me pince le nez. Les larmes me montent aux yeux. Lorsque je me mets à crier, elle rit. Elle charge la plus grande corbeille sur son dos, me donne la plus petite et nous retournons au village.

À la maison, je l'aide à déballer. On pose sur la table poireaux, courgettes, poivrons et tomates pour les laver. Je lui dis que je dois aller chercher mon sac dans le bus et me dirige vers la place. Le bar se trouve en face de l'église, dans une maison qui fait l'angle. Dans la ruelle, à quelques mètres de l'entrée, une Mobylette est garée. Giacomo est assis dessus et regarde dans ma direction. En me rapprochant, je remarque qu'il est content. Aucun de nous ne rompt le silence. Il reste assis, moi devant lui, raide comme un piquet. Il est plus courageux : « Viens ! Je te montre le paradis ! »

Je suis son invitation et nous sortons du village par ses rues étroites. J'enlace la fine silhouette de Giacomo, mon nez est écrasé dans son dos. Il sent l'herbe fraîche. Je crois qu'il roule de plus en plus vite, mais ça m'est égal ; je savoure le vent dans mes cheveux, la chaleur, son parfum. Soudain, il s'arrête : « C'est le paradis ! » Les bras tendus devant lui, il montre le lointain. Face à nous, des collines à la végétation multicolore puis la mer qui scintille. Le soleil, comme une boule, est pendu au-dessus.

Giacomo dit : « Tu vois, c'est à ça que ressemble le paradis. Et je t'aime. » Sans m'enlacer, il m'embrasse fougueusement sur la bouche. J'en perds l'équilibre et culbute. Giacomo se jette sur moi et nous roulons comme des enfants sur le sol. Nous rions jusqu'à ne plus pouvoir respirer. Nous nous asseyons tous les deux, et après un moment, nous nous embrassons ; réellement, cette fois – farouchement et tendrement puis plus fort, plus sauvagement, nous n'arrêtons qu'avec le crépuscule.

« Ils vont nous chercher ! Nous devons rentrer ! » dis-je.

Sur le chemin, je réalise que sortir avec Giacomo a été une erreur. Demain, nous repartons et nous ne nous verrons jamais plus. En outre, il est de deux ans mon cadet. Les villageois vont me chasser de la vallée à coups de fouet.

Giacomo s'arrête en bordure de Buccino. Je saute de la Mobylette et m'en vais sans me retourner. Juste avant d'atteindre les habitations, je fais un petit détour par le chemin de terre en contrebas du village. Je regarde en l'air. Les falaises se confondent avec les maisons. Elles forment une fortification menaçante. Mais les nombreuses fenêtres qui semblent regarder dans le lointain sont une invitation pour chaque passant.

Ils font encore ou de nouveau la fête. J'entends l'accordéon et les voix qui chantent en chœur. D'un moment à l'autre, il va faire nuit. La ruelle n'a pas de lampadaires. Soudain, un bruissement, qui se fait plus persistant. Je reste sur place et regarde dans l'obscurité. Ça vient de la maison, juste devant. Je prends mon courage à deux mains et donne un coup de pied dans la porte ; elle est contre. Face à moi, une chute d'eau.

C'est le lavoir du village. Je suis prise de panique. Je sors de la ruelle en courant et ne me calme qu'à la vue de tous les gens qui dansent, rient et gesticulent.

Lors de notre départ, le lendemain, ils viennent tous nous voir pour nous souhaiter bonne chance. Ils nous offrent du salami, du fromage, du pain et des tomates. Ils encerclent notre bus, leurs mains et quelques têtes passent par les vitres ouvertes. Soudain, je remarque Giacomo qui me tend un bouquet : « Du paradis ! » crie-t-il avant de disparaître.

Aujourd'hui, je peux m'asseoir à l'avant. Des larmes roulent sur mon visage alors que le bus descend la route tortueuse vers la vallée. Jamais je ne reverrai ces gens. Paolo me regarde et secoue la tête en riant : « Giacomo a seize ans ! » Puis, comme un frère, il passe sa main sur ma cuisse. Reggio de Calabre est notre prochain but. Nous y embarquerons sur le bateau pour la Sicile.

Les images de ces derniers jours tournoient dans ma tête. Je m'endors pour me réveiller dans l'insoutenable chaleur de midi, transpirant dans mes vêtements et tout à fait perdue.

Les routes côtières sont étroites, sinueuses – on a l'impression qu'elles sont collées à flanc de montagne avec de la bave et du sable. Notre chauffeur fatigue le bus et ne lève pas les pieds même dans les pires virages. Je me sens mal tant j'ai peur et je crie à Paolo de rouler plus doucement. Hans aboie que je ne dois pas être si hystérique. J'aboie à mon tour et nous ne cessons de nous quereller pendant tout le trajet. Tant et si bien que Paolo s'arrête, nous flanque dehors et nous crie de nous écharper une bonne fois pour toutes.

La chaleur, la promiscuité dans le bus – tout le monde a les nerfs à vif, tout le monde s'énerve et se dispute. Ce n'est qu'une fois la ration journalière distribuée par Paolo – deux sandwiches, une boisson et quatre cigarettes chacun – que les esprits s'apaisent et que nous pouvons reprendre la route.

La pièce de la troupe argentine rencontre un vif succès à Palerme. Chaque soir, des flots de spectateurs se pressent dans le théâtre et restent pendus aux lèvres des acteurs après la représentation, comme s'ils attendaient d'eux qu'ils les libèrent. Cependant, je ne me sens pas à ma place, plutôt comme une groupie. Qu'adviendra-t-il de moi une fois la tournée finie ? Dois-je suivre la troupe ? Mais eux-mêmes ignorent ce qu'ils feront. Sans compter que je ne comprends pas grand-chose à leurs idéaux, leurs objectifs, leur vision de la vie. Leur monde m'est interdit, étranger. C'était une idée naïve que de rejoindre une troupe de théâtre marxiste. Que faire ? Où aller ? Je ne sais qu'une chose : il me faut retrouver mon père. Je le lui ai promis. Il m'attend.

Les deux semaines de représentation touchent à leur fin. On démonte et on range. Demain, ils se mettent en chemin vers le nord où la troupe est invitée par d'autres villes européennes. Quant à moi, je n'ai aucune idée de mon avenir.

Sur le chemin entre Reggio et Rome, je parle à peine. Paolo se moque de moi : « Pola, as-tu perdu ta langue ? Tu parles tellement d'habitude ! »

Je descends du bus à la sortie Rome nord – le même restaurant que celui où mon père m'a déposée il y a environ trois semaines. Je conviens avec les autres de les rejoindre à Milan où la troupe participera à un festival de théâtre de rue.

Sur le panneau, en nickel, au mur de l'immeuble, seulement des boutons de sonnette, aucun nom. Mais je sais où sonner. « *Pronto !* » fait mon père d'une voix nasillarde et excitée – comme d'habitude à l'Interphone.
« C'est moi, Pola !
– Ah ! ma petite poupée ! »
Je gravis les six étages. À chaque marche, les douleurs s'intensifient. Comment sera-t-il luné ? Geneviève sera-t-elle plus sympathique envers moi ? Vont-ils encore se disputer nuit et jour, se hurler dessus ? Qu'est-ce qui m'attend ?
Il se tient à l'entrée de la porte, me tire à l'intérieur. Sa femme fonce sur moi et me prend dans ses bras. Je m'en étonne.
Geneviève a cuisiné : encore des mets asiatiques. Ensuite, nous devons absolument aller ensemble en ville. Mon père et sa femme prennent l'ascenseur, je descends à pied. Je descends et remonte trois fois de suite les dernières marches. Ils m'attendent déjà impatiemment. Il me montre une petite voiture et dit, plein d'entrain : « Aujourd'hui, Geneviève conduit ! » Je m'étonne de nouveau. Ils ont troqué l'église de la Via Appia contre un immeuble en ville, la limousine de luxe contre une Mini Cooper. Cette voiture a l'air absurde et elle est plus étroite qu'une Ferrari. Je dois me plier sur la banquette arrière comme un couteau suisse. Sa femme prend place au volant, à côté d'elle le moniteur d'auto-école.

Elle démarre. Premier drame : elle cale. Le chien de garde aboie : « Es-tu débile ? » Elle roule les yeux et retente son démarrage. Ça fonctionne ! Heureusement. Elle passe la première. Il râle qu'elle ne le fait pas assez doucement. Elle soupire. Elle démarre, il lui dit d'aller plus vite, qu'elle n'est pas une limace. Geneviève accélère, nous décollons : « Es-tu folle ! Tu vas bien trop vite ! » Elle lève le pied, il grogne : « Pas autant ! » Elle regarde devant elle, ses mouvements sont de plus en plus crispés et fébriles, mais il ne la lâche pas. Chaque geste, chaque mouvement est critiqué. Il hausse le ton, crie. Qu'importe ce qu'elle fait, il hurle. Soudain, elle arrête la voiture d'un brusque coup de frein. Mon père se cogne dans le rétroviseur, je me mords les lèvres. Elle ouvre la porte, crie : « Va te faire foutre ! » et s'en va. Mon père la poursuit en hurlant – on dirait un taureau. Quant à moi, on m'a oubliée. Je m'extrais de la voiture et me poste au bord de la chaussée. Je ne les vois plus. Un instant, me voici désemparée, sans plus savoir que faire. Que se passera-t-il s'ils ne reviennent pas ? Mes affaires sont dans l'appartement. Je n'ai ni clef, ni passeport, pas un sou. Rien. Que faire ? Aller à la police ? Les voitures défilent sous mes yeux, contournent la Mini. Certains rouspètent par la vitre et me demandent si j'ai besoin d'aide. Je fais non de la tête et attends, attends…

Enfin, les voici qui reviennent. Mon père tient fermement Geneviève. Ils rient, Dieu soit loué ! Nous remontons dans la voiture. Cette fois, il conduit. Mon père sourit exagérément, laissant apparaître ses dents. Sa femme se tait. Je ne sais qu'en penser. Soudain, il s'arrête devant une pharmacie : « Tu dois me rendre un service. Nous avons besoin de préservatifs. Tout le monde connaît mon visage en Italie ! Je ne peux en aucun cas rentrer et demander des préservatifs. »

Je rougis, j'ai honte, mais il n'abandonne pas et me tend un billet. Je n'ai plus le choix. Je descends péniblement, rentre dans la pharmacie les épaules relevées et en ressors rubiconde. En silence, nous rentrons à la maison.

Nous sommes tous fatigués. Mon père me prépare un lit sur le canapé en cuir du salon. Ils prennent congé et vont se coucher. Je m'endors sans plus attendre.

J'émerge du fond d'un puits, ne trouve pas de prise. Je glisse le long des murs suintants, tapissés de mousse verte. Impossible de remonter.

J'ouvre les yeux, ne reconnais rien. J'entends un bruissement. Une silhouette se dégage de l'obscurité, prend forme, s'approche : elle a la gueule d'un lézard millénaire. Un crapaud vorace est à califourchon sur moi ; c'est mon père. Non, ce n'est plus mon père ! Je vois une un masque grimaçant, les yeux emplis de larmes de désir. Une chose dure écarte mes jambes. Je me défends, gigote comme une folle. Il écrase mes mains dans les coussins, s'agenouille sur mes cuisses, je veux crier mais n'y parviens pas, seul un misérable gargouillement sort de ma gorge. Il est bien plus fort que moi. Je ne me défends plus. Je ne peux plus. J'abandonne.

Je n'éprouve plus rien. Mon corps est sourd, ma tête est sourde, mon âme est en alerte, elle crie, crie, crie. Personne ne l'entend, moi non plus. Je suis spectatrice, comme extérieure à ce qu'il m'arrive. Mon corps est sourd, ma tête est sourde. La peau de son visage, ses lèvres, des sacs vides et flasques qui pendent sur moi. L'odeur du péché, de l'anéantissement m'enveloppe.

Il gémit. Un gémissement, un vagissement se répand sur moi. Le visage du crapaud devient noir, s'éteint. Un homme très vieux se détache de moi, se relève. Il se traîne sur la terrasse. Je le regarde. Sa silhouette se détache du gris de l'aurore. Il se redresse. Ses bras soulèvent des haltères.

Il soulève des poids. Il s'endurcit.

D'abord, il baise sa fille, puis il soulève des haltères. Et les préservatifs de cet après-midi, c'est pour mon propre viol que je les ai achetés.

Avec le drap, j'essuie mon visage trempé par une sueur d'angoisse et de désespoir. Le drap est collant, son odeur désagréable. Je sens, dans ma gorge, le goût du péché et de la faute. J'essaie de me lever. Mon corps est secoué par une crise de tremblements. Ça ne m'aide pas. Je dois partir sur-le-champ.

Je rassemble mes quelques effets, ferme la porte de l'appartement, descends l'escalier, fourre mes bottes dans mon sac et me mets à courir, courir, courir. L'angoisse de mourir s'agrippe à ma nuque. Je suis certaine que le diable me poursuit ! Mes dents claquent. Je mords mes lèvres, je saigne, je cours encore et encore…

A-t-il déjà remarqué ma fuite ? Il va me chercher, se mettre à courir aussi de colère. Je ne veux pas penser à ce qu'il ferait de moi s'il me rattrapait. Le diable est toujours à mes trousses.

Je vais à la gare en taxi. J'ai de la chance ; dans deux heures, un train part pour Milan. Deux heures pendant lesquelles je serai cachée. J'oblitère le billet, me recroqueville derrière un banc, dans un coin. Seule la fumée continue de ma cigarette pourrait me trahir.

Encore dix minutes avant le départ. Je sors la tête de ma cachette et examine longuement s'il est à ma recherche. Comme la voie semble libre, je cours vers le quai, saute dans le train puis dans le premier fauteuil inoccupé. J'observe le quai par la fenêtre, je regarde attentivement chaque personne. Enfin, les portes se ferment et nous quittons la gare. Les pensées débordent de ma tête comme de l'eau stagnante.

Je grelotte et j'ai chaud en même temps. Je sens l'angoisse transpirer par mes pores mais moi, je ne me sens pas. Je touche le bout incandescent de la cigarette ; je ne sens rien. Mes mains rencontrent par hasard celles du contrôleur lorsque je lui montre mon billet ; je ne sens rien. Je me pince la joue ; je ne sens rien. Je me trouve dans une bulle transparente. Une bulle de savon me sépare de la vie.

Dieu est en colère contre moi. Il me punira de mort.

Des silhouettes en bures de moine, sans visage, portent mon corps dans une cour. Ils nouent mes cheveux à la queue d'un cheval. Le cheval est poursuivi, accablé de coups de fouet ; il galope sur des rochers et des cailloux. Mes cris de peur sont couverts par le bruit de ses sabots. Le sol tremble.

Ils attachent mon corps sans vie à l'esse d'un boucher tel un cochon. Puis ils m'éventrent du pubis au menton et attendent que je me sois vidée de mon sang, que plus une goutte ne tombe. Le reste, ils le jettent aux ordures.

Je me précipite aux toilettes répugnantes et puantes du train, je m'enfonce les doigts profondément dans la gorge. Je dois me débarrasser du péché, le vomir. Il ne doit pas rester emprisonné en moi, ne doit pas faire un avec moi.

Comme si j'étais télécommandée, je descends du train à Milan et rejoins mes amis. Bien sûr, je vois les cours illuminées de la vieille ville où on fait du théâtre, bien sûr, je vois la foule de gens chatoyante dans les rues : bigarrée, heureuse, mais je ne peux y prendre part, je suis séparée d'eux. Je ne les sens pas, je ne me sens pas.

Je séjourne temporairement dans un lotissement à l'extérieur de Milan ; je ne sais pas chez qui, ni avec qui. Puis quelques personnes de la troupe et moi-même logeons dans une villa vers Gênes chez un professeur de latin. Plus tard, nous dormons à même le sol lors d'un festival de musique au lac de Côme. Quant à savoir où je suis, ce que je fais… dans ma tête, tout n'est qu'une boue grise, verte, trouble.

Le bus me recrache à un carrefour de Munich. Le feu est rouge, roussi, brûlant : il me consume. La rue ouvre sa gueule. Devant moi bâille l'abîme : la certitude qu'à cet instant, à cet endroit, je dois mourir. Que mon cœur doit s'arrêter. Je ne peux respirer. J'essaie frénétiquement de chercher l'air. Il reste bloqué dans ma gorge – la porte est de nouveau fermée. Je veux crier, hurler hors de moi cette angoisse de la mort. J'en suis empêchée par la panique que j'éprouve à l'idée d'étouffer. À l'angle habite un de mes amis. Je sonne comme une forcenée, le supplie de passer la nuit chez lui. Je suis dans une bulle de verre. Je vois bien qu'il me tend la main mais ne ressens rien. Je veux m'endormir sur-le-champ, je veux oublier. Le sommeil ravalera cette angoisse mortelle. Demain matin, tout sera de nouveau normal.

Le rêve du train, les silhouettes sans visage en bures de moine me recherchent même ici. La lumière est vive, je suis trempée – j'ai uriné dans mon lit. Je m'habille et quitte la maison. « Pola, es-tu devenue folle ? » crie mon ami.

Je suis devenue folle. Je suis angoissée. J'ai peur de mourir. Je vais mourir. J'ai peur que Dieu me tue. Je sens à chaque inspiration pénible, au plus profond de chaque cellule de mon corps que ma vie est finie. Tranchée net. Devant moi bâille l'abîme. Il me reste un seul et unique espoir d'être sauvée : je dois aller chez ma mère et Heinrich, à la campagne.

Ils louent, pour leurs vacances et leurs week-ends, une ferme vieille de deux siècles à Chiemgau. Située sur une butte, elle est entourée de forêts. On y a une vue sur le marais au pied de la colline. On doit emprunter une route privée à travers la forêt pour l'atteindre. Les pommes nous tombent directement dans la bouche et les biches viennent jusqu'à la maison. Les forêts regorgent de cèpes, de chanterelles, de fraises des bois, de framboises sauvages et de myrtilles. Je m'y suis promenée jadis – un jour, je me suis déshabillée au bord d'un lac calme et j'ai plongé toute nue dans l'eau claire. C'est aussi un paradis. Mais aujourd'hui, je m'en souviens à peine.

Je descends du tortillard et prends un taxi à la gare pour aller jusqu'à la ferme. Je cours dans la maison, dans la pièce où maman, Heinrich et ma tante sont assis autour de la grande table et j'éclate au milieu de ce cercle de confiance. Ils me regardent mais je ne parviens pas à construire de phrases intelligibles ni à prononcer de mots compréhensibles.

Puis je n'en peux plus. Je fonds en larmes sans aucune retenue, en reniflant. Heinrich me prend par le bras et m'aide à m'asseoir. Il me parle calmement et doucement.

Soudain, le blocage disparaît. Douleur, angoisse de mourir, sentiment de culpabilité disparaissent, rien ne peut les retenir. Pour la première fois, je crie, je fais sortir de moi ce qu'il m'a fait pendant quatorze ans. À cinq ans, il a commencé à me caresser d'une manière qui m'était désagréable, qui me semblait déplacée et mal. Aujourd'hui, j'ai dix-neuf ans.

Tous, ils sont bouleversés – ils se taisent, accablés. Seule ma mère prend la parole : « Je m'en suis toujours doutée. Chaque fois, tu revenais de Rome si perturbée ! »

Sur le moment, parler me soulage. Puis l'angoisse de mourir et le sentiment de culpabilité me rattrapent. Heinrich m'écoute avec une patience infinie, chaque jour, pendant des heures. Qu'importe ce qu'il est en train de faire, lorsque je me tiens devant lui en tremblant, il se consacre tout à moi et à mon désespoir. Je suis étonnée par son dévouement – il me sauve de la mort. Je lui en suis éternellement reconnaissante, de même que je lui suis éternellement reconnaissante de m'avoir persuadée de mon innocence – même si, à cet instant, ça ne m'apporte pas grand-chose.

Je vis ces semaines à la campagne comme un enfer. Je suis enveloppée d'une boue transparente, je ne ressens ni froid ni chaud, je vis coupée du monde. J'ai du mal à respirer, comme auparavant. Dès que quelqu'un me parle, je vois un ruban de mots sortir de sa bouche. Lorsque la lune brille dans le ciel, j'ai peur que sa froideur ne me tue. Lorsqu'un chat attrape un oiseau, je sens ses griffes rentrer en moi. Je suis coupable de tout ce qu'il se passe autour de moi. Je me rends souvent, comme attirée, à la croix de bois à la lisière de la forêt. Je m'y agenouille et si une mauvaise pensée me vient à cet instant, je m'en retourne jusqu'à en être libérée. Je suis folle et dois me conduire comme si de rien n'était.

Un jour, je recherche ce qu'il reste de moi, de toutes mes forces. Je vais à Munich, au cours Otto Falckenberg, et demande s'ils veulent bien me reprendre. Bien que j'en sois partie sans un mot, ils acceptent. J'emménage dans l'appartement de ma mère et de Heinrich où je dors sur le canapé.

Il appelle de Rome. Mon cœur bat à tout rompre : « Je suis si seul ! Geneviève est absente pendant deux semaines ! Viens ! Tu dois venir ! Mais ne te lave pas dans les prochains jours ! » Le combiné me tombe des mains. « As-tu compris ? » Je ramasse le combiné du bout des doigts comme s'il était souillé de toute cette saloperie. « M'entends-tu ? Tu dois venir !
— Oui, oui. Mais il fait froid. J'ai besoin d'un manteau, envoie-moi 1 000 marks, dis-je.
— Bien sûr ! Tout de suite ! Viens vite ! »
Je raccroche.
À peine l'argent reçu, je lui écris une lettre. « Je vais très mal. Je suis au bout du rouleau. Je ne te verrai que comme ta fille, jamais plus comme objet sexuel. Jamais plus tu ne me toucheras. Jamais plus ! »
Il ne répond pas.
Le canapé dans le salon n'est pas une solution pérenne. Je m'en vais avec un sac en plastique d'habits propres et dors chez des amis, par terre ou sur des divans. À l'école, j'ai des cours de diction, de chant, de

danse, d'improvisation, d'escrime, de jeux de rôle – certains soirs jusqu'à 22 heures.

Je gagne ma vie en travaillant comme serveuse dans un bar et ce bon Onxganx me verse 200 marks par mois.

Six mois plus tard, il vient à Munich avec sa femme. Nous l'attendons dans un restaurant : Biggi, ma sœur Nastja, des amis. Il salue toutes les personnes présentes, les prend dans ses bras, les embrasse. Il m'évite, il ne me connaît plus.

Il est venu à Munich parce que sa femme se fait soigner dans un hôpital. Il loge dans l'appartement d'une connaissance. La secrétaire de l'école m'indique que mon père a appelé et me tend un papier avec l'adresse où me rendre. Ce que je pense de lui, il le sait maintenant – c'est pour cela que j'ose lui rendre visite.

Il ouvre la porte, me tire dans l'unique pièce, s'allonge sur le lit et m'ordonne de relever mon T-shirt. Je m'exécute. Puis je me réveille. Je cherche le téléphone et appelle un taxi. « Reste là !

– Non. Je m'en vais !
– Tu restes !
– Non ! »

Je donne l'adresse à la dame au bout du fil et gagne la porte. Il ne me regarde pas et ne me dit même pas au revoir.

Mes journées et mes soirées s'organisent autour des nombreux cours qui doivent nous préparer au théâtre. Les nuits, je travaille ; ni mon père, ni Heinrich, ni ma mère ne me donnent de l'argent. Je vends les dernières choses de valeur en ma possession ; j'aurais aimé les conserver. Un jour, alors que je n'ai plus rien à manger, je propose à Heinrich de m'acheter une machine à écrire portative Olivetti pour 50 marks. Il prend la machine et me donne l'argent.

Actuellement, je vis chez un peintre tombé amoureux de moi. Il met de l'ordre dans son armoire afin que je puisse y ranger mes effets. Tous les matins, je quitte son appartement à 8 heures pour gagner mon cours de danse.

Voilà neuf mois que je suis à l'école de théâtre. Le monde qui m'entoure m'est toujours étranger, mais je semble m'accoutumer à cet état. Je nage à travers une grande et sombre caverne. Peut-être se trouve-t-il une issue de l'autre côté. En outre, la pensée de pouvoir me suicider quand je le souhaite, lorsque tout devient insupportable, m'apaise un peu.

Nous avons de nouveaux professeurs de théâtre. Nous devons préparer des scènes à jouer pour les examens intermédiaires. J'ai beaucoup de chance : Hanskarl Zeiser, un metteur en scène, s'intéresse à moi. Il me raconte une histoire dont j'imagine qu'il l'a lue dans le journal à scandale, *Bild*. Pour finir, il dit : « La jeune femme est la Gretchen du *Faust* ! » Je le regarde, incrédule, puis je réfléchis un peu. Bien sûr ! Il a raison. Gretchen est une jeune fille tout à fait normale, sensuelle, insolente, animée de sentiments, d'envies et de désirs normaux.

Répéter avec Hanskarl Zeiser les scènes de *Faust* est une expérience tout à fait nouvelle. C'est comme si nous nous connaissions depuis toujours, comme si nous avions toujours travaillé ensemble. Il me dit quelque chose, je comprends sur-le-champ ce qu'il pense et l'applique. Parfois, la paroi de la bulle de verre dans laquelle je vis est si fine que je ne la sens presque plus. La représentation dans le cadre des examens nourrit les discussions à l'école. Parmi les spectateurs se trouvent quelques metteurs en scène.

Peu de temps après, ma mère m'informe que quelqu'un a téléphoné de Hambourg et qu'on me contactera demain. L'homme, qui rappelle comme convenu, est le metteur en scène Ulrich Heising. Il m'explique qu'il met en scène une pièce hollandaise sur trois frères et sœur au théâtre de Hambourg. Il s'agit d'une série de quatre épisodes dont chacun sera joué à des dates différentes. Les deux frères seront interprétés par Jürgen et Dieter Prochnow. Je jouerai leur sœur cadette. Il m'a vue dans le rôle de Gretchen et tient absolument à ce que j'incarne le rôle féminin principal dans sa pièce à Hambourg.

Je saute de joie et acquiesce sur-le-champ. L'école me donne un congé d'un an. Une fois cet engagement fini, je devrai retourner à Munich pour y achever mes études.

Au cours des semaines qui précèdent mon départ, je ne parviens plus à me concentrer en cours. J'ai l'impression d'être une marionnette qui fait ce qu'on lui dicte alors que mon esprit est déjà à Hambourg. Partir de Munich, enfin ! Cette ville qui me colle à la peau comme de la boue. Hambourg représente la liberté ! Hambourg, c'est une bonne étoile pour mon avenir !

Je prépare une petite valise. De toute manière, je ne possède plus grand-chose : jeans, T-shirts, sous-vêtements et mes quatre poupées Käthe Kruse. Soudain, je suis assaillie par une crainte terrible : toute seule dans cette ville inconnue ! J'ai peur du théâtre, des gens, de la solitude, de l'isolement, j'ai peur d'avoir peur. Vais-je réussir à m'affirmer au milieu d'acteurs expérimentés ? Je n'ai que vingt ans et aucune expérience du théâtre. Comment vont-ils se comporter à mon égard ? Hambourg sera-t-elle froide ?

Le train arrive à la gare principale de Hambourg aux aurores. Je n'ai pas fermé l'œil de la nuit, je suis restée à la fenêtre, j'ai fumé cigarette sur cigarette en observant les voyageurs sur les quais. Comment sera le metteur en scène ? Et les acteurs ? Qu'un seul soit désagréable, et je me tire. Je ne suis pas tenue de rester à Hambourg, je peux retourner à l'école quand bon me semble.

Les portes s'ouvrent, je saute du train – je remonte et en saute de nouveau. Je n'ai pas le choix. Une jeune femme aux cheveux sombres se dirige vers moi. Elle me regarde en riant : « Pola Kinski ? » J'acquiesce. « Marlen. Je travaille au théâtre. Je vais d'abord te montrer ta chambre, puis te présenter le directeur, et enfin te conduire aux répétitions. Tu es logée chez un couple à Eppendorf. C'est un joli coin. Je peux venir te chercher en voiture le matin, j'habite à côté, en face de la clinique universitaire. » Sa gentillesse me comble, je suis heureuse qu'elle soit venue me chercher.

Nous sortons de la gare par l'entrée principale. C'est le théâtre ! Juste en face, resplendit un petit château blanc. Théâtre est inscrit en grosses lettres sur la façade. Nous passons devant pour aller à sa voiture. Sur les murs du théâtre, des noms sont écrits : Jürgen Prochnow, Dieter Prochnow, Pola Kinski. J'ai une frayeur : je ne vois aucun lien entre ce nom et ma personne. Il n'a rien à voir avec moi. Mon accompagnatrice sourit : « De la publicité ! »

Sur le trajet pour Eppendorf, Marlen ne cesse de parler. Je n'écoute pas, ne parviens à me concentrer sur rien, Hambourg défile sous mes yeux, blanche et froide. Dans la chambre où je suis logée, il n'y a de place que pour un lit. On s'y couche depuis la porte. La pièce n'est pas plus grande. La fenêtre située vers la tête du lit tient davantage de la meurtrière. Je sens des larmes salées sur ma langue. Hors de question que je reste ici. Je pose mon sac sur le lit et fais un signe à Marlen pour lui indiquer que je veux sortir.

« Je suis désolée, mais j'ai à faire », s'excuse-t-elle dans l'escalier.

Nous allons au théâtre. Marlen me conduit dans les étages jusqu'à la direction. Parfois, je gravis deux marches que je redescends aussitôt comme si c'était naturel. Elle me regarde d'un air interrogateur. Ça me passe au-dessus.

Ivan Nagel, le directeur, est un homme très grand, très fier. Il me reçoit avec sincérité et aimablement. Mais la personne dont il parle n'a rien à voir avec moi – je me sens étrangère. Je lui rends ses sourires et prends congé pour la première répétition. Il est presque 9 heures.

Des couloirs sans fenêtres : ça sent le bois, la laque et la cire. J'aime ces effluves. Dans la salle de répétition, sont rassemblés le metteur en scène, le dramaturge, les acteurs et d'autres personnes. On me salue avec effusion. Je suis un enfant au beau milieu d'une fête familiale. On me jauge, on m'évalue, je tends sagement la main à chacun.

Ulrich Heising m'explique mon rôle. La jeune fille est omniprésente sur scène, elle exprime avec son visage et son corps ce qu'elle veut dire, ce qui la préoccupe. Elle réagit à tout ce qui est dit, à tout ce qui se passe, mais jamais par des paroles. Elle est muette. Elle a été violée par son père pendant son enfance. Elle dort tour à tour avec ses frères. On l'envoie faire le tapin. Elle est vendue.

La pièce s'ouvre sur l'entrée des deux frères et de la sœur. La scène ne fait que quarante centimètres de haut, elle représente un atelier d'usine. Le public forme un L tout autour. C'est censé créer une intimité. La fratrie reste un instant sous la lumière du néon, dans l'entrebâillement de la porte en fer à double battant. Puis ils entrent, prennent leurs affaires dans la brouette en bois et s'installent. Le dos tourné au public, à deux pas de la première rangée, je dois enlever ma robe par le haut et courir complètement nue sur scène, vers une maisonnette de concierge contre laquelle repose une échelle. Je dois la gravir et m'asseoir sur mon frère qui se trouve déjà en haut, allongé sur un lit.

Je n'en reviens pas qu'on exige ça de moi. « Non, je ne le ferai jamais ! Je garde ma culotte ! » Le metteur en scène aboie qu'il est hors de question que je porte une culotte. Je me mets à trembler. Les larmes apparaissent, dans un accès de colère, je quitte la salle de répétition. Complètement affolée, je cours dans les couloirs, m'accroupis dans un coin sombre et sanglote sans m'arrêter.

Pourquoi faut-il que ça tombe précisément sur moi ? A-t-il remarqué quelque chose ? Le lit-on sur mon visage ? Est-ce que je le transpire ? Le sent-on ? Est-ce à tout jamais marqué dans ma chair ? Pourquoi voulait-il absolument que je joue ce rôle ? Jamais je ne ferai ça. Jamais ! Plutôt m'en aller avec le prochain train.

Ils me cherchent, m'appellent. Le metteur en scène me prend dans ses bras, me ramène. Je me calme. Il me convainc.

Les premiers jours passent. Hambourg est une ville horrible où on gèle. Je mets toute mon imagination et toute mon énergie dans les répétitions. Pendant les pauses-déjeuner, je note les réactions de la jeune fille à chaque dialogue, chaque mouvement, chaque situation, je les écris entre les lignes de chacun des quatre épisodes de la pièce. Lorsqu'elle est en colère, elle écrase si fort la pédale de sa machine à coudre qu'elle manque de la rompre. Ou bien elle fait trembler le plancher à force de taper dessus de son pied nu, à force de trépigner pour obtenir satisfaction. Il arrive aussi qu'elle jette des objets à travers la scène, ou sur le sol, et qu'elle martèle des poings pour attirer l'attention de ses frères. Les répétitions durent jusqu'au soir. Je suis complètement éreintée, prends un taxi pour Eppendorf et m'effondre sur le lit de ma chambrette. Je ne veux plus penser, ne veux plus être angoissée par tout, par la vie, par la mort, par Dieu. Je vis dans cette enveloppe de boue transparente, ne parviens toujours pas à respirer, ni à me sentir moi-même, ni à sentir les autres.

Un jour, Marlen me convie à dîner chez une amie. Lorsque la porte s'ouvre, je suis enveloppée d'une chaleur que jamais encore je n'avais connue. Cette Katrin doit être l'astre solaire en personne – ou tout au moins l'a-t-elle avalé. Son visage rayonne. Le petit appartement est cossu et confortable. Je ne peux me rappeler à quand remonte la dernière fois que j'ai pris plaisir à manger. Je ne m'arrête pas jusqu'à exploser. Avec Marlen, nous dormons chez Katrin. Je sombre dans des montagnes de coussins. Le lendemain, je prends une douche, accroupie dans la baignoire, et j'observe Katrin peigner ses longs cheveux noirs. Alors qu'elle se met du rouge à lèvres et que je croise son regard dans le miroir, je lui demande : « Est-ce que je peux revenir ce soir ? » Elle rit et répond : « Oui, mon trésor. »

Depuis ce dîner, je suis restée chez Katrin. Elle et son appartement sont mon nid douillet, mon chez-moi. Sans elle, je n'aurais pas survécu aux répétitions quotidiennes. La première de l'épisode est un succès fabuleux. Pourtant, mon état empire… Chaque représentation est un pas de plus vers l'échafaud. Je suis certaine qu'aujourd'hui je mourrai au cours de cette représentation. À la fin de la pièce, c'est avec surprise que je constate que je suis encore en vie.

Les autres acteurs se retrouvent à la fin de la pièce dans la cantine pour boire et manger. Je saute dans un taxi et vais chez Katrin. Toute heureuse de n'être pas morte, je me glisse à côté d'elle, dans son lit, avec une assiette d'en-cas. Nous regardons la télévision. Ce sont les seuls beaux moments de ma vie.

Souvent, Katrin se plaint de ne pouvoir dormir la nuit tant je bouge ; elle en a le mal de mer. Pour la cinquantième fois, je suis tombée du lit, me suis retrouvée à genoux et j'ai imploré Dieu qu'Il me pardonne.

Le commencement de la journée, de bonne heure, est le pire moment. L'angoisse de mourir, la peur d'être punie, la peur de nuire à quelqu'un par une mauvaise pensée, le sentiment d'être enfermée dans une bulle de verre me torturent particulièrement.

Pendant les représentations, je suis choyée par une employée des loges bonne comme le bon pain. Elle me rappelle ma chère grand-mère. De toute évidence, elle a de la compassion pour moi. Un jour, elle me dit que je lui fais penser à un oisillon tombé du nid. Chaque soir, sur le radiateur, il y a une casserole, recouverte d'un couvercle, qu'elle a préparée pour moi afin que j'ingurgite quelque chose de chaud. En hiver, elle me tricote deux bonnets bien chauds. Lorsqu'elle me prend dans ses bras, il m'arrive d'éprouver quelque chose.

Depuis plusieurs jours, les lettres d'un inconnu s'accumulent chez le concierge – il m'invite à participer à une sorte de devinette. Chaque soir, lui, l'inconnu, sera assis dans le public, à un fauteuil différent et dans un costume différent. Je dois le trouver. Ça m'indispose. Depuis que j'ai rompu le silence, je pense qu'il est possible que mon père me fasse tuer pour se venger. Tout en jouant, je cherche parmi les visages du public, dans la pénombre, de qui il pourrait bien s'agir. Mais je ne vois personne qui puisse correspondre. Ma peur se transforme en panique. Peut-être veut-il me tirer dessus ! Pas une seconde où je ne regarde le public. Un soir, mon regard tombe sur une silhouette de la première rangée. De grandes et fines jambes croisées, deux mains qui tiennent un journal. À travers un trou dans le journal, je distingue un œil qui ne me quitte pas. Je ne peux m'en détacher. Lorsque le journal se baisse, apparaît un visage d'homme qui rit. Un peu plus, et, de peur, je me faisais dessus. C'est à mon tour de rire. L'homme m'attend à l'entrée des loges. Un homme grand et mince portant le costume. Il a l'air étrange et très sympathique. « Martin Kippenberger », se présente-t-il sans cesser de rire. Peut-être est-ce mon visage effrayé qui le fait tant rire. Il m'invite souvent à des vernissages, à dîner. Mais je suis si timide et je vis si recluse que nous nous perdons de vue.

Dans le métro, il y a d'immenses affiches sur lesquelles sont représentées les deux frères et leur sœur. Ça n'a rien à voir avec moi. Je ne parviens pas à faire le lien avec la jeune fille de la photo. Je ne la sens pas en moi. Continuellement, des gens m'accostent dans la rue : « Ne serais-tu pas la jeune fille de... » Je ne sais que répondre. La presse en fait des gorges chaudes. Tous les jours, un nouveau journal. J'essaie de ne pas céder à la frénésie, mais ça ne fonctionne pas toujours. Je croule sous les courriers de fans. J'ai le sentiment qu'ils pensent à quelqu'un d'autre et ne leur réponds pas, bien que je sache qu'ainsi je les blesse.

Ma mère me rend visite. Elle est assise dans la salle et arbore la mine d'une mère fière. Lorsque, après la représentation, je me plains auprès d'elle de mon piteux état, elle répond : « Ah ! arrête donc, tu fais la comédie ! »

Nous jouons maintenant les quatre pièces, selon les soirs. Le succès ne retombe pas. Le théâtre fait salle comble. Ivan Nagel me convoque à son bureau et me propose un contrat fixe. Il en a déjà parlé avec l'école ; je n'ai pas besoin d'y retourner. Ils me donneront mon diplôme avant l'heure. Je lui demande s'il veut m'engager à cause de mon nom, parce que mon père est si connu.

« Ton père me rebute, répond-il. Je veux t'engager parce que tu es douée. » À cet instant, je ressens de la joie. Encore plus de joie que le jour où j'ai été prise au cours Otto Falckenberg. Mais ce sentiment a tôt fait de se dissiper : j'ignore, en cet instant, comment sortir du bureau. Deux portes conduisent à l'extérieur, et je suis sûre qu'il m'arrivera quelque chose, qu'importe celle que j'ouvre. Je regarde où mène la fenêtre. Mais le toit plat sur lequel elle donne est trop loin. Heureusement, c'est à cet instant qu'entre Urs Jenny, le dramaturge, pour déposer je ne sais quoi. Nous quittons donc la pièce ensemble. Sans qu'il le sache, il a pris la décision à ma place ; ainsi, je suis innocente et il n'est nul besoin que je sois punie.

Tandis que, chaque soir, je joue plus ou moins mon propre rôle sur scène, je répète quotidiennement la pièce à venir. J'essaie de me perdre dans le travail et dans des histoires d'amour. Je passe de l'une à l'autre. J'en deviens d'autant plus triste.

Un jour, mon sentiment de culpabilité devient tout à fait insupportable. Je cours chez un prêtre dont j'attends qu'il me pardonne. J'explique aux nonnes du cloître, avec qui je bois le café et mange des gâteaux, quelle est ma faute. Je suis étonnée que personne ne me damne, bien au contraire. Le prêtre comme les nonnes me consolent et m'assurent que je n'ai commis aucun péché. Cependant, il me faut expier. Un jour, je m'agenouille cinq cents fois sur le sol, derrière la scène. Chaque fois, je jette tout mon corps en avant à la manière d'un bonze en pèlerinage. Au demeurant, j'ignore tout des bonzes et du bouddhisme. Je le fais parce qu'il le faut, et je compte en même temps.

Au travail et dans mes relations aux autres, je fais comme si tout allait bien. Mais je sens bien que je deviens de plus en plus folle.

Mon père appelle. Il ne me demande pas comment je vais. Aucun mot sur le fait que je rencontre un gros succès au théâtre. Il vient demain à Hambourg pour un talk-show sur la chaîne de télévision NDR et souhaiterait me voir. Je dois réserver une chambre double à l'hôtel Atlantic et l'y attendre. Il reviendra dans la nuit après l'émission. Je ne sais que répondre. Je suis tout bonnement incapable de parler. « M'entends-tu ? Tu réserves la chambre et tu m'attends ! ordonne-t-il.

— Oui, oui », dis-je avant de raccrocher.

Je réserve la chambre mais il passera la nuit seul. Katrin vient me chercher après la représentation et nous passons une soirée délicieuse dans une pizzeria.

Trois années pendant lesquelles j'enchaîne les pièces à Hambourg. Notamment sous la direction d'Ulrich Heising, de Franz Marijnen, d'Alfred Kirchner, d'Ernst Wendt et de Peter Zadek. J'ai même eu un rôle dans une pièce de Jérôme Savary, un metteur en scène invité. C'est lui qui a créé le Grand Magic Circus à Paris, dont la troupe est souvent accueillie. Il me propose de signer un contrat chez lui. Je prévois de quitter Hambourg dans un an pour m'établir à Paris. Pour l'heure, c'est la relâche estivale que je vais mettre à profit pour jouer dans deux films. L'un à Vienne, le second à Berlin et en Hollande. Katrin me conduit à la gare. Nous nous embrassons. « Je crois qu'il t'arrivera des choses merveilleuses, cet été ! » me dit-elle.

Tourner en Autriche est un vrai plaisir. Nous logeons tous dans un vieux château à Baden, non loin de Vienne. Hormis quelques sommiers dans les chambres et une imposante table entourée de nombreuses chaises dans l'ancienne salle des fêtes, tout est vide. L'accessoiriste fait venir le nécessaire de manière que nous puissions utiliser la cuisine ; nous cuisinons ensemble tous les soirs, parlons et rions jusqu'au matin. Des semaines pendant lesquelles je me sens légère.

Le film s'intitule *Tir raté* : il se déroule dans les années 1950, dans une colonie de travail. Un ferrailleur veut faire d'un jeune garçon, interprété par Wolfgang Ambros, une star du foot. Je joue la fille dont il est éperdument épris, la reine du rock de ce lieu reculé. Bien entendu, sa carrière de footballeur comme son amour meurent dans l'œuf. Tous les membres de l'équipe sont tristes que le tournage touche si vite à sa fin. Chacun repart dans une autre partie du monde.

Je suis installée dans le train pour Berlin. De tout le trajet, je n'éprouve pas le besoin de répéter un geste compulsivement. Je me sens bien comme rarement je l'ai été.

Le film *Perdre son sang-froid* met en scène l'histoire d'amour entre une éducatrice et son élève, une gamine frondeuse de dix-sept ans que j'interprète. Elle finira par tuer le compagnon intrusif de son amie.

Après une longue journée de tournage, une fille de l'équipe m'emmène au Roxy, une discothèque dans un ancien cinéma. Un homme assez grand, aux cheveux bruns jusqu'aux épaules, se tient de l'autre côté de la salle, sur la piste de danse, et me tourne le dos. Je ne peux décrocher mon regard de sa silhouette. Il se retourne et me regarde longuement. Puis il vient vers moi et me demande une cigarette. Nous discutons toute la nuit. Lorsque pointe l'aurore, nous allons nous promener au lac de Grünewald. Une harde de sangliers nous coupe la route, la mère et ses trois petits. Comme s'ils s'étaient dits : on ne regarde ni à gauche ni à droite, peut-être alors ne nous verront-ils pas.

Depuis cette nuit, nous sommes inséparables. Nous prenons sa voiture pour nous rendre d'un tournage à l'autre. L'intérieur de la petite Renault est rempli de ballons de baudruche. Nous nous embrassons, nous rions et chantons en chœur les tubes de l'autoradio. Il est toujours à côté de la caméra, toujours près de moi. C'est la première fois de ma vie que je suis vraiment heureuse.

La saison reprend. Il me faut regagner Hambourg. Il m'accompagne. Nous n'y restons qu'une journée, le temps de me faire arrêter par le médecin, puis nous nous retirons du monde dans une maison en bois, sur une île danoise. Au bout d'une semaine, je dois absolument retourner à Hambourg. Dès qu'il le peut, il vient me voir depuis Berlin. Très vite, ça ne suffit plus, nous voulons être ensemble nuit et jour.

Je renonce à Hambourg, renonce aux offres de Claus Peymann à Stuttgart et de Jérôme Savary à Paris pour m'installer à Berlin. De nombreux réalisateurs veulent tourner avec moi mais je n'accepte les offres que s'il peut se rendre sur les lieux du tournage. Hors de question que nous soyons séparés, même quelques jours ! Je ne regrette pas les projets que j'ai refusés, au contraire : aucun film, aucun cachet ne pourrait me donner ce que j'éprouve enfin.

Le premier de nos trois enfants naît en 1977. Mon père m'envoie de Paris un colis avec des affaires de luxe pour bébé. Il y vit en compagnie de Geneviève et de son dernier fils. Pendant ma grossesse, pas une fois où il m'ait questionnée sur le père de l'enfant.

Tout de suite après la naissance, j'ai le rôle principal dans le dernier film de Wolfgang Staudtes pour le cinéma, *Entre les voies*. Je donne la réplique à Mel Ferrer. En deux langues, à raison de seize heures par jour, j'interprète une jeune femme de dix-sept ans qui se bat pendant les années d'après-guerre contre un sentiment oppressant de culpabilité et qui chute d'un pont à trente ans. Je suis absorbée par ce travail. Je ne mange plus, fume beaucoup, suis de nouveau en proie à des angoisses morbides et finis par m'effondrer. Pour la première fois, je parle de mon traumatisme à mon compagnon. Je dois remercier son amour et son dévouement qui m'ont permis de reprendre pied rapidement.

Alors que notre fille a un an, on me propose de jouer dans *L'Opéra de quat'sous* aux Bouffes du Nord. Comme mon compagnon peut travailler à cette mise en scène, nous emménageons pour une année avec une amie, payée par le théâtre comme nourrice, dans un vieil immeuble du boulevard Saint-Germain. Notre pièce est acclamée par le public français. *Paris Match* me consacre un grand article. Ils font un reportage photo dans lequel je donne une longue interview. Je peux en admirer la mise en page dans les bureaux de la rédaction. Six pages de photos entrecoupées par du texte. Je suis incroyablement fière. La première photo occupe une double page. Tout est prêt. Ils souhaiteraient juste publier une photo avec mon père. Je ne me sens pas bien, mais j'accepte.

Nous avons rendez-vous avec lui et la photographe dans les jardins du Luxembourg. Elle me fait asseoir sur un banc avec mon père. Il passe son bras sur mon épaule, baisse son borsalino, plante une cigarette au coin de ses lèvres et joue la tendresse paternelle. Ses chichis me donnent la nausée. Lorsque nous en avons fini, il vient chez moi avec la photographe afin de faire d'autres photos. En voyant mon compagnon, il se fige.

C'est la première fois qu'il se retrouve face à un ami de sa fille. En outre, celui-là mesure presque deux mètres.

Afin de surmonter son trouble, il s'entretient en mauvais français avec la photographe à propos des répondeurs téléphoniques. Il ne quitte pas mon compagnon des yeux tout en se donnant le plus grand mal pour l'ignorer ostensiblement. Après le dernier cliché, il quitte l'appartement avec la photographe.

Elle m'appelle un peu plus tard, hors d'elle, et se plaint de mon père. À peine les portes de l'ascenseur s'étaient-elles fermées qu'il lui a pris les fesses de ses deux mains. La rédactrice en chef de *Paris Match* est, elle aussi, remontée. Il ne cesserait de venir à la rédaction pour leur soumettre un article du *Stern* leur répétant à quel point il est important. Par ailleurs, il exige que soit publié un reportage sur lui, et non sur moi. Les journalistes finissent par être si courroucés qu'ils ne publieront ni mon portrait ni le moindre article sur lui.

Au cours des années suivantes, je fais du théâtre à Berlin et n'accepte de jouer dans des films qu'à la condition qu'il soit possible à mon compagnon d'assister aux tournages. Je ne pense que rarement à mon géniteur. Il arrive qu'il m'appelle, qu'il veuille me faire chercher lors de ses passages en Allemagne. J'invente toujours des excuses.

Un petit matin de la fin de l'automne 1991, la sonnerie du téléphone retentit. « Ton père est mort », m'annonce ma mère.

Je ne suis ni triste ni heureuse. Je ne ressens rien.

Puis ma mère d'ajouter : « Ah ! je ne lui en veux pas, c'était tout de même un sacré type. »

Je raccroche.

Ma seconde peau se détache de moi. Je le ressens dans toutes les fibres de mon corps.

Je pars à la recherche de mon âme.

Merci à mon époux, Wolfgang, à nos trois enfants, ainsi qu'à Klaus Steinborn et à ma lectrice Doris Plöschberger.

Mise en page : Compo-Méca
64990 Mouguerre

Imprimé en Espagne
Dépôt légal : octobre 2013
N° d'impression : 01
ISBN : 978-2-7499-2086-3
LAF 1775